MAUPASSANT

Boule de suif

et autres histoires de guerre

GF-Flammarion

BOULE DE SUIF
et
autres histoires de guerre

MAUPASSANT

BOULE DE SUIF
et
autres histoires de guerre

Édition établie
par
Antonia FONYI

Chronologie
par
Pierre COGNY

GF Flammarion

INTRODUCTION

HISTOIRES DE GUERRE

La guerre.

« [...] se réunir en troupeaux de quatre cent mille hommes, marcher jour et nuit sans repos, [...] pourrir de saleté, coucher dans la fange, vivre comme des brutes dans un hébétement continu, piller les villes, brûler les villages, ruiner les peuples, puis rencontrer une autre agglomération de viande humaine, se ruer dessus, faire des lacs de sang, des plaines de chair pilée mêlée à la terre boueuse et rougie, des monceaux de cadavres, avoir les bras ou les jambes emportés, la cervelle écrabouillée [...]! » (P. 253.)

De 1881 à 1889, Maupassant reprend quatre fois ces termes à l'identique[1] : c'est sa définition de la guerre. Une définition reproductible, une certitude immuable, fondée sur la réalité de la guerre franco-prussienne qui, par les hécatombes de peuples qu'elle produisit, prit aux yeux de la postérité l'image de l'avant-première de 1914.

Recopier son propre texte est un acte littéraire ambigu. On n'y touche plus parce qu'il est parfait ; on n'y touche pas de peur de déchirer l'enveloppe qu'il forme autour d'un foyer d'émotions dangereuses.

Répétée à l'identique, l'horreur du massacre collectif se pétrifie, se transforme en constellation permanente et lointaine : en généralité ; aussi le texte qui l'enserre ne sera-t-il repris que par Maupassant chroniqueur, préfacier, voyageur, dans le cadre de genres qui accueillent les réflexions générales. Comme si la mise en pratique narrative de la définition apocalyptique était impossible, le conteur repousse les batailles à l'arrière-plan pour ne parler que de prostituées patriotes, de commerçants héroïques, de paysans qui vengent au prix de leur sang leurs fils tués et leur fourrage volé. L'individu écrasé, confondu dans la foule anonyme aux innombrables bras et jambes coupés, fondu dans la masse de « chair pilée mêlée à la terre boueuse et rougie », se trouve donc restauré dans les nouvelles, ne serait-ce que le temps de s'affirmer par un acte de résistance, par une mort assumée.

C'est situées dans le champ de tension de ces contraires que nous présenterons les histoires de guerre de Maupassant[2]. Si, dans l'anecdote qui est à leur centre, la vérité individuelle est plus forte que la mort, la vérité collective, constellation pesant du poids de centaines de milliers de cadavres, est toujours présente à leur horizon.

Juillet 1870-juin 1871 : une année d'obscurité dans la vie de Maupassant.

La guerre est déclarée le 16 juillet 1870. Maupassant aura vingt ans le 5 août. Il est appelé aussitôt. C'est sa vie d'adulte qui commence. Sa vie d'écrivain ne commencera que dix ans plus tard, avec la publication de *Boule de suif* dans *Les Soirées de Médan*, recueil de nouvelles où six écrivains insultent la mémoire de la guerre.

Un tel début littéraire dit toute l'importance de l'année terrible pour Maupassant. Elle reste pourtant une année obscure de sa vie, un chapitre que les

biographes remplissent d'extraits de récits qu'ils donnent pour ses vécus. Lui-même n'a jamais raconté ses expériences personnelles, sauf dans ses lettres de l'époque dont il nous reste trois, adressées à sa famille. Dans l'une d'elles, il écrit : « Quant à l'issue de la guerre, elle n'offre plus aucun doute. Les Prussiens sont perdus [...][3]. » Mais si le jeune soldat partage l'illusion environnante, c'est sans enthousiasme aucun ; l'essentiel de son message se résume, au contraire, dans ce *post-scriptum :* « Je m'embête abominablement[4] ! » Dans une autre lettre il raconte une expédition périlleuse : chargé de porter un ordre de l'avant-garde à l'arrière-garde, il a failli tomber dans les mains de l'ennemi. « *J'ai fait quinze lieues à pied.* Après avoir marché et couru toute la nuit précédente pour les ordres, j'ai couché sur la pierre dans une cave glaciale ; sans mes bonnes jambes, j'étais pris[5]. » Danger, souffrance, misères ; mais on entend le sportif que Maupassant reste en toutes circonstances.

Ces bribes de renseignements pèsent d'autant moins lourd qu'on y lit comme une mise à distance de la guerre. Ajoutons, pour les compléter, une donnée négative : affecté à l'intendance, Maupassant n'a peut-être pas participé aux combats. Lorsqu'il les évoque dans sa chronique sur la guerre, c'est *Les Charniers* de Camille Lemonnier qu'il cite au lieu de décrire des charniers vus par lui-même. N'en aurait-il pas vu ? ou un effet de sidération l'empêcherait-il d'y reporter son regard ? « Voici, entre mille, une des choses qu'il a vues », écrit-il en présentant une scène du livre de Lemonnier. C'est un autre qui voit, qui écrit. Mais c'est Maupassant qui choisit une seule scène « entre mille », celle d'une amputation : le blessé hurle sous la scie, tout en reprenant par instants ses forces pour plaisanter. C'est crâne, héroïque ; c'est le triomphe de l'individu qui, son corps déchiqueté, survit moralement intact au massacre collectif. Se plaindre d'ennui ou se vanter de ses muscles dans la détresse, évoquer les plaisanteries d'un brave sous le couteau qui tranche

les tronçons de deux jambes emportées par un boulet, exprimer par les paroles d'autrui l'épouvante ressentie par soi-même, ce sont des pratiques de mise à distance, défense efficace contre les vécus destructeurs. Tout ce qu'on connaît avec certitude des expériences de guerre de Maupassant est ce besoin de se défendre qu'elles ont suscité.

L'auteur de Boule de suif *: un écrivain né de la guerre.*

Pendant la décennie qui suit, la vie de Maupassant est bien connue : fonctionnaire, il gémit d'ennui dans les bureaux du ministère ; canotier le dimanche, il exhibe ses biceps et sa proverbiale puissance sexuelle ; mais il écrit, des vers surtout, qu'il soumet au regard sévère et patient de Flaubert. Aucune de ses tentatives littéraires ne laisse deviner l'auteur de *Boule de suif*. Tourguéniev soupire : « Dire que ce garçon n'aura jamais de talent ! » La phrase est citée par Léon Hennique quand, cinquante ans plus tard, il évoque la surprise produite par la lecture du récit de Maupassant sur les autres collaborateurs des *Soirées de Médan*[6].

Ce recueil, qui sera considéré comme le manifeste de l'école naturaliste, résulte d'une entreprise dont les origines remontent à 1876, au scandale de *L'Assommoir*, un succès qui fait que Zola se trouve aussitôt entouré de jeunes écrivains. Ceux-ci, il est vrai, se réclament de Flaubert et de Goncourt aussi, mais c'est avec Zola, leur aîné d'une dizaine d'années à peine — nous reprenons ici une suggestion d'Alain Pagès[7] —, qu'ils ont en commun l'intérêt de former un groupe ; intérêt, pour l'auteur des *Rougon-Macquart*, en butte à de violentes attaques, de renforcer sa position, et, pour les jeunes, de se faire porter par la vague naturaliste.

Jeunes, la plupart ne sont plus des débutants lorsque *Les Soirées de Médan* paraît en 1880. Paul Alexis (1847-1901) se fit connaître dès 1869, par *Les Vieilles Plaies*,

pastiche de Baudelaire : un scandale, grâce à la colère de Poulet-Malassis. De Léon Hennique (1850-1935) parut en 1876, en feuilleton, *Élisabeth Couronneau,* roman sur les convulsionnaires de Saint-Médard. De Henry Céard (1851-1924), en 1878, en feuilleton, *Une belle journée,* beau livre sur rien. Huysmans (1848-1907) est un écrivain confirmé : *Le Drageoir à épices,* publié à compte d'auteur en 1874, a eu de belles critiques ; *Marthe, histoire d'une fille,* parut en 1876, et *Les Sœurs Vatard,* une des plus puissantes productions du naturalisme, en 1879. Maupassant est le seul vrai débutant du groupe. Entre 1876 et 1880, il publie quelques articles et poésies, six nouvelles qui passent inaperçues, écrit du théâtre et veut être poète. *Des vers,* son premier livre, sort le 25 avril 1880 chez Charpentier, une semaine après *Les Soirées de Médan,* paru le 17 chez le même éditeur. C'est en janvier 1880 qu'il a eu, lui aussi, son procès pour outrage à la morale publique, à cause d' « Une fille », poème publié dans *La Revue moderne et naturaliste* [8].

La République, en effet, non moins pudibonde et répressive que l'Empire qui a poursuivi vingt ans auparavant *Les Fleurs du Mal* et *Madame Bovary,* condamne en 1876 *Les Diaboliques* de Barbey d'Aurevilly, *La Chanson des Gueux* de Richepin. En 1877, Goncourt tremble pour *La Fille Elisa,* et Huysmans fait paraître *Marthe* à Bruxelles pour éviter les poursuites. Maupassant les craint d'autant plus que sa place au ministère de l'Instruction publique est en jeu ; son affaire se termine par un non-lieu grâce à Flaubert qui non seulement le défend publiquement, mais fait intervenir ses relations politiques.

Comme à l'époque de *Madame Bovary,* la vigilance accrue du pouvoir est une réaction aux attaques contre les idéaux qui assurent sa légitimité morale. Ce sont des écrivains coupables de tels délits, les uns dans les faits, les autres en intention, qui se réunissent le 16 avril 1877 au restaurant Trapp pour un dîner qu'Edmond de Goncourt commente ainsi dans son

journal : « Ce soir, Huysmans, Céard, Hennique, Paul Alexis, Octave Mirbeau [9], Guy de Maupassant, la jeunesse des lettres réaliste, naturaliste, nous a sacrés, Flaubert, Zola et moi, sacrés officiellement les maîtres de l'heure présente, dans un dîner des plus cordiaux et des plus gais. Voici l'armée nouvelle en train de se former [10]. » Les jeunes sont belliqueux, en effet, et Zola les y encourage : attaquer, se faire attaquer, se défendre, sont des actions procédant du même intérêt de s'imposer en imposant la vérité naturaliste.

C'est dans cet esprit de provocation que *Les Soirées de Médan* sera conçu par « Messieurs Zola [11] », l'automne 1879. Le récit de sa genèse que nous reproduisons dans ce volume (p. 245-249) est une légende inventée par Maupassant à des fins publicitaires. En voici une version véridique, faite par le même, à l'intention de Flaubert : « Zola a publié en Russie [12], puis en France dans *La Réforme*, une nouvelle intitulée *L'Attaque du Moulin*. Huysmans a fait paraître à Bruxelles [13] une autre nouvelle ayant pour titre *Sac au dos*. Enfin, Céard a envoyé à la revue russe [14] dont il est le correspondant une très curieuse et violente histoire sur le siège de Paris, qui s'appelle *Une saignée*. Lorsque Zola connut ces deux dernières œuvres, il nous a dit qu'à son avis cela formerait avec la sienne un curieux volume, peu chauvin, et d'une note particulière. Alors il engagea Hennique, Alexis et moi à faire chacun une nouvelle pour compléter l'ensemble [15]. » Dans l'avertissement du recueil on lit : « Nous nous attendons à toutes les attaques, à la mauvaise foi et à l'ignorance dont la critique courante nous a déjà donné tant de preuves. Notre seul souci a été d'affirmer publiquement nos véritables amitiés et, en même temps, nos tendances littéraires. » L'objet du scandale désiré est décrit ainsi par Maupassant, à l'intention de Flaubert toujours : « [...] nous avons voulu [...] tâcher de donner à nos récits une note juste sur la guerre, de les dépouiller du chauvinisme à la Déroulède [16], de l'enthousiasme faux jugé jusqu'ici nécessaire dans

toute narration où se trouve une culotte rouge et un fusil. Les généraux, au lieu d'être des puits de mathématiques où bouillonnent les plus nobles sentiments, les grands élans généreux, sont simplement des êtres médiocres comme les autres, mais portant en plus des képis galonnés et faisant tuer des hommes sans aucune mauvaise intention, par simple stupidité. Cette *bonne foi* de notre part dans l'appréciation des faits militaires donne au volume entier une drôle de gueule, et notre désintéressement voulu dans ces questions où chacun apporte inconsciemment de la passion exaspérera mille fois plus les bourgeois que des attaques à fond de train. Ce ne sera pas antipatriotique, mais simplement vrai [...] [17]. »

Résultat d'une coïncidence lucidement exploitée, le choix de la guerre comme sujet de six récits « simplement vrai[s] », réunis pour conférer une dimension collective au naturalisme, constitue en lui-même une attaque contre l'idéologie officielle obligée à prôner des mensonges pour panser la blessure d'amour-propre d'une nation dont l'image glorieuse, inchangée depuis Napoléon I[er], s'est brisée brutalement en 1870. Être « simplement vrai », c'est déchirer les pansements pour montrer que la blessure qu'ils cachent a été autant la faute de la victime que de l'adversaire. Cette agressivité s'exprime directement dans le titre proposé d'abord : *L'Invasion comique* ; on y renonce, probablement pour cette raison même, et aussi parce qu'il risque de dévier le tir dont la cible est la société française et non l'armée prussienne. La proposition de ce titre équivoque serait même étonnante, n'était sa consonance avec *L'Illusion comique* : la cible, clairement désignée ainsi, est Matamore.

Le titre *Les Soirées de Médan* s'inscrit dans une tradition inoffensive. Par sa banalité, il sert de repoussoir à l'agressivité des récits. Le procédé est efficace, à preuve cet article publié le 29 juin 1880 dans *L'Union*, où Daniel Bernard, en se référant à la légende des

belles soirées dans le jardin de Médan où ces histoires seraient nées, déplore l'influence insolite du clair de lune sur les naturalistes : « il leur suggère une série de petites histoires polissonnes, où les convenances sont blessées (j'ose le dire) très grièvement ». Par « convenances » sont entendus les interdits qui préservent la pureté dans la sexualité — Maupassant, Céard, Hennique et Alexis les transgressent —, ainsi que la propreté corporelle, celle-ci étant un tabou littéraire, violé, non sans hésitation, par Huysmans. Zola ne touche pas à ces thèmes, mais lui aussi outrage cette convenance suprême qu'est l'illusion héroïque de Matamore. « L'extrême gauche de l'encrier vient de se constituer », écrit Richepin dès le 21 avril dans *Gil Blas*, dans un article qu'il intitule « Les six naturalistes ».

Pour des jeunes gens de trente ans, toutefois, écrire de la guerre, c'est écrire d'un vécu fondateur : dans *La Crise allemande de la pensée française (1871-1914)* de Claude Digeon [18], somme critique de la littérature où s'inscrit *Les Soirées de Médan*, ils sont désignés comme « la génération de 1870 ». Démasquer les mensonges patriotiques, c'est ressaisir la réalité de leur vécu afin d'en maîtriser le souvenir. S'ils attaquent la victime sacrée qu'est la France, s'ils se désolidarisent de cette position de victime dont eux-mêmes sont sommés de bénéficier, c'est pour porter de la lumière dans l'obscurité de leur première jeunesse en s'enflammant de colère contre l'absurdité de la guerre.

Ils ont eu leur scandale, quoique moins retentissant qu'ils ne l'avaient espéré. Maupassant seul devient connu du jour au lendemain. C'est l'obligation d'écrire de la guerre avec l'âpreté impérative à Médan — *Le Mariage du lieutenant Laré* qu'il publie en 1878, est encore une idylle militaire — qui le révèle aux autres, à lui-même. Flaubert, qui ne lit *Boule de suif* que sur épreuves, jubile : « [...] un *chef-d'œuvre*, ni plus ni moins. Conception, observation, personnages et paysages et surtout Composition (chose rare), c'est parfait. Deux ou trois fois, j'ai ri tout haut ! Quant à être

immoral, c'est au contraire très moral, puisque l'Hypo-
crisie et la Lâcheté y sont flagellées durement. On
goûte en lisant cela comme le plaisir d'une vengeance
[...] [19]. » Et à Maupassant, aussitôt sa lecture achevée :
« J'ai envie de te bécoter pendant un quart
d'heure [20] ! »

Mais l'auteur de *Boule de suif* semble ignorer qu'il
vient de conquérir son art. Il considère le succès comme
« une préparation parfaite à [son] volume de vers [...]
qui coupera court, en ce qui [le] concerne, à ces bêtises
d'*école naturaliste* qu'on répète dans les journaux [21] ». Ce
n'est pas infidélité, à lui-même tout au moins. Un an
auparavant, il écrivit à Flaubert : « Que dites-vous de
Zola ? [...] " La République sera naturaliste ou elle ne
sera pas. " — " *Je ne suis qu'un savant.* "!!! [...]
" L'enquête sociale. " — Le document humain. La
série des formules. [...] Et on ne rit pas [22]... » Et, en
1877 déjà, probablement à Alexis : « J'ai réfléchi au
manifeste qui nous occupe [...]. Je ne crois pas plus au
naturalisme et au réalisme qu'au romantisme. » Mais il
ajoute : « Il faudra discuter sérieusement sur les *moyens
de parvenir*. A cinq on peut bien des choses, et peut-être
y a-t-il des *trucs* inusités jusqu'ici [23]. » *Les Soirées de
Médan*, c'était un de ces « *trucs* ».

Des *vers* auront un accueil flatteur. Ils marquent la fin
des aspirations poétiques de Maupassant ; c'est sa
carrière de conteur qui commence. Le 1er juin 1880, il
obtient un congé au ministère, qui sera renouvelé
jusqu'à sa démission en 1882. Flaubert meurt le 8 mai.
Avec *Boule de suif*, l'apprentissage de son disciple a été
terminé.

Message idéologique : l'individu est restauré par la guerre.

Si les grandes catastrophes de 1870, prises dans
l'ampleur mythique des *Légendes des Siècles*, sont
nommées par Hugo dès 1872 dans *L'Année terrible*, le
tableau complet du désastre, avec les marches et

contre-marches qui ont épuisé les armées avant même
qu'elles n'eussent rencontré l'ennemi, avec la confu-
sion des batailles et le spectacle insoutenable de leurs
lendemains, ne sera reconstitué qu'en 1892, dans *La
Débâcle* de Zola. Auparavant, on se contente de noter
des choses vues : les journaux et les « tableaux »
abondent ; George Sand, Gautier, Dumas fils, Juliette
Lamber, Francisque Sarcey, Ludovic Halévy, Vincent
d'Indy et d'autres, moins illustres, y livrent leurs
témoignages personnels, s'y délivrent du poids d'une
expérience oppressante. Quant à ceux qui exaltent le
patriotisme, ils réduisent la guerre, observe Claude
Digeon, à la mesure de l'individu qui, appelé par la
patrie, découvre en lui-même un trésor d'énergie
inemployée ; la visée de cette littérature est de cacher
« une défaite immense sous une multitude de petites
victoires [24] ». Les voix grinçantes ou prosaïques des
Soirées de Médan troublent ce concert de plaintes
d'innocents et de galéjades de justes. Mais elles non
plus, elles ne récitent que les tribulations de l'individu,
des histoires en marge de la guerre.

Zola est plus discret que son jeune bataillon. Son
sujet, l'histoire d'un moulin investi tour à tour par les
Français et les Prussiens, aurait pu être traité, selon
Maupassant, « de la même façon aussi bien par Mme
Sand ou Daudet [25] ». Par George Sand, pour les
amours champêtres, et par Daudet, pour le moulin ;
par beaucoup d'autres, pour les bons sentiments. Mais
la note finale est cruelle : l'officier français qui reprend
le moulin en ruine, crie « victoire ! » en saluant la fille
du meunier, « imbécile, entre les cadavres de son mari
et de son père [26] ». Ce fut la débâcle d'une famille, un
« épisode [27] » de la guerre.

Céard est le seul à évoquer le destin collectif, mais ce
sont les motifs cachés, personnels, de la sortie désas-
treuse de la garde nationale de Paris qu'il analyse :
comment le caprice d'une courtisane de l'Empire a
amené Trochu à s'y décider. Maupassant est critique :
« [...] pas vraisemblable, [...], mais des choses fines et

curieuses [28] ». Chose forte, pourtant, que d'attribuer le nez de Cléopâtre à une femme qui, sous ses toilettes et son maquillage savants, n'est plus qu'une ruine et n'est désirée que par la vanité d'un haut dignitaire de la République épris des fastes impériaux.

« Alexis ressemble à Barbey d'Aurevilly, mais comme Sarcey veut ressembler à Voltaire [29]. » La comparaison avec l'auteur d'*Un prêtre marié* est inspirée à Maupassant par le sujet d'*Après la bataille* : un prêtre, engagé volontaire, et une veuve de guerre font l'amour tout contre le cercueil qui renferme le corps du mari. Transgression sacrilège qui devrait plaire à Maupassant ; nous aurons à expliquer sa réticence. Retenons ici que cela se passe *après* la bataille.

L'Affaire du Grand 7 de Hennique est l'histoire d'une boucherie dans un bordel, commise par des troupiers en garnison. Elle reste impunie, les supérieurs craignant trop l'esprit de révolte exacerbé par l'attente des Prussiens, toujours annoncés et jamais en vue. Elle se substitue, en effet, à la bataille : en temps de guerre, l'instinct de destruction l'emporte sur l'instinct sexuel. Cette fois, Maupassant approuve : « bien, bonne patte d'écrivain [30] ».

Sac à dos de Huysmans est un journal du désordre. Un jeune appelé, souffrant de dysenterie, est ballotté d'hôpital en hôpital jusqu'à l'heureux moment où, échappé à l'absurde machine militaire, il rentre chez lui pour « savourer la solitude des endroits où l'on met culotte bas, à l'aise [31] ». Cette leçon qui substitue à la promiscuité des batailles celles des latrines, n'a pas figuré dans la première version. Maupassant est méprisant : « Pas de sujet, pas de composition, peu de style [32]. »

Tous ces récits s'en prennent à l'illusion héroïque et, au-delà, au pouvoir qui œuvre à la maintenir. La particularité des *Soirées de Médan*, conclut Claude Digeon, est de combattre le chauvinisme pour « dénoncer la société qui autorise et sanctifie cette monstruosité, la guerre [33] ». Maupassant partage cette

intention, c'est même lui qui la réalise le plus complè-
tement en déployant dans *Boule de suif* un vaste
panorama social pour mettre en cause tout à la fois la
noblesse, la haute, la moyenne et la petite bourgeoisie,
le clergé, les légitimistes, les bonapartistes, les républi-
cains. Pourtant, sa hâte à « [couper] court à ces bêtises
d'*école naturaliste* », de même que ses remarques
critiques à l'égard de ses confrères trahissent le désir
d'affirmer sa différence. Elle existe, le succès de *Boule
de suif* l'atteste : les autres sont approuvés ou rejetés,
tandis que Maupassant plaît. Il plaît, depuis plus d'un
siècle la critique l'a souvent rappelé, par sa vigueur, sa
sensualité, son humour, la crédibilité de son réalisme,
l'équilibre de la composition de sa nouvelle, qualités
qui rassurent, tandis que les autres jeunes conteurs,
sardoniques, désespérés, morbides, misent sur l'effet
de leur agressivité. La conclusion s'impose : il y a,
sous-jacente au message commun, une différence idéo-
logique. Pourtant, Maupassant est impitoyable dans
son analyse de la défaite, fondée sur des convictions si
bien arrêtées qu'elles ne changeront plus. Pour les
restituer dans leur intégrité, on les évoquera en
parcourant l'ensemble de ses histoires de guerre.

Boule de suif s'ouvre sur un grand tableau du dernier
acte de la débâcle : l'armée en déroute traverse Rouen.
Des « lambeaux d'armée » (p. 43), où se mêlent des
vestiges des troupes régulières, de la garde mobile et
des francs-tireurs, ces trois corps qui, avec la garde
nationale, étaient chargés de la défense de la patrie.
Aucun, on le sait, n'a rempli son devoir.

Dans le désordre de ce triste défilé, l'armée régulière
n'a d'autre signe de distinction que quelques pièces de
vêtement : culottes rouges de l'infanterie, casques
brillants des dragons ; oripeaux tape-à-l'œil d'une
armée de parade. C'est ainsi que les militaires apparais-
sent partout dans l'œuvre, exception faite du *Mariage
du lieutenant Laré* où un petit lieutenant, « aussi
prudent que brave, subtil, plein de ruses et de
ressources » (p. 259), sauve, lors d'une longue marche

nocturne dans la neige, la vie d'une jeune comtesse et celle d'une brigade. Le général reconnaissant le fait promouvoir au grade de capitaine, le comte reconnaissant lui accorde la main de sa fille, avec six cent mille francs de dot. Maupassant retravaillera encore deux fois cette anecdote banale, dans *Souvenir* et *Les Idées du colonel*. Peut-être est-ce un vécu personnel qui se trouve à son origine — on pense à la dangereuse marche nocturne dont le jeune sportif rend compte à sa mère en 1870 —, ce qui n'expliquerait qu'insuffisamment son importance puisqu'on connaît la réticence de Maupassant à exploiter des matériaux autobiographiques. On reviendra à ce récit *princeps*. Ici, retenons que dans les versions ultérieures le sauvetage de la jeune fille n'aura d'autre conséquence que de donner du cœur aux soldats épuisés ; aucun incident de guerre, même joyeux, ne doit être source de bonheur : telle est la leçon de ces élaborations successives. Notons aussi que le joyeux incident n'a pas été un exploit militaire. Le récit, il est vrai, en inclut un : les Français, rencontrant par hasard un détachement de uhlans, les tuent tous. Ils sont trois cents contre douze. Les militaires français n'affrontent nulle part ailleurs l'ennemi dans l'œuvre de Maupassant. Ils ne tuent que des Français, par méprise ; un sourd-muet, dans *Les Rois*, et une vieille femme qui cherche son fils soldat, dans *L'Horrible*.

Dans *Les Rois*, des officiers improvisent un souper. Ils défoncent à coups de pied la porte d'une maison, pillent les provisions cachées, font un beau feu avec la voiture coupée en morceaux : « C'est la guerre. Nous jouons notre vie à tout instant, n'avons-nous pas le droit de la jouer gaiement ? » (P. 203.) Les officiers prussiens qui, dans *Mademoiselle Fifi*, se divertissent en détruisant les objets d'art du château occupé, raisonnent de la même manière. Et, de même qu'eux, les Français veulent des femmes à leur festin, faisant montre d'une virilité qui résiste aux épreuves de la guerre. Ils régaleront trois vieilles impotentes,

conduites par une bonne sœur : la valeur du désir se
mesure à l'objet qui lui est réservé. C'est cette valeur qui
est bafouée aussi dans *Le Lit 29*. Inspiré par la seule
vanité, le désir du capitaine Epivent est indigne de son
objet, une prostituée magnanime qui tue les Prussiens
en leur transmettant la vérole. Lorsque son piètre amant
lui reproche de l'avoir rendu la risée du régiment, elle se
redresse sur son lit de mort : « Ça serait-il arrivé si vous
[...] aviez empêché [les Prussiens] de venir à Rouen,
dis ? C'est vous qui deviez les arrêter, entends-tu. [...]
Je te dis que je leur ai fait plus de mal que toi, moi, et que
j'en ai tué plus que tout ton régiment réuni... va donc...
capon ! » (P. 181.)

Le capitaine Epivent est fier de sa moustache
superbe, « blonde, très forte, tombant martialement sur
la lèvre en un beau bourrelet couleur de blé mûr »
(p. 169) : il exhibe cet *épi* puissant, l'expose au *vent* qui
véhicule — c'est sa fonction sexuelle dans la fantasmati-
que de Maupassant — la semence virile. « Et puis, ce
que j'adore d'abord dans la moustache, c'est qu'elle est
française, bien française. Elle nous vient de nos pères les
Gaulois, et elle est demeurée le signe de notre caractère
national » (p. 122), déclare une jeune femme pour
couronner son éloge de cet instrument indispensable du
plaisir érotique. Comme épilogue de son discours, elle
évoque un souvenir de guerre : le spectacle de soldats
morts, recouverts de terre jusqu'au cou en attendant la
grande fosse, et parmi lesquels elle reconnut ses
compatriotes qui, tous, « portaient la moustache fran-
çaise, bien distincte, la fière moustache » (p. 123). Qui
dit militaires français, dit exhibition de virilité. Un
commerçant jaloux s'écrie : « Je ne comprends pas qu'on
tolère sur les promenades que ces meurtriers publics
promènent leurs instruments de mort. » (P. 171.)
Attributs de Matamore, le sabre et la moustache sont les
signes d'une virilité de parade destinée à triompher des
femmes ou, mieux, des maris, mais impuissante à
défendre la patrie : au début de *Boule de suif*, des
« hordes débandées » (p. 43) traversent Rouen.

Les francs-tireurs n'apparaissent que dans *Souvenir* où ils portent en triomphe la jeune fille sauvée de la neige, en criant « Vive la République ! » (P. 270). Dans *Les Idées du colonel*, c'est l'armée régulière qui se substitue à eux, et le cri change en « Vive la France ! » (P. 167.) Changement logique, la galanterie n'étant pas républicaine. C'est par leurs « appellations héroïques » (p. 43) que les légions de francs-tireurs se distinguent dans le défilé de *Boule de suif* : par des mots qui occultent les faits. Si Maupassant les exclut pratiquement de ses récits de guerre, c'est que, situés entre les défenseurs officiels de la patrie et les civils qui s'insurgent contre les Prussiens, leur présence affaiblirait le contraste entre ces deux groupes. Les atrocités qu'ils ont commises le rebutent aussi, certainement ; c'est un thème auquel il ne touche à aucun prix, fût-ce celui de la vérité.

La garde mobile est également exclue, afin que les bourgeois n'apparaissent que dans la position conforme à leur tempérament : dans les rangs de la garde nationale sédentaire. Celle-ci, au début de *Boule de suif*, est « rentrée dans ses foyers », ayant fait disparaître « son attirail meurtrier » à l'approche de l'ennemi (p. 44). Ses membres n'ayant jusqu'alors « manié que des balances », deviennent « redoutables au premier venu » du « seul fait de tenir des armes » (p. 131). Comble de ridicule, ce sont eux que Maupassant montre passant à l'attaque. Ils sont deux cents contre six dans *Les Prisonniers*, cinquante contre un dans *L'Aventure de Walter Schnaffs*. Dans le premier cas, ils s'emparent d'un détachement qu'une paysanne rusée a emprisonné dans sa cave ; dans le second, leur capture est un père de famille terrorisé par les batailles, qui ne souhaite que d'être fait prisonnier. Ce sont des charges cruelles, ces guerriers d'occasion n'ayant même pas la moustache réglementaire des militaires, mais, pour seul signe distinctif, le gros ventre des « bourgeois émasculés par le commerce » (p. 44).

L'armée régulière et la garde nationale correspon-

dent à deux époques historiques. Les militaires de
carrière, fils de bonnes familles — « Ça fait plaisir,
dans le service, de ne pas tutoyer des mufles » (p. 197)
—, en place depuis l'Empire, perpétuent une profes-
sion de l'Ancien Régime. La garde, elle, a sévi pendant
« cette démence » qui, commencée le lendemain de
Sedan, « dura jusqu'à la fin de la Commune » : « On
jouait au soldat d'un bout à l'autre du pays. [...] On
exécutait des innocents pour prouver qu'on savait tuer.
On fusillait [...] les chiens errants, les vaches ruminant
en paix, les chevaux malades pâturant dans les her-
bages. » (P. 131.) Pour Maupassant, rappelons-le, tuer
une bête est un crime aussi grave que tuer un
innocent[34]. Dans *Un coup d'État*, l'Ancien et le
Nouveau Régime se confrontent dans les personnes du
vicomte de Varnetot et du citoyen Dr Massarel qui se
relaient à la mairie de Canneville. Le vieil aristocrate,
ancien chasseur, menace seulement de tirer sur son
successeur républicain qui, lui, usera de son pouvoir
en tirant sur le buste en plâtre de Badinguet avec un
pistolet que sa main rencontre sur son gros ventre « par
hasard » (p. 141). Premier acte de la tragédie de
Matamore, la défaite fut l'œuvre commune de l'Empire
et de la République.

Après la défaite, c'était l'invasion : « cataclysme »,
« tremblement de terre », « fleuve débordé » (p. 45).
La démesure écrase la parole.

« Mais à chaque porte de petits détachements frap-
paient, puis disparaissaient dans les maisons. C'était
l'occupation après l'invasion. » (P. 45.) Elle est la
période où surgissent les héros chez Maupassant.

L'armée et la garde nationale sont des institutions. À
leur opposé se lèvent par « emportements naturels »
(p. 58) des civils, des individus qui résistent : des
patriotes. Boule de suif est patriote, c'est pour cela que
l'histoire est scandaleuse. Appartenant à une institu-
tion complémentaire de celle du mariage et qui l'oblige
à renoncer à disposer librement d'elle-même, elle ose
se soustraire à cette obligation pour s'affirmer en tant

qu'Élisabeth Rousset — c'est sous ce nom qu'elle sera appelée dans la chambre de l'officier prussien —, citoyenne française. Ses compagnons de voyage ne peuvent pas tolérer une telle transgression. Au nom de l'Église, de l'État et de la Nation — à grand renfort d'exemples bibliques et historiques —, ils l'amènent à reprendre sa fonction dans la société, à satisfaire le désir légitime du Prussien qui, « peut-être privé depuis longtemps », « respecte les femmes mariées » (p. 75), alors qu'il pourrait abuser de son pouvoir.

Le héros d'*Un duel*, M. Dubuis, pourvu d'un gros ventre, a servi dans la garde nationale de Paris ; aussi ne rencontre-t-il le premier Prussien qu'après l'armistice. Prudent, il évite de répondre aux insultes de l'officier arrogant, mais lorsque celui-ci le menace de lui couper la moustache, il le roue de coups et, lui qui n'a jamais tenu un pistolet, le tue en duel. Un coup de chance. Mais de tels hasards ne se produisent que dans la vie civile où même un ancien de la garde a la fierté de sa moustache. M. Morissot, horloger, entre en scène en uniforme de garde ; pourtant, lui aussi, c'est en tant que civil qu'il rencontre, en compagnie de son ami M. Sauvage, mercier, les premiers Prussiens : évadés de Paris assiégé, les deux amis s'adonnent à la pêche, occupation patiente, paisible. C'est en tant que civils qu'ils meurent pour avoir refusé de trahir le mot de passe ; en tant qu'individus, leurs dernières paroles étant leurs noms que les exécuteurs n'ont même pas demandés : « Adieu, monsieur Morissot » ; « Adieu, monsieur Sauvage » (p. 109).

« La mère Sauvage », une vieille paysanne dont le fils unique est à l'armée, vit selon la loi de l'institution ancestrale de la famille. Elle « [aime] bien ses quatre ennemis » (p. 146), quatre soldats prussiens logés chez elle qui « [accomplissent] toutes les besognes de la maison, comme quatre bons fils autour de leur mère » (p. 146). Mais, en apprenant la mort de son enfant, elle met le feu à sa chaumière pour les y faire périr. Devant le peloton d'exécution, elle exige qu'on avertisse les

familles : « [...] vous direz [...] que c'est moi qui ai fait
ça, Victoire Simon, la Sauvage ! » (P. 150.) Au début
de la nouvelle, le narrateur se demande si « Sauvage »
est un nom ou un surnom. Le nom authentique
apparaît à l'heure suprême où l'héroïne, en assumant le
meurtre, rejette les us institutionnels pour revendiquer
son individualité : elle s'appelle Victoire. La ferme du
« père Milon » est occupée par l'état-major ennemi.
Revenu des champs un soir, il fait ses comptes : les
Prussiens lui ont pris « pour pus de chinquante écus de
fourrage avec une vaque et deux moutons » (p. 114). Il
décide de tuer un soldat pour chaque somme de vingt
écus volés, vengeance qui vaut aussi pour son père, tué
par les Prussiens sous Napoléon Ier, et pour son fils
cadet, mort en 1870. « Le vieux paysan, [...], le père
Milon, Pierre [...] » (p. 112) — c'est l'ordre adminis-
tratif des termes qui marque, cette fois, que le nom,
intégral et authentique, a été conquis par le meurtre.
Saint-Antoine tue son « cochon » de Prussien dans une
querelle d'ivrognes ; il est un farceur, un « fanfa-
ron[35] » ; c'est un autre qui sera fusillé à sa place :
« Saint-Antoine » est son surnom, en fait il s'appelle
Antoine ; mais est-ce son nom ou son prénom ?

Le nom Milon est inspiré peut-être par le mot
« moulin » dans le titre de la nouvelle de Zola dans *Les
Soirées de Médan* : les deux récits sont ponctués par
l'image de la vigne contre le mur de la maison, et tous
deux se terminent par la mort du père sous le regard
stupéfait des enfants. Mais le meunier de Zola est tué
par une balle perdue, tandis que le père Milon crache
dans la figure des exécuteurs, et, collé contre le mur,
envoie des sourires à ses descendants. Pourtant, c'est
un homme fruste, peu habitué à exprimer ce qu'il
ressent. Avec « son air abruti » (p. 113), son corps
« tors » pourvu de « grandes mains pareilles à des
pinces de crabe », ses cheveux « rares, légers comme
un duvet de jeune canard » (p. 113), c'est le type même
du criminel sournois et sadique de Maupassant, qu'on
rencontre dans *L'Orphelin, L'Âne, Le Garde*[36]. Son

procédé répond bien à cette définition : revêtu de l'uniforme de sa première victime, il se porte à la rencontre des éclaireurs isolés, appelle au secours, et tue le soldat qui se penche sur lui pour l'aider. Son arme est celle du faible, la ruse, le piège. La mère Sauvage emplit de bottes de foin le grenier où vont dormir ses soldats, leur promettant qu'elles leur tiendront chaud ; ils l'aident en bons fils ; ils seront pris au piège de la feinte sollicitude maternelle. On se rappellera, par opposition à ces meurtriers fiers de leurs actes, les tueurs de Prussiens de Daudet. Maître Bélisaire (*Le Prussien de Bélisaire*) assène un coup de poing au soldat ivre qui le menace de son sabre ; il le tue comme par miracle et en situation de légitime défense. Quant au fermier dans *Robert Helmont* — Maupassant s'en souvient peut-être en écrivant *Le Père Milon* —, qui tue des Prussiens isolés pour venger le pillage de sa ferme, il est désavoué par le narrateur : c'est dans les rangs de la garde nationale qu'il devrait se venger.

La popularité des *Contes du lundi* tient, outre le patriotisme chauvin de quelques-uns, au respect, observé jusque dans le meurtre, de la règle institutionnelle. Le succès de *Boule de suif*, au contraire, est dû au mépris scandaleux de cette règle. Autre scandale, l'héroïne du *Lit 29*, une femme entretenue, reprend également son droit de disposer de son corps pour en faire une arme contre les Prussiens ; elle aussi, elle reconquiert son nom à l'heure de la mort : l'aumônier de l'hôpital appelle le capitaine Epivent au chevet de « la fille Irma Pavolin » (p. 180). Dans *Mademoiselle Fifi*, c'est l'institution elle-même que Rachel utilise comme arme : en se nommant « putain » — « je suis une putain ; c'est bien tout ce qu'il faut à des Prussiens » (p. 98) —, la jolie juive défend l'honneur des « femmes de France » (p. 98). Elle aussi, elle rentrera en possession de son corps : un patriote la tirera de la maison close pour l'épouser. C'est l'exemple des prostituées qui illustre le plus

clairement la thèse paradoxale de Maupassant : l'insti-
tution, du fait qu'elle prive les êtres de leur individua-
lité, est l'ennemie de la cause commune. Il convient de
restituer la logique qui mène à cette contradiction.

L'amour de la patrie est résistance, au sens fort, à
l'occupant. Lorsque l'officier prussien menace M. Du-
buis de lui couper la moustache, l'homme pacifique se
jette sur lui : c'est son intégrité, corporelle, virile et
morale, qu'il défend. MM. Morissot et Sauvage oppo-
sent leur mutisme aux demandes réitérées de l'en-
nemi : ils sont impénétrables, fermés, intègres, faisant
obstacle de leurs corps au passage dans Paris encerclé,
place forte impénétrable. Nous insistons sur les
termes. Boule de suif est une « citadelle vivante »
(p. 76), sans « brèche dans [sa] résistance » (p. 78) :
impénétrable pour l'agresseur militaire et sexuel. Elle
l'est au point de résister à Cornudet aussi, lui rappelant
qu' « il y a des Prussiens dans la maison » (p. 66). Son
corps, composé de formes sphériques, est la représen-
tation géométrique de l'intégrité. Représentation que
Maupassant avait voulue si parfaite que dans la scène
avec Cornudet, il avait écrit d'abord : « Boule de suif
dont le ventre et les tetons se mêlaient sous le peignoir
[...] » ; l'image, supprimée probablement à la sugges-
tion de Flaubert qui proscrivit le mot « tetons[37] »,
insiste, selon la leçon du texte définitif, sur l'aspect
« replet » (p. 65) de la prostituée, mais, par effacement
de la morphologie sexuelle, elle la dessine par une ligne
ronde ininterrompue, comme une forme close, impé-
nétrable.

Rachel consent à satisfaire le désir des Prussiens,
mais lorsque Mlle Fifi s'écrie : « À nous [...] toutes les
femmes de France ! » (p. 98), elle s'insurge pour
défendre la clôture du corps féminin qu'est l'honneur.
L'agresseur s'en prend alors à sa personne, en la giflant
à toute volée ; « affolée de rage » (p. 98), elle lui plonge
un couteau dans la gorge : c'est elle qui le pénètre.
Irma, violée, rétablit son intégrité morale en propa-
geant parmi les Prussiens la vérole qu'ils lui ont

inoculée : elle les en pénètre. Fils pour fils, hommes pour bêtes, les paysans prennent, et au multiple, ce qu'on leur a pris. Calculateurs, âpres au gain, ils agissent suivant une logique de possession ; ils n'y gagnent rien, ils y laissent leur vie. Mais le compte est rond : ils ont rétabli leur intégrité dont la preuve irréfutable est l'intégralité du nom qui apparaît à l'heure où la mort clôt l'addition.

Seuls les intègres sont capables de résister à l'occupant. Par là s'explique l'interdiction de la sexualité en temps de guerre. Non seulement le corps féminin s'ouvre en acceptant le désir de l'autre, mais le corps masculin aussi, en « se mêlant » — c'est le verbe que Maupassant emploie de préférence pour décrire l'acte sexuel — à un autre corps, cesse d'être fermé sur lui-même. C'est pourquoi l'amour est exclu de ces histoires. Même le naïf auteur du *Mariage du lieutenant Laré* remet les noces au lendemain de la guerre, et dans les versions ultérieures toute idée d'accomplissement est absente. Irma fait l'amour pour détruire. Le désir des officiers des *Rois* est contrecarré par un « brave homme » (p. 202) de curé qui trouve que la guerre n'est pas « l'occasion de s'amuser » (p. 202). Celui des Prussiens dans *Mademoiselle Fifi* aboutira à un meurtre. Quant à Boule de suif, elle est prise au piège, trahie, vendue par ses compagnons de voyage ; leur immoralité se mesure à leur « joie égrillarde » (p. 80) pendant l'aventure : ce sont eux qui répondent au désir de l'occupant en brisant la résistance de la prostituée. Par là s'explique aussi qu'une armée, un « corps » dont l'attribut principal est la moustache, symbole d'une virilité qui triomphe des femmes, ne peut pas résister à l'ennemi. L'attitude critique de Maupassant à l'égard de Céard et d'Alexis se comprend par là : ni les Cléopâtre, ni les comtesses qui forniquent avec des prêtres n'ont leur place dans un récit sur la guerre.

Les bourgeois sont « émasculés par le commerce » (p. 40). Leur « gros ventre de marchand riche » que « [la] famine et les fatigues [n'ont] point diminué »

(p. 125), est le synonyme corporel du capital qui
s'accumule comme la graisse, et qui, malgré la guerre,
a été préservé. Ce ventre, comme la richesse sur
laquelle ils sont assis, immobilise leurs propriétaires
enrôlés dans la garde nationale sédentaire. À l'ap-
proche de l'ennemi, ils se cachent parce que, contraire-
ment à la rondeur recouverte d'une peau « tendue »
(p. 52), faite pour résister, comme l'est celle de Boule
de suif, leur obésité est mollesse, lourdeur, couardise.
Deux cents contre six, cinquante contre un, ils n'agis-
sent que rassurés par leur poids. Le cas de M. Dubuis
qui écrase l'adversaire en combat singulier « du poids
énorme de son ventre » (p. 129) est une exception
parce que la colère, un « emportement naturel »,
prend alors le dessus sur la prudence qui règle la
conduite de la bourgeoisie dont l'unique souci est
d'éviter les pertes. Après le duel où il a tué le Prussien,
M. Dubois trotte, flanqué de ses témoins également
pourvus de gros ventres, pour ne pas manquer le train ;
pour ne pas le *perdre*. Si Maupassant n'a pas recueilli
Un duel, c'est, peut-être, à cause du ton oscillant entre
la satire et l'éloge, qui ne le satisfaisait pas. Le ton de
Deux amis, en revanche, est sans équivoque : c'est un
récit tragique. Il commence par l'image de M. Moris-
sot se promenant au boulevard « le ventre vide »
(p. 103).
 Le capital est une institution. La morale qu'il
implique interdit la dépense : on ne donne pas son
énergie ni son sang. La raison principale de la défaite
est que toutes les classes dominantes observent cette
morale, comme c'est démontré dans *Boule de suif* où le
pouvoir de l'aristocratie est assimilé à celui du capital :
« rapprochés par un instinct de conservateurs »
(p. 53), Loiseau, le marchand de vin à « réputation de
filou » (p. 50), M. Carré-Lamadon, « homme considé-
rable, posé dans les cotons » (p. 50), et le comte
Hubert de Bréville, « parlaient argent » (p. 53). Le
comte, collègue de M. Carré-Lamadon au Conseil
général, est un « grand seigneur dix fois million-

naire » (p. 53). Un pays gouverné par ces classes ne peut disposer que d'une armée de parade, l'interdiction de se dépenser s'étendant à la carrière militaire qui, d'origine féodale, se confond, à l'instar de la noblesse, avec la communauté instituée par le capital. *Boule de suif*, constate Alain Boureau au terme d'une analyse des rapports entre les voyageurs de la diligence, est l'histoire d'une mutation profonde de la société française au lendemain de 1870[38].

Valeur dominante, l'argent est une valeur anonyme, à l'opposé de l'individualité. Il s'échange, circule, se mélange : il est à l'opposé de la clôture qu'est l'intégrité. Ceux qui ne résistent pas à son pouvoir envahissant ne peuvent pas résister non plus à l'envahisseur étranger : telle est la leçon des histoires de guerre de Maupassant. En se soustrayant à la règle de la prostitution, Boule de suif renie son gagne-pain. Le père Milon, « avare et difficile en affaires » (p. 113), commence à compter en écus, et finit par déclarer que c'est la mort de son père et de son fils qu'il s'est fait payer. Motif inspiré par la vigne vierge dans la nouvelle de Zola, la vigne, chez Maupassant, plantée à l'endroit où le fermier a été fusillé, « donnera » (p. 112).

Ainsi, l'intégrité va de pair chez Maupassant avec la clôture, c'est pourquoi elle seule résiste à l'agresseur. Or, seul l'individu est clos, imperméable, impénétrable. Lorsque, à l'heure suprême, les héros affirment leur individualité, c'est l'écrivain qui met ainsi en évidence le fondement de leur héroïsme en consacrant celui-ci. L'apparition exclusive de cet héroïsme à l'époque de l'occupation s'explique par la même logique : l'espace clos qu'est l'identité individuelle ne peut pas être occupé par l'étranger, il ne peut qu'être supprimé, disparaître à l'heure de la mort. Ceux qui reculent devant cette solution s'abritent, pour préserver leur vie, derrière les règles des institutions qui les privent de leur individualité et, partant, de leur capacité de résistance, annulant ainsi toute possibilité de conflit avec l'envahisseur.

C'est cette logique étrange qui permet de réduire la contradiction de la thèse de Maupassant : l'institution qui va à l'encontre de l'individualisme est l'ennemie de la cause commune parce que, en supprimant les frontières entre personnes, elle supprime la clôture qui arrête l'occupant.

La différence entre l'auteur de *Boule de suif* et les autres collaborateurs des *Soirées de Médan* s'instaure à partir de cette thèse : Maupassant est le seul à affirmer le patriotisme et l'intégrité morale, valeurs positives et traditionnelles. C'est par là qu'il rassure. Sa façon scandaleuse de les affirmer renouvelle ces valeurs, les renforce en les inscrivant dans un contexte de protestation. Les qualités littéraires de *Boule de suif*, le bel équilibre de la composition, la sensualité des descriptions, l'humour, la crédibilité des observations, sont liés à cette attitude positive, à cette foi en la capacité de résistance de l'individu. Il s'ensuit, cependant, que ces histoires de guerre imprégnées d'optimisme ne montrent que des cas d'exception. La vérité générale, celle qui fonde la définition de la guerre de Maupassant, est absente de ses récits. Ne pas sortir de l'anonymat des fosses communes « ceux qu'on tue par masses, qui forment la vraie chair à canon, parce qu'ils sont le nombre », les « humbles », les « pauvres » (p. 146), n'est-ce pas trahir leur mémoire ? Mettre en valeur les victoires morales de l'individu, n'est-ce pas occulter la défaite qui a écrasé une nation, le massacre qui a décimé deux nations ?

Message apocalyptique : l'intégrité est écrasée par la guerre.

La nuit qui suivit la composition de *La Mère sauvage*, Maupassant fit « le plus affreux cauchemar de [sa] vie » : « Dans la rue, un flot humain s'écoulait lentement, et, partout, les horribles casques à pointe brillaient au soleil. Il y en avait devant les portes, sur

les bancs des avenues, sur l'impériale des omnibus, dans les loges de concierges, et je les devinais dans les appartements, derrière les portes, et dans les magasins, derrière les comptoirs, partout, partout [...]. / Et je restai là, oppressé, fou d'angoisse et de terreur. [...] / Et je me mis à pleurer, moi qui ne sais pas pleurer, je me mis à pleurer, la gorge brûlante et le cœur crispé. Tout à coup, comme en proie à un accès de folie, je bondis droit devant moi, avec une envie atroce de défoncer des poitrines couvertes de tuniques bleues et de cogner sur des crânes surmontés de casques à pointe. J'étais fou, vous dis-je, enragé de désespoir [39]. »

L'invasion, c'est la démesure, la multitude affolante. Dans le récit *princeps*, *Le Mariage du lieutenant Laré*, elle est comparée à « une mer débordée » qui, en « grands flots d'hommes », entre « par toute la frontière » (p. 259). C'est à ce cataclysme que l'individu tente de résister.

Boule de suif, lorsque les Prussiens entrent dans Rouen, pleure de colère ; lorsqu'ils entrent chez elle, elle saute à la gorge du premier. Elle doit fuir. C'est ainsi qu'elle se retrouve dans la diligence, arche qui vogue sur les flots de l'invasion, contenant un couple de chaque classe dominante. Par sa profession qui ne reconnaît d'autre but à la sexualité que le plaisir, elle est exclue de cette société vouée à se reproduire. Son exclusion qui la prédestine au sort de la victime est marquée par sa place dans la diligence : elle est la seule femme sur le banc des hommes. Elle échappe au premier danger, celui d'être dévorée — c'est l'interprétation d'Alain Boureau que nous suivons [40], confirmée sur ce point par celle de Philippe Bonnefis [41] —, en donnant à manger à ses compagnons affamés ; elle-même « appétissante », « grasse à lard », les doigts pareils à des « chapelets de courtes saucisses » (p. 52), elle possède, de plus, un panier de provisions « sous ses jupons » (p. 54).

Innombrables, les soldats prussiens couvrent la France, écrit ailleurs Maupassant, « comme les saute-

relles d'Afrique » (p. 127) : ils détruisent en dévorant.
Les corps de MM. Morissot et Sauvage seront jetés aux
poissons ; leur pêche, des goujons frits vivants, sera
dévorée par l'officier prussien qui les fait fusiller. Le
« corps rouge », « encore palpitant », du lapin volé par
les Prussiens que la mère Sauvage devait leur préparer,
la faisait penser à son fils mort, « coupé en deux et tout
rouge » (p. 148). Elle ne put en manger. Ses commen-
saux le « dévorèrent », pendant qu'elle « les regardait
de côté, sans parler, mûrissant une idée » (p. 148) ;
c'est alors qu'elle décide de se venger sur eux. Dévo-
rer, c'est tuer en dépeçant, morcelant, broyant : en
détruisant l'intégrité. Tel était le sort de la France sous
l'invasion des « sauterelles ». Boule de suif y a
échappé.

Mais la dévoration n'est pas seulement un symbole.
Les occupés devaient nourrir les occupants. Le Prus-
sien de Saint-Antoine « était un gros garçon à la chair
grasse et blanche [42] » ; le paysan lui donne à manger
plus qu'il ne peut, l'engraisse, en fait son « cochon ».
Les pensionnaires de la mère Sauvage « étaient quatre
gros garçons, [...], demeurés gras malgré les fatigues
qu'ils avaient endurées », à la « chair blanche et rose »
(p. 145). Des « gros porcs », dit Boule de suif parlant
de l'occupant (p. 58). Le porc est immonde, mange les
immondices, se vautre dans l'immondice. Le Prussien
de Saint-Antoine meurt sur le fumier. « Oui, madame,
ces gens-là, ça ne fait que manger des pommes de terre
et du cochon, et puis du cochon et des pommes de
terre. Et il ne faut pas croire qu'ils sont propres ! — Oh
non ! — Ils ordurent partout, sauf le respect que je
vous dois. » (P. 64.) Dans Paris affamé pendant le
siège, « on mangeait n'importe quoi » (p. 103) : l'inva-
sion a souillé la France. « Il y avait [...] quelque chose
dans l'air, quelque chose de subtil et d'inconnu, une
atmosphère étrangère intolérable, comme une odeur
répandue, l'odeur de l'invasion. Elle emplissait les
demeures et les places publiques, changeait le goût des
aliments, donnait l'impression d'être en voyage, très

loin, chez des tribus barbares et dangereuses. » (P. 46.)
C'est par la gravité que prend la symbolique anale dans
ses récits que s'explique le mépris de Maupassant pour
Sac au dos de Huysmans, histoire d'un transit intesti-
nal.

Le panier de Boule de suif contenait des « provisions
préparées pour un voyage de trois jours, afin de ne
point toucher à la cuisine des auberges » (p. 55).
Précaution justifiée par l'aspect des denrées achetées à
l'hôtel et qui composent le second repas consommé
dans la diligence : un pâté de « chair brune [de] gibier
mêlée à d'autres viandes hachées », un carré de gruyère
qui, « apporté dans un journal, gardait imprimé :
" fait divers " sur sa pâte onctueuse », « un rond de
saucisson qui sentait l'ail », et des œufs durs dont
Cornudet « détacha la coque », puis « la jeta sous ses
pieds dans la paille » (p. 85). Des nourritures salies,
salissantes ou de couleur sale, informes, puantes.
Mangeurs d'immondices, ses compagnons de voyage
empêchent d'abord Boule de suif d'éviter le contact
alimentaire qui lui répugne, et, ensuite, le contact
sexuel avec le Prussien, le porc, qui la laissera repartir
« souillée » (p. 84). Or, la souillure compromet l'inté-
grité, et non seulement au sens figuré.

Le matin de ce second départ, on s'éloignait du
« contact impur » (p. 83) de Boule de suif, « comme si
elle eût apporté une infection dans ses jupes » (p. 83).
Irma, violée, est infectée réellement d'une maladie
destructrice. Mlle Fifi détruit en souillant, sa « mine »
de poudre emplit le salon de trombes de fumée noire,
irrespirable. Il « [bat] des mains avec délire devant une
Vénus de terre cuite dont la tête [a] enfin sauté », et
examine avec ses compagnons les « morceaux de
porcelaine, s'étonnant aux dentelures étranges des
éclats », « la figure souriante d'une curiosité enfan-
tine » (p. 92) : des enfants, des barbares qui jouissent
en détruisant. La description de ces ravages importe à
Maupassant, les variantes en font preuve. C'est l'image
de l'Allemand naïf, sentimental, savant, que la France

a élaborée au cours du XIX[e] siècle, qui est annulée en
1870. Flaubert à George Sand : « Quelle barbarie !
quelle reculade ! [...] Ces officiers qui cassent des
glaces en gants blancs, qui savent le sanscrit et se ruent
sur le champagne, qui vous volent votre montre et vous
envoient ensuite leur carte de visite, cette guerre pour
de l'argent, ces civilisés sauvages me font plus horreur
que les Cannibales [43]. » Plus horribles, selon Maupas-
sant aussi, puisque, à la différence des officiers français
qui, dans *Les Rois*, pillent et détruisent pour manger et
se chauffer, les Prussiens de *Mademoiselle Fifi* transfor-
ment l'art en détritus.

Des barbares : « barbu[s] jusqu'aux yeux » (p. 126),
contrairement aux Français qui se rasent « le jour
même du combat » pour « être coquets jusqu'au
dernier moment » (p. 123); or, un « homme barbu
[...] n'a jamais de finesse dans le visage », tandis qu'un
« homme à moustaches garde son allure propre et sa
finesse en même temps » (p. 122). Des brutes, infan-
tiles et sales. Mais pire encore est le petit lieutenant
avec « sa naissante moustache », « sa taille fine », « sa
tournure coquette » (p. 89) que ses camarades ont
surnommé « Mlle Fifi ». Utilisant le surnom comme
nom, Maupassant désigne son personnage par le
pronom « elle » : de sexe inverti, c'est un pervers
sadique que le couteau loyal d'une prostituée supprime
au nom de l'intégrité des sexes.

Rachel a plongé son couteau dans la gorge de
Mlle Fifi. Boule de suif a sauté à la gorge du Prussien
entré chez elle pour l'étrangler. Sacrifiée, puis rejetée
par ses compatriotes « comme une chose malpropre »,
c'est elle qui sera étranglée d'exaspération, « noyée
dans le mépris » (p. 85). Rachel s'est libérée du piège
subtil des mots en en coupant, littéralement, le dernier
dans la gorge de son ennemi. Boule de suif a été prise
au piège, non seulement à celui des « gredins hon-
nêtes » (p. 85), mais aussi à celui de la diligence où elle
est enfermée, sans pouvoir s'arracher à leur compa-
gnie, et à celui du Prussien qui enferme les voyageurs

à Tôtes. On touche au thème central de l'œuvre de
Maupassant, celui du piège, mis en évidence par
Micheline Besnard-Coursodon [44]. Les éléments du
piège se distinguent clairement, cette fois aussi : la
menace de strangulation ; la cage de la voiture et les
harnais, des courroies, des cordes ; l'officier prussien,
« serré dans son uniforme comme une fille dans son
corset », avec une moustache « s'amincissant indéfini-
ment de chaque côté et terminée par un seul fil blond si
mince qu'on n'en apercevait pas la fin » (p. 60-61).
Pour M. Dubuis, le train est un piège. MM. Morissot
et Sauvage sont ligotés, tués, jetés dans la rivière.
Partout présent dans les histoires de guerre, ce thème y
prend, de plus, une signification particulière : l'occu-
pation elle-même est un piège.

Les Prussiens sont partout, ils prennent toute la
place. Ils dévorent comme des sauterelles, ils emplis-
sent l'air de l'odeur de l'invasion, ils salissent et
détruisent tout à leur passage : par leur multitude, qui
hante sans cesse Maupassant, ce sont des persécuteurs
auxquels nul n'échappe. « Tans vingt ans, toute l'Eu-
rope, toute, abartiendra à nous. » (P. 127.) Les bons
garçons aussi, les simples soldats inoffensifs qui aident
les paysannes restées sans hommes, prennent la place
d'autrui, des maris, des fils. « Nous sommes leurs
maîtres ! » « À nous la France et les Français, les bois,
les champs et les maisons de la France ! » « À nous
aussi [...] toutes les femmes de France ! » (P. 98.)
Vivre en pays occupé, c'est ne pas avoir de place ; c'est
être écrasé, étouffé, c'est mourir de dyspnée.

Ailleurs, nous avons analysé les fondements incons-
cients de ce thème [45] : le fantasme de l'utérus meur-
trier, du piège de l'appareil maternel, et la disposition à
la psychose dont il est l'expression. Ici, ayant parcouru
toute la gamme de la régression, la défaillance de la
sexualité et de la rétention anale, la peur de la
destruction anale et du cannibalisme, nous touchons
à ce fond sans fond qu'est le corps démesuré, omni-
présent, de la mère primitive, arbitraire et implacable

comme la nature. C'est elle qui est le modèle de
l'invasion représentée comme « cataclysme », « trem-
blement de terre écrasant sous les maisons croulantes
un peuple entier », « fleuve débordé qui roule les
paysans noyés avec les cadavres des bœufs et les
poutres arrachées aux toits » (p. 45). C'est elle qu'évo-
que la « terreur superstitieuse » qu'inspirent les Prus-
siens « invisibles et tout-puissants » (p. 105). C'est son
œuvre, la guerre, avec les « plaines de chair pilée mêlée
à la terre boueuse et rougie », les « monceaux de
cadavres », « les bras ou les jambes emportés, la
cervelle écrabouillée » (p. 253). Raconter cela était
impossible, mais, à l'arrière-plan des récits, l'angoisse
est toujours présente.

Dans les récits fantastiques où il apparaît tel qu'en
lui-même, sans masque devant son visage invisible, le
monstre a toujours le dessus : le moi s'effondre,
s'abîme dans la psychose. Dans les histoires de guerre,
en revanche, l'individu — le moi — résiste, parvient à
garder ses structures, son intégrité, parce que c'est
avec une réalité extérieure, avec une expérience histori-
que qu'il est aux prises. C'est pourquoi le message
idéologique est essentiel : capable de contrebalancer le
poids du fantasme, du cauchemar affolant, il sauve
l'équilibre de la personnalité. D'où l'optimisme sur-
prenant de ces nouvelles où la restauration de l'indi-
vidu implique aussi celle de la loi qui préserve le nom
authentique. Dans le reste de l'œuvre, la loi se confond
avec l'institution [46].

Deux amis est l'histoire d'un amour. Morissot qui
entre en scène le premier et qui, contrairement à son
ami appelé « M. Sauvage » tout au long du récit, n'a
son nom précédé de « M. » que dans les dialogues,
occupe, initialement, la place du sujet de désir dans un
amour heureux grâce à la distance sagement préservée,
traduite par ce « M. » qui précède le nom de l'aimé.
C'est l'amour idéal où le sexe perd sa signification
parce que les partenaires ne « se mêlent » pas, mais
gardent leur intégrité. Ils passent de belles heures

« côte à côte », « ils [s'entendent] admirablement sans rien dire, ayant des goûts semblables et des sensations identiques » (p. 103). Ils s'entendent aussi, sans un mot, pour accepter la mort qu'ils subissent « côte à côte » (p. 109). Leurs corps tombent l'un sur l'autre, réunis. Ils ont sauvé leur amour.

Dans *Le Mariage du lieutenant Laré*, les soldats sauvent la vie d'une jeune fille par une nuit glaciale. Couchée sur un brancard, recouverte d'une dizaine de capotes militaires, portée sur leurs épaules, elle arrive en lieu sûr. Le fantasme angoissant prend ici une forme inversée : c'est la femme qui est prise dans un utérus fabriqué par un groupe d'hommes, dans un piège salvateur. C'est le fantasme *princeps*, trois fois retravaillé. Un fantasme joyeux de jeune sportif, inspiré par la guerre. Mais sa version tragique ne tarde pas à se constituer : il apparaît dans *La Folle*, histoire d'une femme paralysée par la démence, et que les Prussiens, qui ne croient pas à sa maladie, transportent, avec son lit, au fond de la forêt où elle mourra gelée.

La neige, présente dans la plupart de ces nouvelles — un souvenir personnel encore —, est la couverture meurtrière, le linceul dans lequel la nature ensevelit ses enfants qu'elle reprend dans son sein. Elle réapparaît dans *L'Angélus*, la dernière œuvre, inachevée, de Maupassant où la conjonction entre les thèmes de l'invasion et de l'utérus maléfique est explicitée : une femme enceinte, expulsée de son château et maltraitée par l'occupant, donne naissance à un enfant infirme. Le dernier feuillet connu du manuscrit est une série d'imprécations contre Dieu, le monstre qui a inventé la guerre.

Chaque être humain est la créature infirme, incapable de fuir son destin, de ce Dieu qui ne lui a donné la vie que pour la reprendre. Les envahisseurs ne sont que ses émissaires, de même que les « gredins honnêtes », innombrables eux aussi, puisqu'ils dominent toute la société. L'arche qu'il a autorisé de construire n'est qu'une de ses ruses : voguant sur les flots de

l'invasion dans l'intimité d'autres rescapés, Boule de
suif voit un instant tomber les barrières sociales, et se
croit libre; mais elle sera reprise dans sa double
captivité de prostituée et de vaincue. Dieu s'est amusé,
comme d'innombrables fois depuis l'éternité. À la
lumière de la dernière œuvre de Maupassant, interrom-
pue par l'effondrement psychique, celle qui l'a fait
naître à la littérature apparaît aussi comme une parmi
d'autres, comme un élément d'une série.

Maupassant a écrit plus de trois cents nouvelles. À la
guerre, il n'en a consacré qu'une vingtaine. Parce
qu'elle n'a instauré qu'une série parmi d'autres ? Ou
parce que, en restaurant l'individu et la loi sur le fond
de l'immense défaite, du gigantesque massacre, elle
n'est sujet fécond qu'à des moments exceptionnels ?

Antonia FONYI.

NOTES

1. Cf. la notice de « La Guerre », p. 296.
2. Quatre récits sur la guerre de 1870, parus dans d'autres volumes de la présente collection, sont absents dans celui-ci : *La Folle, Saint-Antoine, L'Aventure de Walter Schnaffs*, recueillis dans *Contes de la Bécasse* (GF 272), et *Tombouctou*, recueilli dans *Contes du jour et de la nuit* (GF 292).
3. Lettre à sa mère [27 août 1870], *Correspondance* (*Corr*. par la suite), établie par Jacques Suffel (3 vol., t. 16 des *Œuvres complètes*, Évreux, Le Cercle du Bibliophile, 1973), t. I, p. 19-20.
4. *Ibid.*, p. 20.
5. Lettre à sa mère [1870], *ibid.*, p. 19.
6. Préface pour *Les Soirées du Médan*, Édition du Cinquantenaire, Paris, Fasquelle, 1930.
7. « Le mythe de Médan », *Cahiers naturalistes*, 1981, p. 31-40.
8. Une première version de ce poème, peu différente, publiée en 1876 dans *La République des Lettres* sous le titre « Au bord de l'eau », n'a soulevé aucune protestation.
9. Les contemporains assurent que Mirbeau aurait participé aux *Soirées de Médan* s'il n'avait pas été absent de Paris à l'époque.
10. *Journal*, le 16 avril 1877. Édition de Robert Ricatte, Paris, Fasquelle et Flammarion, 1956, t. II, p. 1182-1183.
11. Titre d'un article consacré aux jeunes naturalistes par Montjoyeux dans *Le Gaulois* du 27 décembre 1878.
12. Dans *Le Messager de l'Europe*, où la nouvelle paraît en juillet 1877, sous le titre *Un épisode de l'invasion de 1870*.
13. Dans *L'Artiste*, du 19 août au 21 octobre 1877.
14. La nouvelle a paru dans *Slovo* en septembre 1879, sous le titre *L'Armistice*.
15. Lettre du 5 janvier 1880, *Corr.*, t. I, p. 252-253.
16. Grâce à leur grande popularité, *Chants du soldat* (1872), suivis des *Nouveaux Chants du soldat* (1875), de Paul Déroulède donnent le ton de la littérature patriotique.

17. Lettre du 5 janvier 1880, *id.*

18. Paris, PUF, 1959.

19. Lettre à Mme Brainne [3 février 1880], *Correspondance, Œuvres complètes*, Paris, Club de l'Honnête homme, 1975, t. 16, p. 313.

20. Lettre du 1er février 1880, *ibid.*, p. 305.

21. Lettre à Flaubert [fin avril 1880], *Corr.*, t. I, p. 277.

22. Lettre du 24 avril 1879, *Corr.*, t. I, p. 218.

23. Lettre du 17 janvier 1877, *Corr.*, t. I, p. 112 et 115.

24. *Id.*, p. 51 ss.

25. Lettre à Flaubert [fin avril 1880], *Corr.*, t. I, p. 277.

26. *Les Soirées de Médan*, Paris, Charpentier, 1880, p. 49.

27. Cf. note 12.

28. Lettre à Flaubert [fin avril 1880], *id.*

29. *Ibid.*

30. *Ibid.*

31. *Les Soirées de Médan, id.*, p. 147.

32. Lettre à Flaubert [fin avril 1880], *id.*

33. *Id.*, p. 267.

34. Cf. notre introduction pour *La Petite Roque et autres histoires criminelles*, Paris, Flammarion, GF 545, 1989.

35. *Contes de la Bécasse*, Paris, Flammarion, GF 272, 1979, p. 218.

36. *La Petite Roque et autres histoires criminelles, op. cit.*

37. Cf. note 49 de *Boule de suif*.

38. « Maupassant et le cannibalisme social », *Stanford French Review*, 1978, n° 3, p. 351-362.

39. Texte noté par Hermine Lecomte du Noüy qui le publie dans « Guy de Maupassant intime », *La Grande Revue*, 10 avril 1913.

40. *Id.*

41. *Comme Maupassant*, Presses Universitaires de Lille, 1981, p. 44.

42. *Id.*, p. 219.

43. Lettre du 11 mars [1871]. *Correspondance, id.*, t. 14, p. 625.

44. *Étude thématique et structurale de l'œuvre de Maupassant : le piège*, Paris, Nizet, 1973.

45. Cf. notre introduction pour *Le Horla et autres contes d'angoisse*, Paris, Flammarion, GF 409, 1984.

46. Cf. notre introduction pour *La Petite Roque et autres histoires criminelles, op. cit.*

BOULE DE SUIF
et
autres histoires de guerre

BOULE DE SUIF

Pendant plusieurs jours de suite des lambeaux d'armée en déroute avaient traversé la ville [1]. Ce n'était point de la troupe, mais des hordes débandées. Les hommes avaient la barbe longue et sale, des uniformes en guenilles, et ils avançaient d'une allure molle, sans [2] drapeau, sans régiment. Tous semblaient accablés, éreintés, incapables d'une pensée ou d'une résolution, marchant seulement par habitude, et tombant de fatigue sitôt qu'ils s'arrêtaient. On voyait surtout des mobilisés, gens pacifiques, rentiers tranquilles, pliant sous le poids du fusil [3] ; des petits moblots [4] alertes, faciles à l'épouvante et prompts à l'enthousiasme, prêts à l'attaque comme à la fuite ; puis, au milieu d'eux, quelques culottes rouges [5], débris d'une division moulue dans [6] une grande bataille ; des artilleurs sombres alignés avec ces fantassins divers ; et [7], parfois, le casque brillant d'un dragon au pied pesant qui suivait avec peine la marche plus légère des lignards [8].

Des légions de francs-tireurs [9] aux appellations héroïques : « les Vengeurs de la Défaite — les Citoyens de la Tombe — les Partageurs de la Mort » — passaient à leur tour, avec des airs de bandits.

Leurs chefs, anciens commerçants en draps ou en graines, ex-marchands de suif ou de savon, guerriers de circonstance, nommés officiers pour leurs écus ou la longueur de leurs moustaches, couverts d'armes, de

flanelle et de galons, parlaient d'une voix retentissante, discutaient plans de campagne, et prétendaient soutenir seuls la France agonisante sur leurs épaules de fanfarons ; mais ils redoutaient parfois leurs propres soldats, gens de sac et de corde, souvent braves à outrance, pillards et débauchés.

Les Prussiens allaient entrer dans Rouen, disait-on.

La Garde nationale[10] qui, depuis deux mois, faisait des reconnaissances très prudentes dans les bois voisins, fusillant parfois ses propres sentinelles, et se préparant au combat quand un petit lapin remuait sous des broussailles, était[11] rentrée dans ses foyers. Ses armes, ses uniformes, tout son attirail meurtrier dont elle épouvantait naguère les bornes des routes nationales à trois lieues à la ronde avaient subitement disparu.

Les derniers[12] soldats français venaient enfin de traverser la Seine pour gagner Pont-Audemer[13] par Saint-Sever et Bourg-Achard ; et, marchant après tous, le général désespéré, ne pouvant rien tenter avec ces loques disparates, éperdu lui-même dans la grande débâcle d'un peuple habitué à vaincre et désastreusement battu malgré sa bravoure légendaire, s'en allait à pied, entre deux[14] officiers d'ordonnance.

Puis un calme profond, une attente épouvantée et silencieuse avaient plané sur la cité. Beaucoup de bourgeois bedonnants, émasculés par le commerce, attendaient anxieusement les vainqueurs, tremblant qu'on ne considérât comme une arme leurs broches à rôtir ou leurs grands couteaux de cuisine.

La vie semblait arrêtée, les boutiques étaient closes, la rue[15] muette. Quelquefois un habitant, intimidé par ce silence, filait rapidement le long des murs.

L'angoisse de l'attente faisait désirer la venue de l'ennemi.

Dans l'après-midi du jour qui suivit le départ des troupes françaises, quelques uhlans, sortis on ne sait d'où, traversèrent la ville avec célérité. Puis, un peu plus tard, une masse noire descendit de la côte Sainte-

Catherine, tandis que deux autres flots envahisseurs apparaissaient par les routes de Darnetal et de Bois-Guillaume. Les avant-gardes des trois corps, juste au même moment, se joignirent sur la place de l'Hôtel-de-Ville ; et, par toutes les rues voisines, l'armée allemande arrivait, déroulant ses bataillons qui faisaient sonner les pavés sous leur pas dur et rythmé.

Des commandements criés d'une voix inconnue et gutturale montaient le long des maisons qui semblaient mortes et désertes, tandis que [16], derrière les volets fermés, des yeux guettaient ces hommes victorieux, maîtres de la cité, des fortunes et des vies de par le « droit de guerre [17] ». Les habitants, dans leurs chambres assombries, avaient [18] l'affolement que donnent les cataclysmes, les grands bouleversements meurtriers de la terre, contre lesquels toute sagesse et toute force sont inutiles. Car la même sensation reparaît chaque fois que l'ordre établi des choses est renversé, que la sécurité n'existe plus, que tout ce que protégeaient les lois des hommes ou celles de la nature, se trouve à la merci d'une brutalité inconsciente et féroce. Le tremblement de terre écrasant sous les maisons croulantes un peuple entier ; le fleuve débordé qui roule les paysans noyés avec les cadavres des bœufs et les poutres arrachées aux toits, ou l'armée glorieuse massacrant ceux qui se défendent, emmenant les autres prisonniers, pillant au nom du Sabre et remerciant un Dieu au son du canon, sont autant de fléaux effrayants qui déconcertent toute croyance à la justice éternelle, toute la confiance qu'on nous enseigne en la protection du ciel et la raison de l'homme.

Mais à chaque porte des petits détachements frappaient, puis disparaissaient dans les maisons. C'était l'occupation après l'invasion. Le devoir commençait pour les vaincus de se montrer gracieux envers les vainqueurs.

Au bout de quelque temps, une fois la première terreur disparue, un calme nouveau s'établit. Dans beaucoup de familles l'officier prussien mangeait à

table. Il était parfois bien élevé, et, par politesse, plaignait la France, disait sa répugnance en prenant part à cette guerre. On lui était reconnaissant de ce sentiment ; puis on pouvait, un jour ou l'autre, avoir besoin de sa protection. En le ménageant on obtiendrait peut-être quelques hommes de moins à nourrir. Et pourquoi blesser quelqu'un dont on dépendait tout à fait ? Agir ainsi serait moins de la bravoure que de la témérité. — Et la témérité n'est plus un défaut des bourgeois de Rouen, comme au temps des défenses héroïques où s'illustra leur cité. — On se disait enfin, raison suprême tirée de l'urbanité française, qu'il demeurait bien permis d'être poli dans son intérieur pourvu qu'on ne se montrât pas familier en public, avec le soldat étranger. Au-dehors on ne se connaissait plus, mais dans la maison on causait volontiers, et l'Allemand demeurait plus longtemps, chaque soir, à se chauffer au foyer commun.

La ville même reprenait peu à peu de son aspect ordinaire. Les Français ne sortaient guère encore, mais les soldats prussiens grouillaient dans les rues. Du reste[19], les officiers de hussards bleus, qui traînaient avec arrogance leurs grands outils de mort sur le pavé, ne semblaient pas avoir pour les simples citoyens énormément plus de mépris que les officiers de chasseurs, qui, l'année d'avant, buvaient aux mêmes cafés.

Il y avait cependant quelque chose dans l'air, quelque chose de subtil et d'inconnu, une atmosphère étrangère intolérable, comme une odeur répandue, l'odeur de l'invasion. Elle emplissait les demeures et les places publiques, changeait le goût des aliments, donnait l'impression d'être en voyage, très loin, chez des tribus barbares et dangereuses.

Les vainqueurs exigeaient[20] de l'argent, beaucoup d'argent. Les habitants payaient toujours ; ils étaient riches d'ailleurs. Mais plus un négociant normand devient opulent et plus il souffre de tout sacrifice,

de toute parcelle de sa fortune qu'il voit passer aux mains d'un autre.

Cependant, à deux ou trois lieues sous la ville, en suivant le cours de la rivière, vers Croisset, Dieppe-dalle ou Biessart, les mariniers et les pêcheurs rame-naient souvent du[21] fond de l'eau quelque cadavre d'Allemand gonflé dans son uniforme, tué d'un coup de couteau ou de savate, la tête écrasée par une pierre, ou jeté à l'eau d'une poussée du haut d'un pont. Les vases du fleuve ensevelissaient ces vengeances[22] obscures, sauvages et légitimes, héroïsmes inconnus, attaques muettes, plus périlleuses que les batailles au grand jour et sans le retentissement de la gloire.

Car[23] la haine de l'Étranger arme toujours quelques Intrépides prêts à mourir pour une Idée.

Enfin, comme les envahisseurs, bien qu'assujettis-sant[24] la ville à leur inflexible discipline[25], n'avaient accompli aucune des horreurs que la renommée leur faisait commettre tout le long de leur marche triom-phale, on s'enhardit, et le besoin du négoce travailla de nouveau le cœur des commerçants du pays. Quel-ques-uns avaient de gros intérêts engagés au Havre que l'armée française occupait, et ils voulurent tenter de gagner ce port en allant par terre à Dieppe où ils s'embarqueraient[26].

On employa l'influence des officiers allemands dont on avait fait la connaissance, et une autorisation de départ fut obtenue du général en chef.

Donc, une grande diligence à quatre chevaux ayant été retenue pour ce voyage, et dix personnes s'étant fait inscrire chez le voiturier, on résolut de partir un mardi matin, avant le jour, pour éviter tout rassem-blement.

Depuis quelque temps déjà la gelée avait durci la terre, et le lundi, vers trois heures, de gros nuages noirs venant du nord apportèrent la neige qui tomba sans interruption pendant toute la soirée et toute la nuit.

À quatre heures et demie du matin les voyageurs se

réunirent dans la cour de l'Hôtel de Normandie, où
l'on devait monter en voiture.

Ils étaient encore pleins de sommeil, et grelottaient
de froid sous leurs couvertures. On se voyait mal dans
l'obscurité ; et l'entassement des lourds vêtements
d'hiver faisait ressembler tous ces corps à des curés
obèses avec leurs longues soutanes. Mais deux hommes
se reconnurent, un troisième les aborda, ils causèrent :
« J'emmène ma femme, dit l'un. — J'en fais autant. —
Et moi aussi. » Le premier ajouta : « Nous ne revien-
drons pas à Rouen, et si les Prussiens approchent du
Havre nous gagnerons l'Angleterre. » Tous avaient les
mêmes projets, étant de complexion semblable.

Cependant, on n'attelait pas la voiture. Une petite
lanterne que portait un valet d'écurie, sortait de temps
à autre d'une porte obscure pour disparaître immédia-
tement dans une autre. Des pieds de chevaux frap-
paient la terre, amortis par le fumier des litières ; et une
voix d'homme parlant aux bêtes et jurant s'entendait
au fond du bâtiment. Un léger murmure de grelots
annonça qu'on maniait les harnais ; ce murmure devint
bientôt un frémissement clair et continu, rythmé par le
mouvement de l'animal, s'arrêtant parfois, puis repre-
nant dans une brusque secousse qu'accompagnait le
bruit mat d'un sabot ferré battant le sol.

La porte subitement se ferma. Tout bruit cessa. Les
bourgeois gelés s'étaient tus ; ils demeuraient immo-
biles et roidis.

Un rideau de flocons blancs ininterrompu miroitait
sans cesse en descendant vers la terre ; il effaçait les
formes, poudrait les choses d'une mousse de glace ; et
l'on n'entendait plus, dans le grand silence de la ville
calme et ensevelie sous l'hiver que ce froissement
vague, innommable et flottant de la neige qui tombe,
plutôt sensation que bruit, entremêlement d'atomes
légers qui semblaient emplir l'espace, couvrir le
monde.

L'homme reparut, avec sa lanterne, tirant au bout
d'une corde un cheval triste qui ne venait pas volon-

tiers. Il le plaça contre le timon, attacha les traits, tourna longtemps autour pour assurer les harnais, car il ne pouvait se servir que d'une main, l'autre portant sa lumière. Comme il allait chercher la seconde bête, il remarqua tous ces voyageurs immobiles, déjà blancs de neige, et leur dit : « Pourquoi ne montez-vous pas dans la voiture? vous serez à l'abri, au moins. »

Ils n'y avaient pas songé, sans doute, et ils se précipitèrent. Les trois hommes installèrent leurs femmes dans le fond, montèrent ensuite; puis les autres formes indécises et voilées prirent à leur tour les dernières places sans échanger une parole.

Le plancher était couvert de paille où les pieds s'enfoncèrent. Les dames du fond, ayant apporté des petites chaufferettes en cuivre avec un charbon chimique, allumèrent ces appareils, et, pendant quelque temps, à voix basse, elles en énumérèrent les avantages, se répétant des choses qu'elles savaient déjà depuis longtemps.

Enfin, la diligence étant attelée avec six chevaux au lieu de quatre à cause du tirage plus pénible, une voix du dehors demanda : « Tout le monde est-il monté? » Une voix du dedans répondit : « Oui. » On partit.

La voiture avançait lentement, lentement, à tous petits pas. Les roues s'enfonçaient dans la neige; le coffre entier geignait avec des craquements sourds; les bêtes glissaient, soufflaient, fumaient, et le fouet gigantesque du cocher claquait sans repos, voltigeait de tous les côtés, se nouant et se déroulant comme un serpent mince, et cinglant brusquement quelque croupe rebondie qui se tendait alors sous un effort plus violent.

Mais le jour imperceptiblement grandissait. Ces flocons légers qu'un voyageur, Rouennais pur sang, avait comparés à une pluie de coton, ne tombaient plus. Une lueur sale filtrait à travers de gros nuages obscurs et lourds qui rendaient plus éclatante la

blancheur de la campagne où apparaissaient tantôt une
ligne de grands arbres vêtus de givre, tantôt une
chaumière avec un capuchon de neige.

Dans la voiture on se regardait curieusement, à la
triste clarté de cette aurore.

Tout au fond, aux meilleures places, sommeillaient,
en face l'un de l'autre, M. et Mme Loiseau, des
marchands de vin en gros de la rue Grand-Pont[27].

Ancien commis d'un patron ruiné dans les affaires,
Loiseau avait acheté le fonds et fait fortune. Il vendait
à très bon marché de très mauvais vin aux petits
débitants des campagnes, et passait parmi ses connais-
sances et ses amis pour un fripon madré, un vrai
Normand plein de ruses et de jovialité.

Sa réputation de filou était si bien établie, qu'un
soir, à la préfecture, M. Tournel, auteur de fables et de
chansons, esprit mordant et fin, une gloire locale,
ayant proposé aux dames qu'il voyait un peu somno-
lentes de faire une partie de « Loiseau vole », le mot
lui-même vola à travers les salons du préfet, puis,
gagnant ceux de la ville, avait fait rire pendant un mois
toutes les mâchoires de la province.

Loiseau était en outre célèbre par ses farces de toute
nature, ses plaisanteries bonnes ou mauvaises ; et
personne ne pouvait parler de lui sans ajouter immé-
diatement : « Il est impayable, ce Loiseau. »

De taille exiguë, il présentait un ventre en ballon
surmonté d'une face rougeaude entre deux favoris
grisonnants.

Sa femme, grande, forte, résolue, avec la voix haute
et la décision rapide, était l'ordre et l'arithmétique de
la maison de commerce qu'il animait par son activité[28]
joyeuse.

À côté d'eux se tenait, plus digne, appartenant à une
caste supérieure, M. Carré-Lamadon[29], homme consi-
dérable, posé dans les cotons, propriétaire de trois
filatures, officier de la Légion d'honneur et membre du
Conseil général. Il était resté tout le temps de l'Empire
chef de l'opposition bienveillante, uniquement pour se

faire payer plus cher son ralliement à la cause qu'il combattait avec des armes courtoises, selon sa propre expression. Mme Carré-Lamadon, beaucoup plus jeune que son mari, demeurait la consolation des officiers de bonne famille envoyés à Rouen en garnison.

Elle faisait vis-à-vis à son époux, toute petite, toute mignonne, toute jolie, pelotonnée dans ses fourrures, et regardait d'un œil navré l'intérieur lamentable de la voiture.

Ses voisins, le comte et la comtesse Hubert de Bréville, portaient un des noms les plus anciens et les plus nobles de Normandie. Le comte, vieux gentilhomme de grande tournure, s'efforçait d'accentuer, par les artifices de sa toilette, sa ressemblance naturelle avec le roy Henri IV qui, suivant une légende glorieuse pour la famille, avait rendu grosse une dame de Bréville dont le mari, pour ce fait, était devenu comte et gouverneur de province.

Collègue de M. Carré-Lamadon au Conseil général, le comte Hubert représentait le parti orléaniste dans le département. L'histoire de son mariage avec la fille d'un petit armateur de Nantes était toujours demeurée mystérieuse. Mais comme la comtesse avait grand air, recevait mieux que personne, passait même pour avoir été aimée par un des fils de Louis-Philippe, toute la noblesse lui faisait fête, et son salon demeurait le premier du pays, le seul où se conservât la vieille galanterie, et dont l'entrée fut difficile.

La fortune des Bréville, toute en biens-fonds, atteignait, disait-on, cinq cent mille livres de revenu[30].

Ces six personnes formaient le fond de la voiture, le côté de la société rentée, sereine et forte, des honnêtes gens autorisés qui ont de la Religion et des Principes.

Par un hasard étrange toutes les femmes se trouvaient sur le même banc ; et la comtesse avait encore pour voisines deux bonnes sœurs qui égrenaient de longs chapelets en marmottant des *Pater* et des *Ave*. L'une était vieille avec une face défoncée par la petite

vérole comme si elle eût reçu à bout portant une bordée
de mitraille en pleine figure. L'autre, très chétive[31],
avait une tête jolie et maladive sur une poitrine de
phtisique rongée par cette foi dévorante qui fait les
martyrs et les illuminés.

En face des deux religieuses un homme et une
femme attiraient les regards de tous.

L'homme, bien connu, était Cornudet[32], le démoc,
la terreur des gens respectables. Depuis vingt ans il
trempait sa grande barbe rousse dans les bocks de tous
les cafés démocratiques. Il avait mangé avec les frères
et amis une assez belle fortune qu'il tenait de son père,
ancien confiseur, et il attendait impatiemment la
République pour obtenir enfin la place méritée par tant
de consommations révolutionnaires. Au quatre sep-
tembre, par suite d'une farce peut-être, il s'était cru
nommé préfet, mais quand il voulut entrer en fonc-
tions, les garçons de bureau, demeurés seuls maîtres de
la place, refusèrent de le reconnaître, ce qui le
contraignit à la retraite. Fort bon garçon du reste,
inoffensif et serviable, il s'était occupé avec une ardeur
incomparable d'organiser la défense. Il avait fait creu-
ser des trous dans les plaines, coucher tous les jeunes
arbres des forêts voisines, semé des pièges sur toutes
les routes, et, à l'approche de l'ennemi, satisfait de ses
préparatifs, il s'était vivement replié vers la ville. Il
pensait maintenant se rendre plus utile au Havre, où de
nouveaux retranchements allaient être nécessaires.

La femme, une de celles appelées galantes, était
célèbre par son embonpoint précoce qui lui avait valu
le surnom de Boule de suif[33]. Petite, ronde de partout,
grasse à lard, avec des doigts bouffis, étranglés aux
phalanges, pareils à des chapelets de courtes saucisses,
avec une peau luisante et tendue, une gorge énorme
qui[34] saillait sous sa robe, elle restait cependant
appétissante et courue, tant sa fraîcheur faisait plaisir à
voir. Sa figure était une pomme rouge, un bouton de
pivoine prêt à fleurir, et là-dedans s'ouvraient, en haut,
deux yeux noirs magnifiques, ombragés de grands cils

épais qui mettaient une ombre dedans ; en bas, une bouche charmante, étroite, humide pour le baiser, meublée de quenottes luisantes et microscopiques.

Elle était de plus, disait-on, pleine de qualités inappréciables.

Aussitôt qu'elle fut reconnue, des chuchotements coururent parmi les femmes honnêtes, et les mots de « prostituée », de « honte publique » furent chuchotés si haut qu'elle leva la tête. Alors elle promena sur ses voisins un regard tellement provocant et hardi qu'un grand silence aussitôt régna, et tout le monde baissa les yeux à l'exception de Loiseau, qui la guettait d'un air émoustillé.

Mais bientôt la conversation reprit entre les trois dames que la présence de cette fille avait rendues subitement amies, presque intimes. Elles devaient faire, leur semblait-il, comme un faisceau de leurs dignités d'épouses en face de cette vendue sans vergogne ; car l'amour légal le prend toujours de haut avec son libre confrère.

Les trois hommes aussi, rapprochés par un instinct de conservateurs à l'aspect de Cornudet, parlaient argent d'un certain ton dédaigneux pour les pauvres. Le comte Hubert disait les dégâts que lui avaient fait subir les Prussiens, les pertes qui résulteraient du bétail volé et des récoltes perdues, avec une assurance de grand seigneur dix fois millionnaire que ces ravages gêneraient à peine une année. M. Carré-Lamadon, fort éprouvé dans l'industrie cotonnière, avait eu soin d'envoyer six cent mille francs en Angleterre, une poire pour la soif qu'il se ménageait à toute occasion. Quant à Loiseau, il s'était arrangé pour vendre à l'Intendance française tous les vins communs qui lui restaient en cave, de sorte que l'État lui devait une somme formidable qu'il comptait bien toucher au Havre.

Et tous les trois se jetaient des coups d'œil rapides et amicaux. Bien que de conditions différentes, ils se sentaient frères par l'argent, de la grande franc-

maçonnerie de ceux qui possèdent, qui font sonner de l'or en mettant la main dans la poche de leur culotte.

La voiture allait si lentement qu'à dix heures du matin on n'avait pas fait quatre lieues. Les hommes descendirent trois fois pour monter des côtes à pied. On commençait à s'inquiéter, car on devait déjeuner à Tôtes et l'on désespérait maintenant d'y parvenir avant la nuit. Chacun guettait pour apercevoir un cabaret sur la route, quand la diligence sombra dans un amoncellement de neige, et il fallut deux heures pour la dégager.

L'appétit grandissait, troublait les esprits, et aucune gargote, aucun marchand de vin ne se montraient, l'approche des Prussiens et le passage des troupes françaises affamées ayant effrayé toutes les industries.

Les messieurs coururent aux provisions dans les fermes au bord du chemin, mais ils n'y trouvèrent pas même de pain, car le paysan défiant cachait ses réserves dans la crainte d'être pillé par les soldats qui, n'ayant rien à se mettre sous la dent, prenaient par force ce qu'ils découvraient.

Vers une heure de l'après-midi, Loiseau annonça que décidément il se sentait un rude creux dans l'estomac. Tout le monde souffrait comme lui depuis longtemps ; et le violent besoin de manger, augmentant toujours, avait tué les conversations.

De temps en temps quelqu'un bâillait ; un autre presque aussitôt l'imitait ; et chacun, à tour de rôle, suivant son caractère, son savoir-vivre et sa position sociale, ouvrait la bouche avec fracas ou modestement en portant vite sa main devant le trou béant d'où sortait une vapeur.

Boule de suif, à plusieurs reprises, se pencha comme si elle cherchait quelque chose sous ses jupons. Elle hésitait une seconde, regardait ses voisins, puis se redressait tranquillement. Les figures étaient pâles et crispées. Loiseau affirma qu'il payerait mille francs un jambonneau. Sa femme fit un geste comme pour protester ; puis elle se calma. Elle souffrait toujours en entendant parler d'argent gaspillé, et ne comprenait

même pas les plaisanteries sur ce sujet. « Le fait est
que je ne me sens pas bien, dit le comte ; comment
n'ai-je pas songé à apporter des provisions ? » Chacun
se faisait le même reproche.

Cependant Cornudet avait une gourde pleine de
rhum ; il en offrit ; on refusa froidement. Loiseau seul
en accepta deux gouttes, et, lorsqu'il rendit la gourde,
il remercia : « C'est bon tout de même, ça réchauffe et
ça trompe l'appétit. » L'alcool le mit en belle humeur
et il proposa de faire comme sur le petit navire de la
chanson : de manger le plus gras des voyageurs. Cette
allusion indirecte à Boule de suif choqua les gens bien
élevés. On ne répondit pas ; Cornudet seul eut un
sourire. Les deux bonnes sœurs avaient cessé de
marmotter leur rosaire, et, les mains enfoncées dans
leurs grandes manches, elles se tenaient immobiles,
baissant obstinément les yeux, offrant sans doute au
ciel la souffrance qu'il leur envoyait.

Enfin, à trois heures, comme on se trouvait au
milieu d'une plaine interminable, sans un seul village
en vue, Boule de suif, se baissant vivement, retira de
sous la banquette un large panier couvert d'une
serviette blanche.

Elle en sortit d'abord une petite assiette de faïence,
une fine timbale en argent, puis une vaste terrine dans
laquelle deux poulets entiers, tout découpés, avaient
confit sous leur gelée ; et l'on apercevait encore dans le
panier d'autres bonnes choses enveloppées, des pâtés,
des fruits, des friandises, les provisions préparées pour
un voyage de trois jours afin de ne point toucher à la
cuisine des auberges. Quatre goulots de bouteilles
passaient entre les paquets de nourriture. Elle prit une
aile de poulet et, délicatement, se mit à la manger avec
un de ces petits pains qu'on appelle « Régence [35] » en
Normandie.

Tous les regards étaient tendus vers elle. Puis
l'odeur se répandit, élargissant les narines, faisant
venir aux bouches une salive abondante avec une
contraction douloureuse de la mâchoire sous les

oreilles. Le mépris des dames pour cette fille devenait féroce, comme une envie de la tuer, ou de la jeter en bas de la voiture, dans la neige, elle, sa timbale, son panier et ses provisions.

Mais Loiseau dévorait des yeux la terrine de poulet. Il dit : « À la bonne heure, madame a eu plus de précaution que nous. Il y a des personnes qui savent toujours penser à tout. » Elle leva la tête vers lui : « Si vous en désirez, monsieur ? C'est dur de jeûner depuis le matin. » Il salua : « Ma foi, franchement, je ne refuse pas, je n'en peux plus. À la guerre comme à la guerre, n'est-ce pas, madame ? » Et, jetant un regard circulaire, il ajouta : « Dans des moments comme celui-ci, on est bien aise de trouver des gens qui vous obligent. » Il avait un journal qu'il étendit pour ne point tacher son pantalon, et sur la pointe d'un couteau toujours logé dans sa poche, il enleva une cuisse toute vernie de gelée, la dépeça des dents, puis la mâcha avec une satisfaction si évidente qu'il y eut dans la voiture un grand soupir de détresse.

Mais Boule de suif, d'une voix humble et douce, proposa aux bonnes sœurs de partager sa collation. Elles acceptèrent toutes les deux instantanément, et, sans lever les yeux, se mirent à manger très vite après avoir balbutié des remerciements. Cornudet ne refusa pas non plus les offres de sa voisine, et l'on forma avec les religieuses une sorte de table en développant des journaux sur les genoux.

Les bouches s'ouvraient et se fermaient sans cesse, avalaient, mastiquaient, engloutissaient férocement. Loiseau, dans son coin, travaillait dur, et, à voix basse, il engageait sa femme à l'imiter. Elle résista longtemps, puis, après une crispation qui lui parcourut les entrailles, elle céda. Alors son mari, arrondissant sa phrase, demande à leur « charmante compagne » si elle lui permettait d'offrir un petit morceau à Mme Loiseau. Elle dit : « Mais oui, certainement, monsieur », avec un sourire aimable, et tendit la terrine.

Un embarras se produisit lorsqu'on eut débouché la

première bouteille de bordeaux : il n'y avait qu'une timbale. On se la passa après l'avoir essuyée. Cornudet seul, par galanterie sans doute, posa ses lèvres à la place humide encore des lèvres de sa voisine.

Alors, entourés de gens qui mangeaient, suffoqués par les émanations de nourritures, le comte et la comtesse de Bréville, ainsi que M. et Mme Carré-Lamadon souffrirent ce supplice odieux qui a gardé le nom de Tantale. Tout d'un coup la jeune femme du manufacturier poussa un soupir qui fit retourner les têtes ; elle était aussi blanche que la neige du dehors ; ses yeux se fermèrent, son front tomba ; elle avait perdu connaissance. Son mari, affolé, implorait le secours de tout le monde. Chacun perdait l'esprit, quand la plus âgée des bonnes sœurs, soutenant la tête de la malade, glissa entre ses lèvres la timbale de Boule de suif et lui fit avaler quelques gouttes de vin. La jolie dame remua, ouvrit les yeux, sourit, et déclara d'une voix mourante qu'elle se sentait fort bien maintenant. Mais afin que cela ne se renouvelât plus, la religieuse la contraignit à boire un plein verre de bordeaux, et elle ajouta : « C'est la faim, pas autre chose. »

Alors Boule de suif, rougissante et embarrassée, balbutia en regardant les quatre voyageurs restés à jeun : « Mon Dieu, si j'osais offrir à ces messieurs et à ces dames... » Elle se tut, craignant un outrage. Loiseau prit la parole : « Eh, parbleu, dans des cas pareils tout le monde est frère et doit s'aider. Allons, mesdames, pas de cérémonie, acceptez, que diable ! Savons-nous si nous trouverons seulement une maison où passer la nuit ? Du train dont nous allons, nous ne serons pas à Tôtes avant demain midi. » On hésitait, personne n'osant assumer la responsabilité du « oui ». Mais le comte trancha la question. Il se tourna vers la grosse fille intimidée, et, prenant son grand air de gentilhomme, il lui dit : « Nous acceptons avec reconnaissance, madame. »

Le premier pas seul coûtait. Une fois le Rubicon passé on s'en donna carrément. Le panier fut vidé. Il

contenait encore un pâté de foie gras, un pâté de
mauviettes[36], un morceau de langue fumée, des
poires de Crassane, un pavé de pont-l'évêque[37], des
petits-fours et une tasse pleine de cornichons et
d'oignons au vinaigre : Boule de suif, comme toutes
les femmes, adorant les crudités.

On ne pouvait manger les provisions de cette fille
sans lui parler. Donc on causa, avec réserve d'abord,
puis, comme elle se tenait fort bien, on s'abandonna
davantage. Mmes de Bréville et Carré-Lamadon, qui
avaient un grand savoir-vivre, se firent gracieuses
avec délicatesse. La comtesse surtout montra cette
condescendance aimable des très nobles dames
qu'aucun contact ne peut salir, et fut charmante.
Mais la forte Mme Loiseau, qui avait une âme de
gendarme, resta revêche, parlant peu et mangeant
beaucoup.

On s'entretint de la guerre naturellement. On
raconta des faits horribles des Prussiens, des traits de
bravoure des Français ; et tous ces gens qui fuyaient
rendirent hommage au courage des autres. Les his-
toires personnelles commencèrent bientôt, et Boule
de suif raconta, avec une émotion vraie, avec cette
chaleur de parole qu'ont parfois les filles pour expri-
mer leurs emportements naturels, comment elle avait
quitté Rouen : « J'ai cru d'abord que je pourrais
rester, disait-elle. J'avais ma maison pleine de provi-
sions, et j'aimais mieux nourrir quelques soldats que
m'expatrier je ne sais où. Mais quand je les ai vus,
ces Prussiens, ce fut plus fort que moi ! Ils m'ont
tourné le sang de colère ; et j'ai pleuré de honte toute
la journée. Oh ! si j'étais un homme, allez ! Je les
regardais de ma fenêtre, ces gros porcs avec leur
casque à pointe, et ma bonne me tenait les mains
pour m'empêcher de leur jeter mon mobilier sur le
dos. Puis il en est venu pour loger chez moi ; alors
j'ai sauté à la gorge du premier. Ils ne sont pas plus
difficiles à étrangler que d'autres ! Et je l'aurais
terminé, celui-là, si l'on ne m'avait pas tirée par les

cheveux. Il a fallu me cacher après ça. Enfin, quand
j'ai trouvé une occasion, je suis partie, et me voici[38]. »
 On la félicita beaucoup. Elle grandissait dans
l'estime de ses compagnons qui ne s'étaient pas
montrés si crânes ; et Cornudet, en l'écoutant, gardait
un sourire approbateur et bienveillant d'apôtre ; de
même un prêtre entend un dévot louer Dieu, car les
démocrates à longue barbe ont le monopole du patrio-
tisme comme les hommes en soutane ont celui de la
religion. Il parla à son tour d'un ton doctrinaire, avec
l'emphase apprise dans les proclamations qu'on collait
chaque jour aux murs, et il finit par un morceau
d'éloquence où il étrillait magistralement cette « cra-
pule de Badinguet[39] ».
 Mais Boule de suif aussitôt se fâcha, car elle était
bonapartiste. Elle devenait plus rouge qu'une guigne[40]
et, bégayant d'indignation : « J'aurais bien voulu vous
voir à sa place, vous autres. Ça aurait été du propre, ah
oui ! C'est vous qui l'avez trahi, cet homme ! On
n'aurait plus qu'à quitter la France si l'on était
gouverné par des polissons comme vous ! » Cornudet,
impassible, gardait un sourire dédaigneux et supérieur,
mais on sentait que les gros mots allaient arriver quand
le comte s'interposa et calma, non sans peine, la fille
exaspérée, en proclamant avec autorité que toutes les
opinions sincères étaient respectables. Cependant la
comtesse et la manufacturière, qui avaient dans l'âme
la haine irraisonnée des gens comme il faut pour la
République, et cette instinctive tendresse que nourris-
sent toutes les femmes pour les gouvernements à
panache et despotiques, se sentaient, malgré elles,
attirées vers cette prostituée pleine de dignité, dont les
sentiments ressemblaient si fort aux leurs.
 Le panier était vide. À dix on l'avait tari sans peine,
en regrettant qu'il ne fût pas plus grand. La conversa-
tion continua quelque temps, un peu refroidie néan-
moins depuis qu'on avait fini de manger.
 La nuit tombait, l'obscurité peu à peu devint
profonde, et le froid, plus sensible pendant les diges-

tions, faisait frissonner Boule de suif, malgré sa
graisse. Alors Mme de Bréville lui proposa sa chauffe-
rette dont le charbon depuis le matin avait été plusieurs
fois renouvelé, et l'autre accepta tout de suite, car elle
se sentait les pieds gelés. Mmes Carré-Lamadon et
Loiseau donnèrent les leurs aux religieuses.

Le cocher avait allumé ses lanternes. Elles éclai-
raient d'une lueur vive un nuage de buée au-dessus de
la croupe en sueur des timoniers, et, des deux côtés de
la route, la neige qui semblait se dérouler sous le reflet
mobile des lumières.

On ne distinguait plus rien dans la voiture ; mais
tout à coup un mouvement se fit entre Boule de suif et
Cornudet ; et Loiseau, dont l'œil fouillait l'ombre, crut
voir l'homme à la grande barbe s'écarter vivement
comme s'il eût reçu quelque bon coup lancé sans bruit.

Des petits points de feu parurent en avant sur la
route. C'était Tôtes. On avait marché onze heures, ce
qui, avec les deux heures de repos laissées en quatre
fois aux chevaux pour manger l'avoine et souffler,
faisait quatorze[41]. On entra dans le bourg et devant
l'Hôtel du Commerce[42] on s'arrêta.

La portière s'ouvrit ! Un bruit bien connu fit
tressaillir tous les voyageurs ; c'étaient les heurts d'un
fourreau de sabre sur le sol. Aussitôt la voix d'un[43]
Allemand cria quelque chose.

Bien que la diligence fût immobile, personne ne
descendait, comme si l'on se fût attendu à être
massacré à la sortie. Alors le conducteur apparut
tenant à la main une de ses lanternes qui éclaira
subitement jusqu'au fond de la voiture les deux rangs
de têtes effarées, dont les bouches étaient ouvertes et
les yeux écarquillés de surprise et d'épouvante.

À côté du cocher se tenait, en pleine lumière, un
officier allemand, un grand jeune homme excessive-
ment mince et blond, serré dans son uniforme comme
une fille en son corset, et portant sur le côté sa
casquette plate et cirée qui le faisait ressembler au
chasseur d'un hôtel anglais. Sa moustache démesurée,

à longs poils droits, s'amincissant indéfiniment de chaque côté et terminée par un seul fil blond si mince qu'on [44] n'en apercevait pas la fin, semblait peser sur les coins de sa bouche, et, tirant la joue, imprimait aux lèvres un pli tombant.

Il invita en français d'Alsacien les voyageurs à sortir, disant d'un ton raide : « Foulez-fous tescentre, messieurs et tames ? »

Les deux bonnes sœurs obéirent les premières avec une docilité de saintes filles habituées à toutes les soumissions. Le comte et la comtesse parurent ensuite, suivis du manufacturier et de sa femme, puis de Loiseau poussant devant lui sa grande moitié. Celui-ci, en mettant pied à terre, dit à l'officier : « Bonjour, monsieur », par un sentiment de prudence bien plus que de politesse. L'autre, insolent comme les gens tout-puissants, le regarda sans répondre.

Boule de suif et Cornudet, bien que près de la portière, descendirent les derniers, graves et hautains devant l'ennemi. La grosse fille tâchait de se dominer et d'être calme : le démoc tourmentait d'une main tragique et un peu tremblante sa longue barbe roussâtre. Ils voulaient garder de la dignité, comprenant qu'en ces rencontres-là chacun représente un peu son pays ; et pareillement révoltés par la souplesse de leurs compagnons, elle, tâchait de se montrer plus fière que ses voisines les femmes honnêtes, tandis que lui, sentant bien qu'il devait l'exemple, continuait en toute son attitude sa mission de résistance commencée au défoncement des routes.

On entra dans la vaste cuisine de l'auberge, et l'Allemand, s'étant fait présenter l'autorisation de départ signée par le général en chef et où étaient mentionnés les noms, le signalement et la profession de chaque voyageur, examina longuement tout ce monde, comparant les personnes aux renseignements écrits.

Puis il dit brusquement : « C'est pien », et il disparut.

Alors on respira. On avait faim encore ; le souper fut

commandé. Une demi-heure était nécessaire pour
l'apprêter ; et, pendant que deux servantes avaient l'air
de s'en occuper, on alla visiter les chambres. Elles se
trouvaient toutes dans un long couloir que terminait
une porte vitrée marquée d'un numéro parlant.

Enfin on allait se mettre à table, quand le patron de
l'auberge parut lui-même. C'était un ancien marchand
de chevaux, un gros homme asthmatique, qui avait
toujours des sifflements, des enrouements, des chants
de glaires dans le larynx. Son père lui avait transmis le
nom de Follenvie.

Il demanda :

« Mademoiselle Élisabeth Rousset ? »

Boule de suif tressaillit, se retourna :

« C'est moi.

— Mademoiselle, l'officier prussien veut vous par-
ler immédiatement.

— À moi ?

— Oui, si vous êtes bien mademoiselle Élisabeth
Rousset. »

Elle se troubla, réfléchit une seconde, puis déclara
carrément :

« C'est possible, mais je n'irai pas. »

Un mouvement se fit autour d'elle ; chacun discu-
tait, cherchait la cause de cet ordre. Le comte s'appro-
cha :

« Vous avez tort, madame, car votre refus peut
amener des difficultés considérables, non seulement
pour vous, mais même pour tous vos compagnons. Il
ne faut jamais résister aux gens qui sont les plus forts.
Cette démarche assurément ne peut présenter aucun
danger ; c'est sans doute pour quelque formalité
oubliée. »

Tout le monde se joignit à lui, on la pria, on la
pressa, on la sermonna, et l'on finit par la convaincre ;
car tous redoutaient les complications qui pourraient
résulter d'un coup de tête. Elle dit enfin :

« C'est pour vous que je le fais, bien sûr ! »

La comtesse lui prit la main :

« Et nous vous en remercions. »

Elle sortit. On l'attendit pour se mettre à table. Chacun se désolait de n'avoir pas été demandé à la place de cette fille violente et irascible, et préparait mentalement des platitudes pour le cas où on l'appellerait à son tour.

Mais au bout de dix minutes elle reparut, soufflant, rouge à suffoquer, exaspérée. Elle balbutiait : « Oh la canaille ! la canaille ! »

Tous s'empressaient pour savoir, mais elle ne dit rien ; et, comme le comte insistait, elle répondit avec une grande dignité : « Non, cela ne vous regarde pas, je ne peux pas parler. »

Alors on s'assit autour d'une haute soupière d'où sortait un parfum de choux. Malgré cette alerte, le souper fut gai. Le cidre était bon, le ménage Loiseau et les bonnes sœurs en prirent, par économie. Les autres [45] demandèrent du vin ; Cornudet réclama de la bière. Il avait une façon particulière de déboucher la bouteille, de faire mousser le liquide, de le considérer en penchant le verre, qu'il élevait ensuite entre la lampe et son œil pour bien apprécier la couleur. Quand il buvait, sa grande barbe, qui avait gardé la nuance [46] de son breuvage aimé, semblait tressaillir de tendresse ; ses yeux louchaient pour ne point perdre de vue sa chope, et il avait l'air de remplir l'unique fonction pour laquelle il était né. On eût dit qu'il établissait en son esprit un rapprochement et comme une affinité entre les deux grandes passions qui occupaient toute sa vie : le Pale-Ale et la Révolution ; et assurément il ne pouvait déguster l'un sans songer à l'autre.

M. et Mme Follenvie dînaient tout au bout de la table. L'homme, râlant comme une locomotive crevée, avait trop de tirage dans la poitrine pour pouvoir parler en mangeant ; mais la femme ne se taisait jamais. Elle raconta toutes ses impressions à l'arrivée des Prussiens, ce qu'ils faisaient, ce qu'ils disaient, les exécrant d'abord parce qu'ils lui coûtaient de l'argent, et, ensuite, parce qu'elle avait deux fils à l'armée. Elle

s'adressait surtout à la comtesse, flattée de causer avec une dame de qualité.

Puis elle baissait la voix pour dire les choses délicates, et son mari, de temps en temps, l'interrompait : « Tu ferais mieux de te taire, madame Follenvie. » Mais elle n'en tenait aucun compte, et continuait :

« Oui, madame, ces gens-là, ça ne fait que manger des pommes de terre et du cochon, et puis du cochon et des pommes de terre. Et il ne faut pas croire qu'ils sont propres. — Oh non ! — Ils ordurent partout, sauf le respect que je vous dois. Et si vous les voyiez faire l'exercice pendant des heures et des jours ; ils sont là tous dans un champ : — Et marche en avant, et marche en arrière, et tourne par-ci, et tourne par-là. — S'ils cultivaient la terre au moins, ou s'ils travaillaient aux routes dans leur pays ! — Mais non, madame, ces militaires, ça n'est profitable à personne ! Faut-il que le pauvre peuple les nourrisse pour n'apprendre rien qu'à massacrer ! — Je ne suis qu'une vieille femme sans éducation, c'est vrai, mais en les voyant qui s'esquintent le tempérament à piétiner du matin au soir, je me dis : — Quand il y a des gens qui font tant de découvertes pour être utiles, faut-il que d'autres se donnent tant de mal pour être nuisibles. Vraiment, n'est-ce pas une abomination de tuer des gens, qu'ils soient Prussiens, ou bien Anglais, ou bien Polonais, ou bien Français ? — Si l'on se revenge sur quelqu'un qui vous a fait tort, c'est mal, puisqu'on vous condamne ; mais quand on extermine nos garçons comme du gibier, avec des fusils, c'est donc bien, puisqu'on donne des décorations à celui qui en détruit le plus ? — Non, voyez-vous, je ne comprendrai jamais cela ![47] »

Cornudet éleva la voix :

« La guerre est une barbarie quand on attaque un voisin paisible ; c'est un devoir sacré quand on défend la patrie. »

La vieille femme baissa la tête :

« Oui, quand on se défend, c'est autre chose ; mais si

l'on ne devrait pas plutôt tuer tous les rois qui font ça pour leur plaisir ? »

L'œil de Cornudet s'enflamma :

« Bravo citoyenne », dit-il.

M. Carré-Lamadon réfléchissait profondément. Bien qu'il fût fanatique des illustres capitaines, le bon sens de cette paysanne le faisait songer à l'opulence qu'apporteraient dans un pays tant de bras inoccupés et par conséquent ruineux, tant de forces qu'on entretient improductives, si on les employait aux grands travaux industriels qu'il faudra des siècles pour achever.

Mais Loiseau, quittant sa place, alla causer tout bas avec l'aubergiste. Le gros homme riait, toussait, crachait ; son énorme ventre sautillait de joie aux plaisanteries de son voisin, et il lui acheta six feuillettes[48] de bordeaux pour le printemps, quand les Prussiens seraient partis.

Le souper à peine achevé, comme on était brisé de fatigue, on se coucha.

Cependant Loiseau, qui avait observé les choses, fit mettre au lit son épouse, puis colla tantôt son oreille et tantôt son œil au trou de la serrure, pour tâcher de découvrir ce qu'il appelait : « les mystères du corridor ».

Au bout d'une heure environ, il entendit un frôlement, regarda bien vite, et aperçut Boule de suif qui paraissait plus replète encore sous un peignoir[49] de cachemire bleu, bordé de dentelles blanches. Elle tenait un bougeoir à la main et se dirigeait vers le gros numéro tout au fond du couloir. Mais une porte, à côté, s'entrouvrit, et, quand elle revint au bout de quelques minutes, Cornudet, en bretelles, la suivait. Ils parlaient bas, puis ils s'arrêtèrent. Boule de suif semblait défendre[50] l'entrée de sa chambre avec énergie. Loiseau, malheureusement, n'entendait pas les paroles, mais à la fin, comme ils élevaient la voix, il put en saisir quelques-unes. Cornudet insistait avec vivacité. Il disait :

« Voyons, vous êtes bête, qu'est-ce que ça vous fait ? »

Elle avait l'air indignée et[51] répondit :

« Non, mon cher, il y a des moments où ces choses-là ne se font pas ; et puis, ici, ce serait une honte. »

Il ne comprenait point, sans doute, et demanda pourquoi. Alors elle s'emporta, élevant encore le ton :

« Pourquoi ? Vous ne comprenez pas pourquoi ? Quand il y a des Prussiens dans la maison, dans la chambre à côté peut-être ? »

Il se tut. Cette pudeur patriotique de catin qui ne se laissait point caresser près de l'ennemi, dut réveiller en son cœur sa dignité défaillante, car, après l'avoir seulement embrassée, il regagna sa porte à pas de loup.

Loiseau, très allumé, quitta la serrure, battit un entrechat dans sa chambre, mit son madras[52], souleva le drap sous lequel gisait la dure carcasse de sa compagne qu'il réveilla d'un baiser en murmurant : « M'aimes-tu, chérie ? »

Alors toute la maison devint silencieuse. Mais bientôt s'éleva quelque part, dans une direction indéterminée qui pouvait être la cave aussi bien que le grenier, un ronflement puissant, monotone, régulier, un bruit sourd et prolongé, avec des tremblements de chaudière sous pression. M. Follenvie dormait.

Comme on avait décidé qu'on partirait à huit heures le lendemain, tout le monde se trouva dans la cuisine ; mais la voiture, dont la bâche avait un toit de neige, se dressait solitaire au milieu de la cour, sans chevaux et sans conducteur. On chercha en vain celui-ci dans les écuries, dans les fourrages, dans les remises. Alors tous les hommes se résolurent à battre le pays et ils sortirent. Ils se trouvèrent sur la place, avec l'église au fond et, des deux côtés, des maisons basses où l'on apercevait des soldats prussiens. Le premier qu'ils virent épluchait des pommes de terre. Le second, plus loin, lavait la boutique du coiffeur. Un autre, barbu jusqu'aux yeux, embrassait un mioche qui pleurait et le berçait sur ses genoux pour tâcher de l'apaiser ; et les

grosses paysannes dont les hommes étaient à « l'armée
de la guerre », indiquaient par signes à leurs vain-
queurs obéissants le travail qu'il fallait entreprendre :
fendre du bois, tremper la soupe, moudre le café ; un
d'eux même lavait le linge de son hôtesse, une aïeule
toute impotente.

Le comte, étonné, interrogea le bedeau qui sortait
du presbytère. Le vieux rat d'église lui répondit :
« Oh ! ceux-là ne sont pas méchants ; c'est pas des
Prussiens, à ce qu'on dit. Ils sont de plus loin ; je ne
sais pas bien d'où ; et ils ont tous laissé une femme et
des enfants au pays ; ça ne les amuse pas, la guerre,
allez ! Je suis sûr qu'on pleure bien aussi là-bas après
les hommes ; et ça fournira une fameuse misère chez
eux comme chez nous. Ici, encore, on n'est pas trop
malheureux pour le moment, parce qu'ils ne font pas
de mal et qu'ils travaillent comme s'ils étaient dans
leurs maisons. Voyez-vous, monsieur, entre pauvres
gens, faut bien qu'on s'aide... C'est les grands qui font
la guerre. »

Cornudet, indigné de l'entente cordiale établie entre
les vainqueurs et les vaincus, se retira, préférant
s'enfermer dans l'auberge. Loiseau eut un mot pour
rire : « Ils repeuplent. » M. Carré-Lamadon eut un
mot grave : « Ils réparent. » Mais on ne trouvait pas le
cocher. À la fin on le découvrit dans le café du village,
attablé fraternellement avec l'ordonnance de l'officier.
Le comte l'interpella :

« Ne vous avait-on pas donné l'ordre d'atteler pour
huit heures ?

— Ah bien oui, mais on m'en a donné un autre
depuis.

— Lequel ?

— De ne pas atteler du tout.

— Qui vous a donné cet ordre ?

— Ma foi ! le commandant prussien.

— Pourquoi ?

— Je n'en sais rien. Allez lui demander. On me
défend d'atteler, moi je n'attelle pas. — Voilà.

« — C'est lui-même qui vous a dit cela ?

— Non, monsieur, c'est l'aubergiste qui m'a donné l'ordre de sa part.

— Quand ça ?

— Hier soir, comme j'allais me coucher. »

Les trois hommes rentrèrent fort inquiets.

On demanda M. Follenvie, mais la servante répondit que Monsieur, à cause de son asthme, ne se levait jamais avant dix heures. Il avait même formellement défendu de le réveiller plus tôt, excepté en cas d'incendie.

On voulut voir l'officier, mais cela était impossible absolument, bien qu'il logeât dans l'auberge. M. Follenvie seul était autorisé à lui parler pour les affaires civiles. Alors on attendit. Les femmes remontèrent dans leurs chambres, et des futilités les occupèrent.

Cornudet s'installa sous la haute cheminée de la cuisine, où flambait un grand feu. Il se fit apporter là une des petites tables de café, une canette, et il tira sa pipe qui jouissait parmi les démocrates d'une considération presque égale à la sienne, comme si elle avait servi la patrie en servant à Cornudet. C'était une superbe pipe en écume admirablement culottée, aussi noire que les dents de son maître, mais parfumée, recourbée, luisante, familière à sa main, et complétant sa physionomie. Et il demeura immobile, les yeux tantôt fixés sur la flamme du foyer, tantôt sur la mousse qui couronnait sa chope ; et chaque fois qu'il avait bu, il passait d'un air satisfait ses longs doigts maigres dans ses longs cheveux gras pendant qu'il humait sa moustache frangée d'écume.

Loiseau, sous prétexte de se dégourdir les jambes, alla placer du vin aux débitants du pays. Le comte et le manufacturier se mirent à causer politique. Ils prévoyaient l'avenir de la France. L'un croyait aux d'Orléans, l'autre à un sauveur inconnu, un héros qui se révélerait quand tout serait désespéré ; un du Guesclin, une Jeanne d'Arc peut-être ? ou un autre Napoléon Ier ? Ah ! si le prince impérial [53] n'était pas si

jeune ? Cornudet, les écoutant, souriait en homme qui
sait le mot des destinées. Sa pipe embaumait la cuisine.

Comme dix heures sonnaient, M. Follenvie parut.
On l'interrogea bien vite ; mais il ne put que répéter
deux ou trois fois, sans une variante, ces paroles :
« L'officier m'a dit comme ça : " Monsieur Follenvie,
vous défendrez qu'on attelle demain la voiture de ces
voyageurs. Je ne veux pas qu'ils partent sans mon
ordre. Vous entendez. Ça suffit. " »

Alors on voulut voir l'officier. Le comte lui envoya
sa carte où M. Carré-Lamadon ajouta son nom et tous
ses titres. Le Prussien fit répondre qu'il admettrait ces
deux hommes à lui parler quand il aurait déjeuné,
c'est-à-dire vers une heure.

Les dames reparurent et l'on mangea quelque peu,
malgré l'inquiétude. Boule de suif semblait malade et
prodigieusement troublée.

On achevait le café quand l'ordonnance vint cher-
cher ces messieurs.

Loiseau se joignit aux deux premiers ; comme on
essayait d'entraîner Cornudet pour donner plus de
solennité à leur démarche, il déclara fièrement qu'il
entendait n'avoir jamais aucun rapport avec les Alle-
mands ; et il se remit dans sa cheminée, demandant
une autre canette.

Les trois hommes montèrent et furent introduits
dans la plus belle chambre de l'auberge où l'officier les
reçut, étendu dans un fauteuil, les pieds sur la
cheminée, fumant une longue pipe de porcelaine, et
enveloppé par une robe de chambre flamboyante,
dérobée sans doute dans la demeure abandonnée de
quelque bourgeois de mauvais goût. Il ne se leva pas,
ne les salua pas, ne les regarda pas. Il présentait un
magnifique échantillon de la goujaterie naturelle au
militaire victorieux.

Au bout de quelques instants il dit enfin :

« Qu'est-ce que fous foulez ? »

Le comte prit la parole : « Nous désirons partir,
monsieur.

— Non.

— Oserai-je vous demander la cause de ce refus ?

— Parce que che ne feux pas.

— Je vous ferai respectueusement observer, monsieur, que votre général en chef nous a délivré une permission de départ pour gagner Dieppe ; et je ne pense pas que nous ayons rien fait pour mériter vos rigueurs.

— Che ne feux pas... foilà tout... Fous poufez tescentre. »

S'étant inclinés tous les trois ils se retirèrent.

L'après-midi fut lamentable. On ne comprenait rien à ce caprice d'Allemand ; et les idées les plus singulières troublaient les têtes. Tout le monde se tenait dans la cuisine, et l'on discutait sans fin, imaginant des choses invraisemblables. On voulait peut-être les garder comme otages — mais dans quel but ? — ou les emmener prisonniers ? ou, plutôt, leur demander une rançon considérable ? À cette pensée une panique les affola. Les plus riches étaient les plus épouvantés, se voyant déjà contraints, pour racheter leur vie, de verser des sacs pleins d'or entre les mains de ce soldat insolent. Ils se creusaient la cervelle pour découvrir des mensonges acceptables, dissimuler leurs richesses, se faire passer pour pauvres, très pauvres. Loiseau enleva sa chaîne de montre et la cacha dans sa poche. La nuit qui tombait augmenta les appréhensions. La lampe fut allumée, et comme on avait encore deux heures avant le dîner, Mme Loiseau proposa une partie de trente-et-un[54]. Ce serait une distraction. On accepta. Cornudet lui-même, ayant éteint sa pipe par politesse, y prit part.

Le comte battit les cartes — donna — Boule de suif avait trente-et-un d'emblée ; et bientôt l'intérêt de la partie apaisa la crainte qui hantait les esprits. Mais Cornudet s'aperçut que le ménage Loiseau s'entendait pour tricher.

Comme on allait se mettre à table, M. Follenvie reparut ; et de sa voix graillonnante il prononça :

« L'officier prussien fait demander à Mlle Élisabeth Rousset si elle n'a pas encore changé d'avis. »

Boule de suif resta debout, toute pâle ; puis, devenant subitement cramoisie, elle eut un tel étouffement de colère qu'elle ne pouvait plus parler. Enfin elle éclata : « Vous lui direz à cette crapule, à ce saligaud, à cette charogne de Prussien, que jamais je ne voudrai ; vous entendez bien, jamais, jamais, jamais. »

Le gros aubergiste sortit. Alors Boule de suif fut entourée, interrogée, sollicitée par tout le monde de dévoiler le mystère de sa visite. Elle résista d'abord ; mais l'exaspération l'emporta bientôt : « Ce qu'il veut ?... ce qu'il veut ?... Il veut coucher avec moi ! » cria-t-elle. Personne ne se choqua du mot, tant l'indignation fut vive. Cornudet brisa sa chope en la reposant violemment sur la table. C'était une clameur de réprobation contre ce soudard ignoble, un souffle de colère, une union de tous pour la résistance, comme si l'on eût demandé à chacun une partie du sacrifice exigé d'elle. Le comte déclara avec dégoût que ces gens-là se conduisaient à la façon des anciens barbares. Les femmes surtout témoignèrent à Boule de suif une commisération énergique et caressante. Les bonnes sœurs, qui ne se montraient qu'aux repas, avaient baissé la tête et ne disaient rien.

On dîna néanmoins lorsque la première fureur fut apaisée ; mais on parla peu, on songeait.

Les dames se retirèrent de bonne heure ; et les hommes, tout en fumant, organisèrent un écarté[55] auquel fut convié M. Follenvie qu'on avait l'intention d'interroger habilement sur les moyens à employer pour vaincre la résistance de l'officier. Mais il ne songeait qu'à ses cartes, sans rien écouter, sans rien répondre ; et il répétait sans cesse : « Au jeu, messieurs, au jeu. » Son attention était si tendue qu'il en oubliait de cracher, ce qui lui mettait parfois des points d'orgue dans la poitrine. Ses poumons

sifflants donnaient toute la gamme de l'asthme, depuis les notes graves et profondes jusqu'aux enrouements aigus des jeunes coqs essayant de chanter.

Il refusa même de monter quand sa femme, qui tombait de sommeil, vint le chercher. Alors elle partit toute seule, car elle était « du matin », toujours levée avec le soleil, tandis que son homme était « du soir », toujours prêt à passer la nuit avec des amis. Il lui cria : « Tu placeras mon lait de poule [56] devant le feu », et se remit à sa partie. Quand on vit bien qu'on n'en pourrait rien tirer on déclara qu'il était temps de s'en aller, et chacun gagna son lit.

On se leva encore d'assez bonne heure le lendemain, avec un espoir indéterminé, un désir plus grand de s'en aller, une terreur du jour à passer dans cette horrible petite auberge.

Hélas! les chevaux restaient à l'écurie, le cocher demeurait invisible. On alla, par désœuvrement, tourner autour de la voiture.

Le déjeuner fut bien triste; et il s'était produit comme un refroidissement vis-à-vis de Boule de suif, car la nuit, qui porte conseil, avait un peu modifié les jugements. On en voulait presque à cette fille, maintenant, de n'avoir pas été trouver secrètement le Prussien, afin de ménager, au réveil, une bonne surprise à ses compagnons. Quoi de plus simple? Qui l'eût su d'ailleurs? Elle aurait pu sauver les apparences en faisant dire à l'officier qu'elle prenait en pitié leur détresse. Pour elle ça avait si peu d'importance!

Mais personne n'avouait encore ces pensées.

Dans l'après-midi, comme on s'ennuyait à périr, le comte proposa de faire une promenade aux alentours du village. Chacun s'enveloppa avec soin et la petite société partit, à l'exception de Cornudet, qui préférait rester près du feu, et des bonnes sœurs, qui passaient leurs journées dans l'église ou chez le curé.

Le froid, plus intense de jour en jour, piquait cruellement le nez et les oreilles; les pieds devenaient si douloureux que chaque pas était une souffrance; et

lorsque la campagne se découvrit, elle leur apparut si effroyablement lugubre sous cette blancheur illimitée que tout le monde aussitôt retourna, l'âme glacée et le cœur serré.

Les quatre femmes marchaient devant, les trois hommes suivaient, un peu derrière.

Loiseau, qui comprenait la situation, demanda tout à coup si cette « garce-là » allait les faire rester longtemps encore dans un pareil endroit. Le comte, toujours courtois, dit qu'on ne pouvait exiger d'une femme un sacrifice aussi pénible, et qu'il devait venir d'elle-même. M. Carré-Lamadon remarqua que si les Français faisaient, comme il en était question, un retour offensif par Dieppe, la rencontre ne pourrait avoir lieu qu'à Tôtes. Cette réflexion rendit les deux autres soucieux. « Si l'on se sauvait à pied », dit Loiseau. Le comte haussa les épaules : « Y songez-vous, dans cette neige ? avec nos femmes ? Et puis nous serions tout de suite poursuivis, rattrapés en dix minutes, et ramenés prisonniers à la merci des soldats. » C'était vrai ; on se tut.

Les dames parlaient toilette ; mais une certaine contrainte semblait les désunir.

Tout à coup, au bout de la rue, l'officier parut. Sur la neige qui fermait l'horizon il profilait sa grande taille de guêpe en uniforme, et marchait, les genoux écartés, de ce mouvement particulier aux militaires qui s'efforcent de ne point maculer leurs bottes soigneusement cirées.

Il s'inclina en passant près des dames, et regarda dédaigneusement les hommes qui eurent, du reste, la dignité de ne se point découvrir, bien que Loiseau ébauchât un geste pour retirer sa coiffure.

Boule de suif était devenue rouge jusqu'aux oreilles ; et les trois femmes mariées ressentaient une grande humiliation d'être ainsi rencontrées par ce soldat, dans la compagnie de cette fille qu'il avait si cavalièrement traitée.

Alors on parla de lui, de sa tournure, de son visage.

Mme Carré-Lamadon, qui avait connu beaucoup d'officiers et qui les jugeait en connaisseur, trouvait celui-là pas mal du tout ; elle regrettait même qu'il ne fût pas Français, parce qu'il ferait un fort joli hussard dont toutes les femmes assurément raffoleraient.

Une fois rentrés, on ne sut plus que faire. Des paroles aigres furent mêmes échangées à propos de choses insignifiantes. Le dîner silencieux dura peu, et chacun monta se coucher, espérant dormir pour tuer le temps.

On descendit le lendemain avec des visages fatigués et des cœurs exaspérés. Les femmes parlaient à peine à Boule de suif.

Une cloche tinta. C'était pour un baptême. La grosse fille avait un enfant élevé chez des paysans d'Yvetot. Elle ne le voyait pas une fois l'an, et n'y songeait jamais ; mais la pensée de celui qu'on allait baptiser lui jeta au cœur une tendresse subite et violente pour le sien, et elle voulut absolument assister à la cérémonie.

Aussitôt qu'elle fut partie, tout le monde se regarda, puis on rapprocha les chaises, car on sentait bien qu'à la fin il fallait décider quelque chose. Loiseau eut une inspiration : il était d'avis de proposer à l'officier de garder Boule de suif toute seule, et de laisser partir les autres.

M. Follenvie se chargea encore de la commission, mais il redescendit presque aussitôt. L'Allemand, qui connaissait la nature humaine, l'avait mis à la porte. Il prétendait retenir tout le monde tant que son désir ne serait pas satisfait.

Alors le tempérament populacier de Mme Loiseau éclata : « Nous n'allons pourtant pas mourir de vieillesse ici. Puisque c'est son métier, à cette gueuse, de faire ça avec tous les hommes, je trouve qu'elle n'a pas le droit de refuser l'un plutôt que l'autre. Je vous demande un peu, ça a pris tout ce qu'elle a trouvé dans Rouen, même des cochers ! oui, madame, le cocher de la préfecture ! Je le sais bien, moi, il achète son vin à la

maison. Et aujourd'hui qu'il s'agit de nous tirer
d'embarras, elle fait la mijaurée, cette morveuse !...
Moi, je trouve qu'il se conduit très bien, cet officier. Il
est peut-être privé depuis longtemps ; et nous étions là
trois qu'il aurait sans doute préférées. Mais non, il se
contente de celle à tout le monde. Il respecte les
femmes mariées. Songez donc, il est le maître. Il
n'avait qu'à dire : " Je veux ", et il pouvait nous
prendre de force avec ses soldats. »

Les deux femmes eurent un petit frisson. Les yeux
de la jolie Mme Carré-Lamadon brillaient, et elle était
un peu pâle, comme si elle se sentait déjà prise de force
par l'officier.

Les hommes, qui discutaient à l'écart, se rapprochè-
rent. Loiseau, furibond, voulait livrer « cette miséra-
ble » pieds et poings liés à l'ennemi. Mais le comte,
issu de trois générations d'ambassadeurs, et doué d'un
physique de diplomate, était partisan de l'habileté :
« Il faudrait la décider », dit-il.

Alors on conspira.

Les femmes se serrèrent, le ton de la voix fut baissé,
et la discussion devint générale, chacun donnant son
avis. C'était fort convenable du reste. Ces dames
surtout trouvaient des délicatesses de tournures, des
subtilités d'expression charmantes, pour dire les
choses les plus scabreuses. Un étranger n'aurait rien
compris tant les précautions du langage étaient obser-
vées. Mais la légère tranche de pudeur dont est bardée
toute femme du monde ne recouvrant que la surface,
elles s'épanouissaient dans cette aventure polissonne,
s'amusaient follement au fond, se sentant dans leur
élément, tripotant de l'amour avec la sensualité d'un
cuisinier gourmand qui prépare le souper d'un autre.

La gaieté revenait d'elle-même, tant l'histoire leur
semblait drôle à la fin. Le comte trouva des plaisante-
ries un peu risquées, mais si bien dites qu'elles
faisaient sourire. À son tour Loiseau lâcha quelques
grivoiseries plus raides dont on ne se blessa point ; et la
pensée brutalement exprimée par sa femme dominait

tous les esprits : « Puisque c'est son métier à cette fille,
pourquoi refuserait-elle celui-là plus qu'un autre ? » La
gentille Mme Carré-Lamadon semblait même penser
qu'à sa place elle refuserait celui-là moins qu'un autre.

On prépara longuement le blocus, comme pour une
forteresse investie. Chacun convint du rôle qu'il joue-
rait, des arguments dont il s'appuierait, des manœu-
vres qu'il devrait exécuter. On régla le plan des
attaques, les ruses à employer, et les surprises de
l'assaut, pour forcer cette citadelle vivante à recevoir
l'ennemi dans la place.

Comudet cependant restait à l'écart, complètement
étranger à cette affaire.

Une attention si profonde tendait les esprits, qu'on
n'entendit point rentrer Boule de suif. Mais le comte
souffla un léger : « Chut » qui fit relever tous les yeux.
Elle était là. On se tut brusquement, et un certain
embarras empêcha d'abord de lui parler. La comtesse,
plus assouplie que les autres aux duplicités des salons,
l'interrogea : « Était-ce amusant, ce baptême ? »

La grosse fille, encore émue, raconta tout, et les
figures, et les attitudes, et l'aspect même de l'église.
Elle ajouta : « C'est si bon de prier quelquefois. »

Cependant, jusqu'au déjeuner, ces dames se conten-
tèrent d'être aimables avec elle, pour augmenter sa
confiance et sa docilité à leurs conseils.

Aussitôt à table, on commença les approches. Ce fut
d'abord une conversation vague sur le dévouement. On
cita des exemples anciens : Judith et Holopherne,
puis, sans aucune raison, Lucrèce avec Sextus, Cléopâ-
tre faisant passer par sa couche tous les généraux
ennemis, et les y réduisant à des servilités d'esclave.
Alors se déroula une histoire fantaisiste, éclose dans
l'imagination de ces millionnaires ignorants, où les
citoyennes de Rome allaient endormir à Capoue Anni-
bal entre leurs bras, et, avec lui, ses lieutenants, et les
phalanges des mercenaires[57]. On cita toutes les femmes
qui ont arrêté des conquérants, fait de leur corps un
champ de bataille, un moyen de dominer, une arme,

qui ont vaincu par leurs caresses héroïques des êtres hideux ou détestés, et sacrifié leur chasteté, à la vengeance et au dévouement.

On parla même en termes voilés de cette Anglaise de grande famille qui s'était laissé inoculer une horrible et contagieuse maladie pour la transmettre à Bonaparte sauvé miraculeusement, par une faiblesse subite, à l'heure du rendez-vous fatal.

Et tout cela était raconté [58] d'une façon convenable et modérée, où parfois éclatait un enthousiasme voulu propre à exciter l'émulation.

On aurait pu croire, à la fin, que le seul rôle de la femme, ici-bas, était un perpétuel sacrifice de sa personne, un abandon continu aux caprices des soldatesques.

Les deux bonnes sœurs ne semblaient point entendre, perdues en des pensées profondes. Boule de suif ne disait rien.

Pendant toute l'après-midi on la laissa réfléchir. Mais, au lieu de l'appeler « madame » comme on avait fait jusque-là, on lui disait simplement « mademoiselle », sans que personne sût bien pourquoi, comme si l'on avait voulu la faire descendre d'un degré dans l'estime qu'elle avait escaladée, lui faire sentir sa situation honteuse.

Au moment où l'on servit le potage, M. Follenvie reparut, répétant sa phrase de la veille : « L'officier prussien fait demander à Mlle Élisabeth Rousset si elle n'a point encore changé d'avis. »

Boule de suif répondit sèchement : « Non, monsieur ».

Mais au dîner la coalition faiblit. Loiseau eut trois phrases malheureuses. Chacun se battait les flancs pour découvrir des exemples nouveaux et ne trouvait rien, quand la comtesse, sans préméditation peut-être, éprouvant un vague besoin de rendre hommage à la Religion, interrogea la plus âgée des bonnes sœurs sur les grands faits de la vie des saints. Or beaucoup avaient commis des actes qui seraient des crimes à nos

yeux ; mais l'Église absout sans peine ces forfaits
quand ils sont accomplis pour la gloire de Dieu, ou
pour le bien du prochain. C'était un argument puis-
sant ; la comtesse en profita. Alors, soit par une de ces
ententes tacites, de ces complaisances voilées, où
excelle quiconque porte un habit ecclésiastique, soit
simplement par l'effet d'une inintelligence heureuse,
d'une secourable bêtise, la vieille religieuse apporta à la
conspiration un formidable appui. On la croyait
timide, elle se montra hardie, verbeuse, violente.
Celle-là n'était pas troublée par les tâtonnements de la
casuistique ; sa doctrine semblait une barre de fer ; sa
foi n'hésitait jamais ; sa conscience n'avait point de
scrupules. Elle trouvait tout simple le sacrifice d'Abra-
ham, car elle aurait immédiatement tué père et mère
sur un ordre venu d'en haut ; et rien, à son avis, ne
pouvait déplaire au Seigneur quand l'intention était
louable. La comtesse, mettant à profit l'autorité sacrée
de sa complice inattendue, lui fit faire comme une
paraphrase édifiante de cet axiome de morale : « La fin
justifie les moyens. »

Elle l'interrogeait :

« Alors, ma sœur, vous pensez que Dieu accepte
toutes les voies, et pardonne le fait quand le motif est
pur ?

— Qui pourrait en douter, madame ? Une action
blâmable en soi devient souvent méritoire par la pensée
qui l'inspire. »

Et elles continuaient ainsi, démêlant les volontés de
Dieu, prévoyant ses décisions, le faisant s'intéresser à
des choses qui, vraiment, ne le regardaient guère.

Tout cela était enveloppé, habile [59], discret. Mais
chaque parole de la sainte fille en cornette faisait
brèche dans la résistance indignée de la courtisane.
Puis, la conversation se détournant un peu, la femme
aux chapelets pendants parla des maisons de son ordre,
de sa supérieure, d'elle-même, et de sa mignonne
voisine la chère sœur Saint-Nicéphore. On les avait
demandées au Havre pour soigner dans les hôpitaux

des centaines de soldats atteints de la petite vérole.
Elles les dépeignit, ces misérables, détailla leur mala-
die. Et tandis qu'elles étaient arrêtées en route par les
caprices de ce Prussien, un grand nombre de Français
pouvaient mourir qu'elles auraient sauvés peut-être !
C'était sa spécialité, à elle, de soigner les militaires ;
elle avait été en Crimée, en Italie, en Autriche, et,
racontant ses campagnes, elle se révéla tout à coup une
de ces religieuses à tambours et à trompettes qui
semblent faites pour suivre les camps, ramasser des
blessés dans les remous des batailles, et, mieux qu'un
chef, dompter d'un mot les grands soudards indisci-
plinés ; une vraie bonne sœur Ran-tan-plan dont la
figure ravagée, crevée de trous sans nombre, paraissait
une image des dévastations de la guerre.

Personne ne dit rien après elle, tant l'effet semblait
excellent.

Aussitôt le repas terminé on remonta bien vite dans
les chambres pour ne descendre, le lendemain, qu'as-
sez tard dans la matinée.

Le déjeuner fut tranquille. On donnait à la graine
semée la veille le temps de germer et de pousser ses
fruits.

La comtesse proposa de faire une promenade dans
l'après-midi ; alors le comte, comme il était convenu,
prit le bras de Boule de suif, et demeura derrière les
autres, avec elle.

Il lui parla de ce ton familier, paternel, un peu
dédaigneux, que les hommes posés emploient avec les
filles, l'appelant : « ma chère enfant », la traitant du
haut de sa position sociale, de son honorabilité indiscu-
tée. Il pénétra tout de suite au vif de la question :

« Donc vous préférez nous laisser ici, exposés
comme vous-même à toutes les violences qui suivraient
un échec des troupes prussiennes, plutôt que de
consentir à une de ces complaisances que vous avez
eues si souvent en votre vie ? »

Boule de suif ne répondit rien.

Il la prit par la douceur, par le raisonnement, par les

sentiments. Il sut rester « monsieur le comte », tout en
se montrant galant quand il le fallut, complimenteur,
aimable enfin. Il exalta le service qu'elle leur rendrait,
parla de leur reconnaissance ; puis soudain, la tutoyant
gaiement : « Et tu sais, ma chère, il pourrait se vanter
d'avoir goûté d'une jolie fille comme il n'en trouvera
pas beaucoup dans son pays. »

Boule de suif ne répondit pas et rejoignit la société.

Aussitôt rentrée, elle monta chez elle et ne reparut
plus. L'inquiétude était extrême. Qu'allait-elle faire ?
Si elle résistait, quel embarras !

L'heure du dîner sonna ; on l'attendit en vain.
M. Follenvie, entrant alors, annonça que Mlle Rousset
se sentait indisposée, et qu'on pouvait se mettre à
table. Tout le monde dressa l'oreille. Le comte s'ap-
procha de l'aubergiste, et, tout bas : « Ça y est ? —
Oui. » Par convenance, il ne dit rien à ses compagnons,
mais il leur fit seulement un léger signe de la tête.
Aussitôt un grand soupir de soulagement sortit de
toutes les poitrines, une allégresse parut sur les visages.
Loiseau cria : « Saperlipopette ! je paye du champagne
si l'on en trouve dans l'établissement » ; et Mme
Loiseau eut une angoisse lorsque le patron revint avec
quatre bouteilles aux mains. Chacun était devenu
subitement communicatif et bruyant ; une joie égril-
larde emplissait les cœurs. Le comte parut s'apercevoir
que Mme Carré-Lamadon était charmante, le manu-
facturier fit des compliments à la comtesse. La conver-
sation fut vive, enjouée, pleine de traits.

Tout à coup, Loiseau, la face anxieuse et levant les
bras, hurla : « Silence ! » Tout le monde se tut,
surpris, presque effrayé déjà. Alors il tendit l'oreille en
faisant « Chut » des deux mains, leva les yeux vers le
plafond, écouta de nouveau, et reprit, de sa voix
naturelle : « Rassurez-vous, tout va bien. »

On hésitait à comprendre, mais bientôt un sourire
passa.

Au bout d'un quart d'heure il recommença la même
farce, la renouvela souvent dans la soirée ; et il faisait

semblant d'interpeller quelqu'un à l'étage au-dessus,
en lui donnant des conseils à double sens puisés dans
son esprit de commis voyageur. Par moments il prenait
un air triste pour soupirer : « Pauvre fille ! » ou bien il
murmurait entre ses dents d'un air rageur : « Gueux de
Prussien, va ! » Quelquefois, au moment où l'on n'y
songeait plus, il poussait d'une voix vibrante plu-
sieurs : « Assez ! assez ! » et ajoutait, comme se parlant
à lui-même : « Pourvu que nous la revoyions ; qu'il ne
l'en fasse pas mourir, le misérable ! »

Bien que ces plaisanteries fussent d'un goût déplora-
ble, elles amusaient et ne blessaient personne, car
l'indignation dépend des milieux comme le reste, et
l'atmosphère qui s'était peu à peu créée autour d'eux
était chargée de pensées grivoises.

Au dessert, les femmes elles-mêmes firent des
allusions spirituelles et discrètes. Les regards lui-
saient ; on avait bu beaucoup. Le comte, qui conservait
même en ses écarts sa grande apparence de gravité,
trouva une comparaison fort goûtée sur la fin des
hivernages au pôle et la joie des naufragés qui voient
s'ouvrir une route vers le sud.

Loiseau, lancé, se leva, un verre de champagne à la
main : « Je bois à notre délivrance ! » Tout le monde
fut debout ; on l'acclamait. Les deux bonnes sœurs,
elles-mêmes, sollicitées par ces dames, consentirent à
tremper leurs lèvres dans ce vin mousseux dont elles
n'avaient jamais goûté. Elles déclarèrent que cela
ressemblait à la limonade gazeuse, mais que c'était plus
fin cependant.

Loiseau résuma la situation.

« C'est malheureux de ne pas avoir de piano parce
qu'on pourrait pincer un quadrille. »

Cornudet n'avait pas dit un mot, pas fait un geste ; il
paraissait même plongé dans des pensées très graves, et
tirait parfois, d'un geste furieux, sa grande barbe qu'il
semblait vouloir allonger encore. Enfin, vers minuit,
comme on allait se séparer, Loiseau qui titubait, lui
tapa soudain sur le ventre et lui dit en bredouillant :

« Vous n'êtes pas farce, vous, ce soir ; vous ne dites
rien, citoyen ? » Mais Cornudet releva brusquement la
tête, et parcourant la société d'un regard luisant et
terrible : « Je vous dis à tous que vous venez de faire
une infamie ! » Il se leva, gagna la porte, répéta encore
une fois : « Une infamie ! » et disparut.

Cela jeta un froid d'abord. Loiseau interloqué restait
bête ; mais il reprit son aplomb, puis, tout à coup, se
tordit en répétant : « Ils sont trop verts mon vieux, ils
sont trop verts. » Comme on ne comprenait pas, il
raconta les « mystères du corridor ». Alors il y eut une
reprise de gaieté formidable. Ces dames s'amusaient
comme des folles. Le comte et M. Carré-Lamadon
pleuraient à force de rire. Ils ne pouvaient croire.

« Comment. Vous êtes sûr ? Il voulait...

— Je vous dis que je l'ai vu.

— Et, elle a refusé...

— Parce que le Prussien était dans la chambre à
côté.

— Pas possible ?

— Je vous le jure. »

Le comte étouffait. L'industriel se comprimait le
ventre à deux mains. Loiseau continuait :

« Et, vous comprenez, ce soir, il ne la trouve pas
drôle, mais pas du tout. »

Et tous les trois repartaient, malades, essoufflés,
toussant.

On se sépara là-dessus. Mais Mme Loiseau, qui était
de la nature des orties, fit remarquer à son mari, au
moment où ils se couchaient, que « cette chipie » de
petite Carré-Lamadon avait ri jaune toute la soirée :
« Tu sais, les femmes, quand ça en tient pour l'uni-
forme, qu'il soit Français ou bien Prussien ça leur est,
ma foi, bien égal. Si ce n'est pas une pitié, Seigneur
Dieu ! »

Et toute la nuit, dans l'obscurité du corridor couru-
rent comme des frémissements, des bruits légers, à
peine sensibles, pareils à des souffles, des effleure-
ments de pieds nus, d'imperceptibles craquements. Et

l'on ne dormit que très tard, assurément, car des filets
de lumière glissèrent longtemps sous les portes. Le
champagne a de ces effets-là ; il trouble, dit-on, le
sommeil.

Le lendemain, un clair soleil d'hiver rendait la neige
éblouissante. La diligence, attelée enfin, attendait
devant la porte, tandis qu'une armée de pigeons
blancs, rengorgés dans leurs plumes épaisses, avec un
œil rose, taché, au milieu, d'un point noir, se prome-
naient gravement entre les jambes des six chevaux, et
cherchaient leur vie dans le crottin fumant qu'ils
éparpillaient.

Le cocher, enveloppé dans sa peau de mouton,
grillait une pipe sur le siège, et tous les voyageurs
radieux faisaient rapidement empaqueter des provi-
sions pour le reste du voyage.

On n'attendait plus que Boule de suif. Elle parut.

Elle semblait un peu troublée, honteuse ; et elle
s'avança timidement vers ses compagnons, qui, tous,
d'un même mouvement, se détournèrent comme s'ils
ne l'avaient pas aperçue. Le comte prit avec dignité le
bras de sa femme et l'éloigna de ce contact impur.

La grosse fille s'arrêta, stupéfaite ; alors, ramassant
tout son courage, elle aborda la femme du manufactu-
rier d'un « bonjour, madame » humblement murmuré.
L'autre fit de la tête seule un petit salut impertinent
qu'elle accompagna d'un regard de vertu outragée.
Tout le monde semblait affairé, et l'on se tenait loin
d'elle comme si elle eût apporté une infection dans ses
jupes. Puis on se précipita vers la voiture, où elle arriva
seule, la dernière, et reprit en silence la place qu'elle
avait occupée pendant la première partie de la route.

On semblait ne pas la voir, ne pas la connaître ; mais
Mme Loiseau, la considérant de loin avec indignation,
dit à mi-voix à son mari : « Heureusement que je ne
suis pas à côté d'elle. »

La lourde voiture s'ébranla, et le voyage recom-
mença.

On ne parla point d'abord. Boule de suif n'osait pas

lever les yeux. Elle se sentait en même temps indignée contre tous ses voisins, et humiliée d'avoir cédé, souillée par les baisers de ce Prussien entre les bras duquel on l'avait hypocritement jetée.

Mais la comtesse, se tournant vers Mme Carré-Lamadon, rompit bientôt ce pénible silence.

« Vous connaissez, je crois, Mme d'Etrelles ?

— Oui, c'est une de mes amies.

— Quelle charmante femme !

— Ravissante ! Une vraie nature d'élite, fort instruite d'ailleurs, et artiste jusqu'au bout des doigts ; elle chante à ravir et dessine dans la perfection. »

Le manufacturier causait avec le comte, et au milieu du fracas des vitres un mot parfois jaillissait : « Coupon — échéance — prime — à terme. »

Loiseau, qui avait chipé le vieux jeu de cartes de l'auberge engraissé par cinq ans de frottement sur les tables mal essuyées, attaqua un bésigue[60] avec sa femme.

Les bonnes sœurs prirent à leur ceinture le long rosaire qui pendait, firent ensemble le signe de la croix, et tout à coup leurs lèvres se mirent à remuer vivement, se hâtant de plus en plus, précipitant leur vague murmure comme pour une course d'*oremus* ; et de temps en temps elles baisaient une médaille, se signaient de nouveau, puis recommençaient leur marmottement rapide et continu.

Cornudet songeait, immobile.

Au bout de trois heures de route, Loiseau ramassa ses cartes : « Il fait faim », dit-il.

Alors sa femme atteignit un paquet ficelé d'où elle fit sortir un morceau de veau froid. Elle le découpa proprement par tranches minces et fermes, et tous deux se mirent à manger.

« Si nous en faisions autant », dit la comtesse. On y consentit et elle déballa les provisions préparées pour les deux ménages. C'était, dans un de ces vases allongés dont le couvercle porte un lièvre en faïence, pour indiquer qu'un lièvre en pâté gît au-dessous, une

charcuterie succulente, où de blanches rivières de lard traversaient la chair brune du gibier, mêlée à d'autres viandes hachées fin. Un beau carré de gruyère, apporté dans un journal, gardait imprimé : « faits divers » sur sa pâte onctueuse.

Les deux bonnes sœurs développèrent un rond de saucisson qui sentait l'ail ; et Cornudet, plongeant les deux mains en même temps dans les vastes poches de son paletot sac, tira de l'une quatre œufs durs et de l'autre le croûton d'un pain. Il détacha la coque, la jeta sous ses pieds dans la paille et se mit à mordre à même les œufs, faisant tomber sur sa vaste barbe des parcelles de jaune clair qui semblaient, là-dedans, des étoiles.

Boule de suif, dans la hâte et l'effarement de son lever, n'avait pu songer à rien ; et elle regardait, exaspérée, suffoquant de rage, tous ces gens qui mangeait placidement. Une colère tumultueuse la crispa d'abord, et elle ouvrit la bouche pour leur crier leur fait avec un flot d'injures qui lui montait aux lèvres ; mais elle ne pouvait pas parler tant l'exaspération l'étranglait.

Personne ne la regardait, ne songeait à elle. Elle se sentait noyée dans le mépris de ces gredins honnêtes qui l'avaient sacrifiée d'abord, rejetée ensuite, comme une chose malpropre et inutile. Alors elle songea à son grand panier tout plein de bonnes choses qu'ils avaient goulûment dévorées, à ses deux poulets luisants de gelée, à ses pâtés, à ses poires, à ses quatre bouteilles de bordeaux ; et sa fureur tombant soudain, comme une corde trop tendue qui casse, elle se sentit prête à pleurer. Elle fit des efforts terribles, se raidit, avala ses sanglots comme les enfants, mais les pleurs montaient, luisaient au bord de ses paupières, et bientôt deux grosses larmes se détachant des yeux roulèrent lentement sur ses joues. D'autres les suivirent plus rapides, coulant comme les gouttes d'eau qui filtrent d'une roche, et tombant régulièrement sur la courbe rebondie de sa potirine. Elle restait droite, le regard fixe, la face rigide et pâle, espérant qu'on ne la verrait pas.

Mais la comtesse s'en aperçut et prévint son mari d'un signe. Il haussa les épaules comme pour dire : « Que voulez-vous, ce n'est pas ma faute. » Mme Loiseau eut un rire muet de triomphe et murmura : « Elle pleure sa honte. »

Les deux bonnes sœurs s'étaient remises à prier après avoir roulé dans un papier le reste de leur saucisson.

Alors Cornudet, qui digérait ses œufs, étendit ses longues jambes sous la banquette d'en face, se renversa, croisa ses bras, sourit comme un homme qui vient de trouver une bonne farce, et se mit à siffloter *La Marseillaise*[61].

Toutes les figures se rembrunirent. Le chant populaire, assurément, ne plaisait point à ses voisins. Ils devinrent nerveux, agacés, et avaient l'air prêts à hurler comme des chiens qui entendent un orgue de barbarie. Il s'en aperçut, ne s'arrêta plus. Parfois même il fredonnait les paroles :

> *Amour sacré de la patrie,*
> *Conduis, soutiens, nos bras vengeurs,*
> *Liberté, liberté chérie,*
> *Combats avec tes défenseurs !*

On fuyait plus vite, la neige étant plus dure ; et jusqu'à Dieppe, pendant les longues heures mornes du voyage, à travers les cahots du chemin, par la nuit tombante, puis dans l'obscurité profonde de la voiture, il continua, avec une obstination féroce, son sifflement vengeur et monotone, contraignant les esprits las et exaspérés à suivre le chant d'un bout à l'autre, à se rappeler chaque parole qu'ils appliquaient sur chaque mesure.

Et Boule de suif pleurait toujours ; et parfois un sanglot qu'elle n'avait pu retenir passait, entre deux couplets, dans les ténèbres.

MADEMOISELLE FIFI [1]

Le major, commandant prussien [2], comte de Farls-berg [3], achevait de lire son courrier, le dos au fond d'un grand fauteuil de tapisserie et ses pieds bottés sur le marbre élégant de la cheminée, où ses éperons, depuis trois mois [4] qu'ils occupaient le [5] château d'Uville [6], avaient tracé deux trous profonds, fouillés un peu plus tous les jours.

Une tasse de café fumait sur un guéridon de marqueterie maculé par les liqueurs, brûlé par les cigares, entaillé par le canif de l'officier conquérant qui, parfois, s'arrêtant d'aiguiser un crayon, traçait sur le meuble gracieux des chiffres ou des dessins, à la fantaisie de son rêve nonchalant.

Quand il eut achevé ses lettres et parcouru les journaux allemands que son vaguemestre venait de lui apporter, il se leva, et, après avoir jeté au feu trois ou quatre énormes morceaux de bois vert, car ces messieurs abattaient peu à peu le parc pour se chauffer, il s'approcha de la fenêtre.

La pluie tombait à flots, une pluie normande qu'on aurait dit jetée par une main furieuse, une pluie en biais, épaisse comme un rideau, formant une sorte de mur à raies obliques, une pluie cinglante, éclaboussante, noyant tout, une vraie pluie des environs de Rouen, ce pot de chambre de la France.

L'officier regarda longtemps les [7] pelouses inondées,

et, là-bas, l'Andelle[8] gonflée qui débordait ; et il
tambourinait contre la vitre une valse du Rhin, quand
un bruit le fit se retourner : c'était son second, le baron
de Kelweingstein[9], ayant le grade équivalent à celui de
capitaine.

Le major était un géant, large d'épaules, orné d'une
longue barbe en éventail formant nappe sur sa poi-
trine ; et toute sa grande personne solennelle éveillait
l'idée d'un paon militaire, un paon qui aurait porté sa
queue déployée à son menton. Il avait des yeux bleus,
froids et doux, une joue fendue d'un coup[10] de sabre
dans la guerre d'Autriche[11] ; et on le disait brave
homme autant que brave officier.

Le capitaine, un petit rougeaud à gros ventre, sanglé
de force, portait presque ras son poil[12] ardent, dont les
fils de feu auraient fait croire, quand ils se trouvaient
sous certains reflets, sa figure frottée de[13] phosphore.
Deux dents perdues dans une nuit de noce, sans qu'il
se rappelât au[14] juste comment, lui faisaient cracher
des paroles épaisses, qu'on n'entendait pas toujours ; et
il était chauve du sommet du crâne seulement, tonsuré
comme un moine, avec une toison de petits cheveux
frisés, dorés et luisants, autour de ce cerceau de chair
nue.

Le commandant lui serra la main, et il avala d'un[15]
trait sa tasse de café (la sixième depuis le matin), en[16]
écoutant le rapport de son subordonné sur les incidents
survenus dans le service ; puis tous deux se rapprochè-
rent de la fenêtre en déclarant que ce n'était pas gai. Le
major, homme tranquille, marié chez lui, s'accommo-
dait de tout ; mais le baron capitaine, viveur[17] tenace,
coureur de bouges, forcené trousseur de filles, rageait
d'être enfermé depuis trois mois[18] dans la chasteté
obligatoire de ce poste perdu.

Comme on grattait à la porte, le commandant cria
d'ouvrir, et un homme, un de leurs soldats automates,
apparut dans l'ouverture, disant par sa seule présence
que le déjeuner était prêt.

Dans la salle ils trouvèrent les trois officiers de

moindre grade : un lieutenant, Otto de Grossling ;
deux sous-lieutenants, Fritz Scheunaubourg et le mar-
quis Wilhem d'Eyrik, un [19] tout petit blondin fier et
brutal avec les hommes, dur aux vaincus, et violent
comme une arme à feu.

Depuis son entrée en France, ses camarades ne
l'appelaient plus que Mlle Fifi [20]. Ce surnom lui venait
de sa tournure coquette, de sa taille fine qu'on aurait
dit tenue en un corset, de sa figure pâle où sa naissante
moustache apparaissait à peine, et aussi de l'habitude
qu'il avait prise, pour exprimer son souverain mépris
des êtres et des choses, d'employer à tout moment la
locution française — *fi, fi donc*, qu'il prononçait avec
un léger sifflement.

La salle à manger du château d'Uville était une
longue et royale pièce dont les glaces de cristal ancien,
étoilées de balles, et les hautes tapisseries des Flandres,
tailladées à coups de sabre et pendantes par endroits,
disaient les occupations de Mlle Fifi [21] en ses heures de
désœuvrement.

Sur les murs, trois portraits de famille, un guerrier
vêtu de fer, un cardinal et un président, fumaient de
longues pipes de porcelaine, tandis qu'en son cadre
dédoré par les ans, une noble dame à poitrine serrée
montrait d'un air arrogant une énorme paire de
moustaches faite [22] au charbon.

Et le déjeuner des officiers s'écoula presque en
silence dans cette pièce mutilée, assombrie par
l'averse, attristante par son aspect vaincu, et dont le
vieux parquet de chêne était devenu sordide comme [23]
un sol de cabaret.

À l'heure du tabac, quand ils commencèrent à boire,
ayant fini de manger, ils se mirent, de même que
chaque jour, à parler de leur ennui. Les bouteilles de
cognac et de liqueurs passaient [24] de main en main ; et
tous, renversés sur leurs chaises, absorbaient à petits
coups répétés, en gardant au coin de la bouche le long

tuyau courbé que terminait l'œuf de faïence, toujours
peinturluré comme pour séduire des Hottentots.

Dès que leur verre était vide, ils le remplissaient
avec un geste de lassitude résignée. Mais Mlle Fifi[25]
cassait à tout moment le sien, et un soldat immédiate-
ment lui en présentait un autre.

Un brouillard[26] de fumée âcre les noyait, et ils
semblaient s'enfoncer dans une ivresse endormie et
triste, dans cette saoulerie morne des gens qui n'ont
rien à faire.

Mais le baron, soudain, se redressa. Une révolte le
secouait ; il jura : « Nom de Dieu, ça ne peut pas
durer, il faut inventer quelque chose à la fin. »

Ensemble le lieutenant Otto et le sous-lieutenant
Fritz, deux Allemands doués éminemment de physio-
nomies allemandes lourdes et graves, répondirent :
« Quoi, mon capitaine ? »

Il réfléchit quelques secondes, puis reprit : « Quoi ?
Eh bien, il faut organiser une fête, si le commandant le
permet. »

Le major quitta sa pipe : « Quelle fête, capitaine ? »

Le baron s'approcha : « Je[27] me charge de tout, mon
commandant. J'enverrai à[28] Rouen *Le Devoir* qui nous
ramènera des dames ; je[29] sais où les prendre. On
préparera ici un souper ; rien ne manque d'ailleurs, et,
au moins, nous passerons une bonne soirée. »

Le comte de Farlsberg haussa les épaules en sou-
riant : « Vous[30] êtes fou, mon ami. »

Mais tous les officiers s'étaient levés, entouraient
leur chef, le suppliaient : — « Laissez faire le capi-
taine, mon commandant, c'est si triste ici. »

À la fin le major céda : « Soit », dit-il ; et aussitôt le
baron fit appeler *Le Devoir*. C'était un vieux sous-
officier qu'on n'avait jamais vu rire, mais qui accom-
plissait fanatiquement tous les ordres de ses chefs,
quels qu'ils fussent.

Debout, avec sa figure impassible, il reçut les
instructions du baron ; puis il sortit ; et, cinq minutes
plus tard, une grande voiture du train militaire,

couverte d'une bâche de meunier tendue en dôme, détalait sous la pluie acharnée, au galop de quatre chevaux.

Aussitôt un frisson de réveil sembla courir dans les esprits ; les poses alanguies se redressèrent, les visages s'animèrent et on se mit à causer.

Bien que l'averse continuât avec autant de furie, le major affirma qu'il faisait moins sombre ; et le lieutenant Otto annonçait avec conviction que le ciel allait s'éclaircir. Mlle Fifi elle-même ne semblait pas tenir en place. Elle se levait, se rasseyait. Son œil clair et dur cherchait quelque chose à briser. Soudain, fixant la dame aux moustaches, le jeune blondin tira son revolver. « Tu ne verras pas cela toi », dit-il ; et, sans quitter son siège, il visa. Deux balles successivement crevèrent les deux yeux du portrait.

Puis il s'écria : « Faisons la mine ! » Et brusquement les conversations s'interrompirent, comme si un intérêt puissant et nouveau se fût emparé de tout le monde.

La mine, c'était son invention, sa manière de détruire, son amusement préféré.

En quittant son château, le propriétaire légitime, le comte Fernand d'Amoys d'Uville, n'avait eu le temps de rien emporter ni de rien cacher, sauf l'argenterie enfouie dans le trou d'un mur. Or, comme il était fort riche et magnifique, son grand salon, dont la porte ouvrait dans la salle à manger, présentait, avant la fuite précipitée du maître, l'aspect d'une galerie de musée.

Aux murailles pendaient des toiles, des dessins et des aquarelles de prix, tandis que sur les meubles, les étagères, et dans les vitrines élégantes, mille bibelots, des potiches, des statuettes, des bonshommes de Saxe et des magots de Chine, des ivoires anciens et des verres de Venise, peuplaient le vaste appartement de leur foule précieuse et bizarre.

Il n'en restait guère maintenant. Non qu'on les eût pillés, le major comte de Farlsberg ne l'aurait point

permis ; mais Mlle Fifi, de temps en temps, faisait la *mine* ; et tous les officiers, ce jour-là, s'amusaient vraiment pendant cinq minutes.

Le petit marquis alla chercher dans le salon ce qu'il lui fallait. Il rapporta une toute mignonne théière de Chine famille Rose qu'il emplit de poudre à canon, et, par le bec, il introduisit délicatement un long morceau d'amadou, l'alluma, et courut reporter cette machine infernale dans l'appartement voisin.

Puis il revint bien vite, en fermant la porte. Tous les Allemands attendaient, debout, avec la figure souriante d'une curiosité enfantine ; et, dès que l'explosion eut secoué le château, ils se précipitèrent ensemble.

Mlle Fifi, entrée la première, battait des mains avec délire devant une Vénus de terre cuite dont la tête avait enfin sauté ; et chacun ramassa des morceaux de porcelaine, s'étonnant aux dentelures étranges des éclats, examinant les dégâts nouveaux, contestant certains ravages comme produits par l'explosion précédente ; et le major considérait d'un air paternel le vaste salon bouleversé par cette mitraille à la Néron et sablé de débris d'objets d'art. Il en sortit le premier, en déclarant avec bonhomie : « Ça a bien réussi, cette fois. »

Mais une telle trombe de fumée était entrée dans la salle à manger, se mêlant à celle du tabac, qu'on ne pouvait plus respirer. Le commandant ouvrit la fenêtre, et tous les officiers, revenus pour boire un dernier verre de cognac, s'en approchèrent.

L'air humide s'engouffra dans la pièce, apportant une sorte de poussière d'eau qui poudrait les barbes, et une odeur d'inondation. Ils regardaient les grands arbres accablés sous l'averse, la large vallée embrumée par ce dégorgement des nuages sombres et bas, et tout au loin le clocher [31] de l'église dressé comme une pointe grise dans la pluie battante.

Depuis leur arrivée, il n'avait plus sonné. C'était, du reste, la seule résistance que les envahisseurs eussent rencontrée aux environs : celle du clocher. Le curé ne

s'était nullement refusé à recevoir et à nourrir des
soldats prussiens ; il avait même plusieurs fois accepté
de boire une bouteille de bière ou de bordeaux avec le
commandant ennemi, qui l'employait souvent comme
intermédiaire bienveillant ; mais il ne fallait pas lui
demander un seul tintement de sa cloche ; il se serait
plutôt laissé fusiller. C'était sa manière à lui de
protester contre l'invasion, protestation pacifique, pro-
testation du silence, la seule, disait-il, qui convînt au
prêtre, homme de douceur et non de sang ; et tout le
monde, à dix lieues à la ronde, vantait la fermeté,
l'héroïsme de l'abbé Chantavoine, qui osait affirmer le
deuil public, le proclamer, par le mutisme obstiné de
son église.

Le village entier, enthousiasmé par cette résistance,
était prêt à soutenir jusqu'au bout son pasteur, à tout
braver, considérant cette protestation tacite comme la
sauvegarde de l'honneur national. Il semblait aux
paysans qu'ils avaient ainsi mieux mérité de la patrie
que Belfort et que Strasbourg [32], qu'ils avaient donné
un exemple équivalent, que le nom du hameau en
deviendrait immortel ; et, hormis [33] cela, ils ne refu-
saient rien aux Prussiens vainqueurs.

Le commandant et ses officiers riaient ensemble de
ce courage inoffensif ; et [34] comme le pays entier se
montrait obligeant et souple à leur égard, ils toléraient
volontiers son patriotisme muet.

Seul, le petit marquis Wilhem aurait bien voulu
forcer la cloche à sonner. Il enrageait de la condescen-
dance politique de son supérieur pour le prêtre ; et
chaque jour il suppliait le commandant de le laisser
faire « Ding-don-don », une fois, une seule petite fois,
pour rire un peu seulement. Et il demandait cela avec
des grâces de chatte, des cajoleries de femme, des
douceurs de voix d'une maîtresse affolée par une
envie ; mais le commandant ne cédait point, et Mlle
Fifi [35], pour se consoler, faisait la *mine* dans le château
d'Uville.

Les cinq hommes restèrent là, en tas, quelques

minutes, aspirant l'humidité. Le lieutenant Fritz, enfin, prononça en jetant un rire pâteux : « Ces temoiselles técitément, n'auront pas peau temps pour leur bromenate. »

Là-dessus, on se sépara, chacun allant à son service, et le capitaine ayant fort à faire pour les préparatifs du dîner.

Quand ils[36] se retrouvèrent de nouveau à la nuit tombante, ils se mirent à rire en se voyant tous coquets et reluisants comme aux jours de grande revue, pommadés, parfumés, tout frais. Les cheveux du commandant semblaient moins gris que le matin ; et le capitaine s'était rasé, ne gardant que sa moustache, qui lui mettait une flamme sous le nez.

Malgré la pluie, on laissait la fenêtre ouverte ; et l'un d'eux parfois allait écouter. A six heures dix minutes le[37] baron signala un lointain roulement. Tous[38] se précipitèrent ; et bientôt la grande voiture accourut, avec ses quatre chevaux toujours au galop, crottés jusqu'au dos, fumants et soufflants.

Et cinq femmes descendirent sur le perron, cinq belles filles choisies avec soin par un camarade du capitaine à qui *Le Devoir* était allé porter une carte de son officier.

Elles ne s'étaient point fait prier, sûres d'être bien payées, connaissant d'ailleurs les Prussiens, depuis trois mois[39] qu'elles en tâtaient, et prenant leur parti des hommes comme des choses. « C'est le métier qui veut ça », se disaient-elles en route, pour répondre sans doute à quelque picotement secret d'un reste de conscience.

Et tout de suite on entra dans la salle à manger. Illuminée, elle semblait plus lugubre encore en son délabrement piteux ; et la table couverte de viandes, de vaisselle riche et d'argenterie retrouvée dans le mur où l'avait cachée le propriétaire, donnait à ce lieu l'aspect[40] d'une taverne de bandits qui soupent après un pillage. Le capitaine, radieux, s'empara des femmes comme d'une chose familière, les appréciant, les

embrassant[41], les flairant, les évaluant à leur valeur de filles de plaisir ; et comme les trois jeunes gens voulaient en prendre chacun une, il s'y opposa avec autorité, se réservant de faire le partage, en toute justice, suivant les grades, pour ne blesser en rien la hiérarchie.

Alors, afin d'éviter toute discussion, toute contestation et tout soupçon de partialité, il les aligna par rang de taille, et s'adressant à la plus grande, avec le ton du commandement : « Ton nom ? »

Elle répondit en grossissant sa voix : « Paméla. »

Alors il proclama : « Numéro un, la nommée Paméla, adjugée au commandant. »

Ayant ensuite embrassé Blondine, la seconde, en signe de propriété, il offrit au lieutenant Otto la grosse Amanda, Eva *la Tomate* au sous-lieutenant Fritz, et la plus petite de toutes, Rachel, une brune toute jeune, à l'œil noir comme une tache d'encre, une juive dont le nez retroussé confirmait la règle qui donne des becs courbes à toute sa race, au plus jeune des officiers, au frêle marquis Wilhem d'Eyrik.

Toutes, d'ailleurs, étaient jolies et grasses, sans physionomies bien distinctes, faites à peu près pareilles de tournure et de peau par les pratiques d'amour quotidiennes et la vie commune des maisons publiques.

Les trois jeunes gens prétendaient tout de suite entraîner leurs femmes, sous prétexte de leur offrir des brosses et du savon pour se nettoyer ; mais le capitaine s'y opposa sagement, affirmant qu'elles étaient assez propres pour se mettre à table et que ceux qui monteraient voudraient changer en descendant et troubleraient les autres couples. Son expérience l'emporta. Il y eut seulement beaucoup de baisers, des baisers d'attente.

Soudain, Rachel suffoqua, toussant aux larmes, et rendant de la fumée par les narines. Le marquis, sous prétexte de l'embrasser, venait de lui souffler un jet de tabac dans la bouche. Elle ne se fâcha point, ne dit pas

un mot, mais elle regarda fixement son possesseur avec
une colère éveillée tout au fond de son œil noir.

On s'assit. Le commandant lui-même semblait
enchanté ; il prit à sa droite Paméla, Blondine à sa
gauche, et déclara, en dépliant sa serviette : « Vous [42]
avez eu là une charmante idée, capitaine. »

Les lieutenants Otto et Fritz, polis comme auprès de
femmes du monde, intimidaient un peu leurs voisines ;
mais le [43] baron de Kelweingstein [44], lâché dans son
vice, rayonnait, lançait des mots grivois, semblait [45] en
feu avec sa couronne de cheveux rouges. Il [46] galantisait
en français du Rhin ; et ses compliments de taverne,
expectorés par le trou des deux dents brisées, arri-
vaient aux filles au milieu d'une mitraille de salive.

Elles ne comprenaient rien, du reste ; et leur intelli-
gence ne sembla s'éveiller que lorsqu'il cracha des
paroles obscènes, des expressions crues, estropiées par
son accent. Alors, toutes ensemble, elles commencè-
rent à rire comme des folles, tombant sur le ventre de
leurs voisins, répétant les termes que le baron se mit
alors à défigurer à plaisir pour leur faire dire des
ordures. Elles en vomissaient à volonté, saoules aux
premières bouteilles de vin ; et, redevenant elles,
ouvrant la porte aux habitudes, elles embrassaient les
moustaches de droite et celles de gauche, pinçaient les
bras, poussaient des cris furieux [47], buvaient dans tous
les verres, chantaient des couplets français et des bouts
de chansons allemandes appris dans leurs rapports
quotidiens avec l'ennemi.

Bientôt les hommes eux-mêmes, grisés par cette
chair de femme étalée sous leur nez et sous leurs mains,
s'affolèrent, hurlant, brisant la vaisselle [48], tandis que,
derrière leur dos, des soldats impassibles les servaient.

Le commandant seul gardait de la retenue.

Mlle Fifi avait [49] pris Rachel sur ses genoux, et,
s'animant à froid, tantôt il embrassait follement les
frisons d'ébène de son cou, humant par le mince
intervalle entre la robe et la peau la douce chaleur de
son corps et tout le fumet de sa personne ; tantôt, à

travers l'étoffe, il la pinçait avec fureur, la faisant crier, saisi[50] d'une férocité rageuse, travaillé par son besoin de ravage. Souvent aussi, la tenant à pleins bras, l'étreignant comme pour la mêler à lui, il appuyait longuement ses lèvres sur la bouche fraîche de la juive, la baisait à perdre haleine ; mais soudain il[51] la mordit si profondément qu'une traînée de sang descendit sur le menton de la jeune femme et[52] coula dans son corsage.

Encore une fois, elle le regarda bien en face, et, lavant la plaie, murmura : « Ça se paye, cela. » Il se mit à rire, d'un rire dur. « Je payerai », dit-il.

On arrivait au dessert ; on versait du champagne. Le commandant se leva, et du même ton qu'il aurait pris pour porter la santé de l'impératrice Augusta[53], il but :

« À nos dames ! » Et une[54] série de toasts commença ; des toasts d'une galanterie de soudards et de pochards, mêlés de plaisanteries obscènes, rendues plus brutales encore par l'ignorance de la langue.

Ils se levaient l'un après l'autre, cherchant de l'esprit, s'efforçant d'être drôles ; et les femmes, ivres à tomber, les yeux vagues, les lèvres pâteuses, applaudissaient chaque fois éperdûment.

Le capitaine, voulant sans doute rendre à l'orgie un air galant, leva encore une fois son verre, et prononça : « À nos victoires sur les cœurs ! »

Alors le lieutenant Otto, espèce d'ours de la Forêt-Noire, se dressa, enflammé, saturé de boissons. Et envahi brusquement de patriotisme alcoolique, il cria : « À nos victoires sur la France ! »

Toutes grises qu'elles étaient, les femmes se turent ; et Rachel, frissonnante, se retourna : « Tu sais, j'en connais, des Français, devant qui tu ne dirais pas ça. »

Mais le petit marquis, la tenant toujours sur ses genoux, se mit à rire, rendu très gai par le vin : « Ah ! ah ! ah ! je n'en ai jamais vu, moi. Sitôt que nous paraissons, ils foutent le camp ! »

La fille, exaspérée, lui cria dans la figure : « Tu mens, salop ! »

Durant une seconde, il fixa sur elle ses yeux clairs, comme il les fixait sur les tableaux dont il crevait la toile à coups de revolver, puis il se remit à rire : « Ah ! oui, parlons-en, la belle ! serions-nous ici, s'ils étaient braves ? » Et il s'animait : « Nous sommes leurs maîtres ! à nous la France ! »

Elle quitta ses genoux d'une secousse et retomba sur sa chaise. Il se leva, tendit son verre jusqu'au milieu de la table et répéta : « À nous la France et les Français, les bois, les champs et les maisons de France ! »

Les autres, tout à fait saouls, secoués soudain par un enthousiasme militaire, un enthousiasme de brutes, saisirent leurs verres en vociférant : « Vive la Prusse ! » et les vidèrent d'un seul trait.

Les filles ne protestaient point, réduites [55] au silence et prises de peur. Rachel elle-même se taisait, impuissante à répondre.

Alors, le petit marquis [56] posa sur la tête de la juive sa coupe de champagne emplie à nouveau [57] : « À nous aussi, cria-t-il, toutes les femmes de France ! »

Elle se leva si vite, que le cristal, culbuté, vida, comme pour un baptême, le vin jaune dans ses cheveux noirs, et il tomba, se brisant à terre. Les lèvres tremblantes, elle bravait du regard l'officier qui riait toujours, et elle balbutia, d'une [58] voix étranglée de colère : « Ça, ça, ça n'est [59] pas vrai, par exemple, vous n'aurez pas les femmes de France. »

Il s'assit pour rire à son aise, et, cherchant l'accent parisien : « Elle est pien ponne, pien ponne, qu'est-ce alors que tu viens faire ici, pétite ? »

Interdite, elle se tut d'abord, comprenant mal dans son trouble, puis, dès qu'elle eut bien saisi ce qu'il disait, elle lui jeta, indignée et véhémente : « Moi ! moi ! Je [60] ne suis pas une femme, moi, je suis une putain ; c'est [61] bien tout ce qu'il faut à des Prussiens. »

Elle n'avait point fini qu'il la giflait à toute volée ; mais comme il levait encore une fois la main, affolée de [62] rage, elle saisit sur la table un petit couteau de dessert à lame d'argent, et si brusquement qu'on ne vit

rien d'abord, elle le lui piqua droit dans le cou, juste au creux où la poitrine commence.

Un mot qu'il prononçait fut[63] coupé dans sa gorge ; et il resta béant, avec un regard effroyable.

Tous poussèrent un rugissement, et se levèrent en tumulte ; mais ayant jeté sa chaise dans les jambes du lieutenant Otto, qui s'écroula tout au long, elle courut à la fenêtre, l'ouvrit avant qu'on eût pu l'atteindre, et s'élança dans la nuit, sous la pluie qui tombait toujours.

En deux minutes, Mlle Fifi[64] fut morte. Alors Fritz et Otto dégainèrent et voulurent massacrer les femmes, qui se traînaient à leurs genoux. Le major, non sans peine, empêcha cette boucherie, fit enfermer dans une chambre, sous la garde de deux hommes, les quatre filles éperdues ; puis, comme s'il eût disposé ses soldats pour un combat, il organisa la poursuite de la fugitive, bien certain de la reprendre.

Cinquante hommes, fouettés de menaces, furent lancés dans le parc. Deux cents autres fouillèrent les bois et toutes les maisons de la vallée.

La table, desservie en un instant, servait maintenant de lit mortuaire, et les quatre officiers, rigides, dégrisés, avec la face dure des hommes de guerre en fonction, restaient[65] debout près des fenêtres, sondaient la nuit.

L'averse torrentielle continuait. Un clapotis continu emplissait les ténèbres, un flottant murmure d'eau qui tombe et d'eau qui coule, d'eau qui dégoutte et d'eau qui rejaillit.

Soudain, un coup de feu retentit, puis un autre très loin ; et, pendant quatre heures, on entendit ainsi de temps en temps des détonations proches ou lointaines, et des cris de ralliement, des mots étranges lancés comme appel par des voix gutturales.

Au matin, tout le monde rentra. Deux soldats avaient été tués, et trois autres blessés par leurs camarades dans l'ardeur de la chasse et l'effarement de cette poursuite nocturne.

On n'avait pas retrouvé Rachel.

Alors les habitants furent terrorisés, les demeures bouleversées, toute la contrée parcourue, battue, retournée. La juive ne semblait pas avoir laissé une seule trace de son passage.

Le général, prévenu, ordonna d'étouffer l'affaire, pour ne point donner de mauvais exemple dans l'armée, et il frappa d'une peine disciplinaire le commandant, qui punit ses inférieurs. Le général avait dit : « On ne fait pas la guerre pour s'amuser et caresser des filles publiques. » Et le comte de Farlsberg, exaspéré, résolut de se venger sur le pays.

Comme il lui fallait un prétexte afin de sévir sans contrainte, il fit venir le curé et lui ordonna de sonner la cloche à l'enterrement du marquis d'Eyrik.

Contre toute attente, le prêtre se montra docile, humble, plein d'égards. Et quand le corps de Mlle Fifi, porté par des soldats, précédé, entouré, suivi de soldats qui marchaient le fusil chargé, quitta le château d'Uville, allant au cimetière, pour la première fois la cloche tinta son glas funèbre avec une allure allègre, comme si une main amie l'eût caressée.

Elle sonna le soir encore, et le lendemain aussi, et tous les jours ; elle carillonna tant qu'on voulut. Parfois même, la nuit, elle se mettait toute seule en branle, et jetait doucement deux ou trois sons dans l'ombre, prise de gaietés singulières, réveillée on ne sait pourquoi. Tous les paysans du lieu la dirent alors ensorcelée ; et personne, sauf le curé et le sacristain, n'approchait plus du clocher.

C'est qu'une pauvre fille vivait là-haut, dans l'angoisse et la solitude, nourrie en cachette par ces deux hommes.

Elle y resta jusqu'au départ des troupes allemandes. Puis, un soir, le curé ayant emprunté le char-à-bancs du boulanger, conduisit lui-même sa prisonnière jusqu'à la porte de Rouen. Arrivé là, le prêtre l'embrassa ; elle descendit et regagna vivement à pied le logis public, dont la patronne la croyait morte.

Elle en fut tirée quelque temps après par un patriote sans préjugés qui l'aima pour sa belle action, puis l'ayant ensuite chérie pour elle-même, l'épousa, en fit une Dame qui valut autant que beaucoup d'autre [66].

fille et fille, il rêve toujours comme pour en laisser...
Ah, pensé-je tout en m'éloignant, c'est peut-être action
voilà l'avant dernier de leur pauvre... monde. C'est ce
qu'il me faut. Cette quiétude, ce vertige idiot, le profond
néant.

DEUX AMIS

Paris était bloqué, affamé et râlant [1]. Les moineaux se faisaient bien rares sur les toits, et les égouts se dépeuplaient. On mangeait n'importe quoi.

Comme il se promenait tristement par un clair matin de janvier le long du boulevard extérieur, les mains dans les poches de sa culotte d'uniforme [2] et le ventre vide, M. Morissot, horloger de son état et pantouflard par occasion, s'arrêta net devant un confrère qu'il reconnut pour un ami. C'était M. Sauvage, une connaissance du bord de l'eau.

Chaque dimanche, avant la guerre, Morissot partait dès l'aurore, une canne en bambou d'une main, une boîte en fer-blanc sur le dos. Il prenait le chemin de fer d'Argenteuil, descendait à Colombes, puis gagnait à pied l'île Marante. À peine arrivé en ce [3] lieu de ses rêves, il se mettait à pêcher; il pêchait jusqu'à la nuit.

Chaque dimanche, il rencontrait là un petit homme replet et jovial, M. Sauvage, mercier, rue Notre-Dame-de-Lorette, autre pêcheur fanatique. Ils passaient souvent une demi-journée côte à côte, la ligne à la main et les pieds ballants au-dessus du courant; et ils s'étaient pris d'amitié l'un pour l'autre.

En certains jours, ils ne parlaient pas. Quelquefois ils causaient; mais ils s'entendaient admirablement sans rien dire, ayant des goûts semblables et des sensations identiques.

Au printemps, le matin, vers dix heures, quand le soleil rajeuni faisait flotter sur le fleuve tranquille cette petite buée qui coule avec l'eau, et versait dans le dos des deux enragés pêcheurs une bonne chaleur de saison nouvelle, Morissot parfois disait à son voisin : « Hein ! quelle douceur ? » et M. Sauvage répondait : « Je ne connais rien de meilleur. » Et cela leur suffisait pour se comprendre et s'estimer.

À l'automne, vers la fin du jour, quand le ciel ensanglanté par le soleil couchant, jetait dans l'eau des figures de nuages écarlates, empourprait le fleuve entier, enflammait l'horizon, faisait rouges comme du feu les deux amis, et dorait les arbres roussis déjà, frémissants d'un frisson d'hiver, M. Sauvage regardait en souriant Morissot et prononçait : « Quel spectacle ? » Et Morissot émerveillé répondait, sans quitter des yeux son flotteur : « Cela vaut mieux que le boulevard, hein ? »

Dès qu'ils se furent reconnus, ils se serrèrent les mains énergiquement, tout émus de se retrouver en des circonstances si différentes. M. Sauvage, poussant un soupir, murmura : « En voilà des événements. » Morissot, très morne, gémit : « Et quel temps ! c'est aujourd'hui le premier beau jour de l'année. »

Le ciel était, en effet, tout bleu et plein de lumière.

Ils se mirent à marcher côte à côte, rêveurs et tristes. Morissot reprit : « Et la pêche ? hein ! quel bon souvenir ? »

M. Sauvage demanda : « Quand y retournerons-nous ? »

Ils entrèrent dans un petit café et burent ensemble une absinthe ; puis ils se remirent à se promener sur les trottoirs.

Morissot s'arrêta soudain : « Une seconde verte[4], hein ? » M. Sauvage y consentit : « À votre disposition. » Et ils pénétrèrent chez un autre marchand de vins.

Ils étaient fort étourdis en sortant, troublés comme des gens à jeun dont le ventre est plein d'alcool. Il faisait doux. Une brise caressante leur chatouillait le visage.

M. Sauvage, que l'air tiède achevait de griser, s'arrêta : « Si on y allait ?

— Où ça ?

— À la pêche, donc.

— Mais où ?

— Mais à notre île. Les avant-postes français sont auprès de Colombes. Je connais le colonel Dumoulin ; on nous laissera passer facilement. »

Morissot frémit de désir : « C'est dit. J'en suis. » Et ils se séparèrent pour prendre leurs instruments.

Une heure après, ils marchaient côte à côte sur la grand-route. Puis ils gagnèrent la villa qu'occupait le colonel. Il sourit de leur demande et consentit à leur fantaisie. Ils se remirent en marche, munis d'un laisser-passer.

Bientôt ils franchirent les avant-postes, traversèrent Colombes abandonné, et se trouvèrent au bord des petits champs de vigne qui descendent vers la Seine. Il était environ onze heures.

En face, le village d'Argenteuil semblait mort. Les hauteurs d'Orgemont et de Sannois dominaient tout le pays. La grande plaine qui va jusqu'à Nanterre était vide, toute vide, avec ses cerisiers nus et ses terres grises.

M. Sauvage, montrant du doigt les sommets, murmura : « Les Prussiens sont là-haut ! » Et une inquiétude paralysait les deux amis devant ce pays désert.

« Les Prussiens ! » Ils n'en avaient jamais aperçu, mais ils les sentaient là depuis des mois, autour de Paris, ruinant la France, pillant, massacrant, affamant, invisibles et tout-puissants. Et une sorte de terreur superstitieuse s'ajoutait à la haine qu'ils avaient pour ce peuple inconnu et victorieux.

Morissot balbutia : « Hein ! si nous allions en rencontrer ? »

M. Sauvage répondit, avec cette gouaillerie pari-
sienne reparaissant malgré tout : « Nous leur offririons
une friture. »

Mais ils hésitaient à s'aventurer dans la campagne,
intimidés par le silence de tout l'horizon.

À la fin M. Sauvage se décida : « Allons, en route !
mais avec précaution. » Et ils descendirent dans un
champ de vigne, courbés en deux, rampant, profitant
des buissons pour se couvrir, l'œil inquiet, l'oreille
tendue.

Une bande de[5] terre nue restait à traverser pour
gagner le bord du fleuve. Ils se mirent à courir ; et dès
qu'ils eurent atteint la berge, ils se blottirent dans les
roseaux secs.

Morissot colla sa joue par terre pour écouter si on ne
marchait pas dans les environs. Il n'entendit rien. Ils
étaient bien seuls, tout seuls.

Ils se rassurèrent et se mirent à pêcher.

En face d'eux l'île Marante abandonnée les cachait à
l'autre berge. La petite maison du restaurant était
close, semblait délaissée depuis des années.

M. Sauvage prit le premier goujon, Morissot attrapa
le second ; et d'instant en instant ils levaient leurs
lignes avec une petite bête argentée frétillant au bout
du fil : une vraie pêche miraculeuse.

Ils introduisaient délicatement les poissons dans une
poche de filet à mailles très serrées, qui trempait à leurs
pieds. Et une joie délicieuse les pénétrait, cette joie qui
vous saisit quand on retrouve un plaisir aimé dont on
est[6] privé depuis longtemps.

Le bon soleil leur coulait sa chaleur entre les
épaules ; ils n'écoutaient plus rien ; ils ne pensaient
plus à rien ; ils ignoraient le reste du monde ; ils
pêchaient.

Mais soudain un bruit sourd qui semblait venir de
sous terre fit trembler le sol. Le canon se remettait à
tonner.

Morissot tourna la tête, et par-dessus la berge il aperçut, là-bas, sur la gauche, la grande silhouette du mont Valérien, qui portait au front une aigrette blanche, une buée de poudre qu'il venait de cracher.

Et aussitôt un second jet de fumée partit du sommet de la forteresse; et quelques instants après une nouvelle détonation gronda.

Puis d'autres suivirent, et de moment en moment la montagne jetait son haleine de mort, soufflait ses vapeurs laiteuses qui s'élevaient lentement dans le ciel[7] calme, faisaient un nuage au-dessus d'elle.

M. Sauvage haussa les épaules : « Voilà qu'ils recommencent », dit-il.

Morissot, qui regardait anxieusement plonger coup sur coup la plume de son flotteur, fut pris soudain d'une colère d'homme paisible contre ces enragés qui se battaient ainsi, et il grommela : « Faut-il être stupide pour se tuer comme ça. »

M. Sauvage reprit : « C'est pis que des bêtes. »

Et Morissot, qui venait de saisir une ablette, déclara : « Et dire que ce sera toujours ainsi tant qu'il y aura des gouvernements. »

M. Sauvage l'arrêta : « La République n'aurait pas déclaré la guerre... »

Morissot l'interrompit : « Avec les rois on a la guerre au-dehors; avec la République on a la guerre au-dedans. »

Et tranquillement ils se mirent à discuter, débrouillant les grands problèmes politiques avec une raison saine d'hommes doux et bornés, tombant d'accord sur ce point, qu'on ne serait jamais libres. Et le mont Valérien tonnait sans repos, démolissant à coups de boulet des maisons françaises, broyant des vies, écrasant des êtres, mettant fin à bien des rêves, à bien des joies attendues, à bien des bonheurs espérés, ouvrant en des cœurs de femmes, en des cœurs de filles, en des cœurs de mères[8], là-bas, en d'autres pays, des souffrances qui ne finiraient plus.

« C'est la vie », déclara M. Sauvage.

« Dites plutôt que c'est la mort », reprit en riant Morissot.

Mais ils tressaillirent effarés, sentant bien qu'on venait de marcher derrière eux ; et ayant tourné les yeux, ils aperçurent, debout contre leurs épaules, quatre hommes, quatre grands hommes armés et barbus, vêtus comme des domestiques en livrée et coiffés de casquettes plates, les tenant en joue au bout de leurs fusils.

Les deux lignes s'échappèrent de leurs mains et se mirent à descendre la rivière.

En quelques secondes, ils furent saisis, attachés, emportés, jetés dans une barque et passés dans l'île.

Et derrière la maison qu'ils avaient crue abandonnée, ils aperçurent une vingtaine de soldats allemands.

Une sorte de géant velu, qui fumait, à cheval sur une chaise, une grande pipe de porcelaine, leur demanda, en excellent français : « Eh bien, messieurs, avez-vous fait bonne pêche ? »

Alors un soldat déposa aux pieds de l'officier le filet plein de poissons, qu'il avait eu soin d'emporter. Le Prussien sourit : « Eh ! eh ! je vois que ça n'allait pas mal. Mais il s'agit d'autre chose. Écoutez-moi et ne vous troublez pas.

« Pour moi, vous êtes deux espions envoyés pour me guetter. Je vous prends et je vous fusille. Vous faisiez semblant de pêcher, afin de mieux dissimuler vos projets. Vous êtes tombés entre mes mains, tant pis pour vous ; c'est la guerre.

« Mais comme vous êtes sortis par les avant-postes, vous avez assurément un mot d'ordre pour rentrer. Donnez-moi ce mot d'ordre et je vous fais grâce. »

Les deux amis, livides, côte à côte, les mains agitées d'un léger tremblement nerveux, se taisaient.

L'officier reprit : « Personne ne le saura jamais, vous rentrerez paisiblement. Le secret disparaîtra avec vous. Si vous refusez, c'est la mort, et tout de suite. Choisissez. »

Ils demeuraient immobiles sans ouvrir la bouche.

Le Prussien, toujours calme, reprit en étendant la main vers la rivière : « Songez que dans cinq minutes vous serez au fond de cette eau. Dans cinq minutes ! Vous devez avoir des parents ? »

Le mont Valérien tonnait toujours.

Les deux pêcheurs restaient debout et silencieux. L'Allemand donna des ordres dans sa langue. Puis il changea sa chaise de place pour ne pas se trouver trop près des prisonniers ; et douze hommes vinrent se placer à vingt pas, le fusil au pied.

L'officier reprit : « Je vous donne une minute, pas deux secondes de plus. »

Puis il se leva brusquement, s'approcha des deux Français, prit Morissot sous le bras, l'entraîna plus loin, lui dit à voix basse : « Vite, ce mot d'ordre ? votre camarade ne saura rien, j'aurai l'air de m'attendrir. »

Morissot ne répondit rien.

Le Prussien entraîna alors M. Sauvage et lui posa la même question.

M. Sauvage ne répondit pas.

Ils se retrouvèrent côte à côte.

Et l'officier se mit à commander. Les soldats élevèrent leurs armes.

Alors le regard de Morissot tomba par hasard sur le filet plein de goujons, resté dans l'herbe, à quelques pas de lui.

Un rayon de soleil faisait briller le tas [9] de poissons qui s'agitaient encore. Et une défaillance l'envahit. Malgré ses efforts, ses yeux s'emplirent de larmes.

Il balbutia : « Adieu, monsieur Sauvage. »

M. Sauvage répondit : « Adieu, monsieur Morissot. »

Ils se serrèrent la main, secoués des pieds à la tête par d'invincibles tremblements.

L'officier cria : Feu !

Les douze coups n'en firent qu'un.

M. Sauvage tomba d'un bloc sur le nez. Morissot, plus grand, oscilla, pivota et s'abattit en travers sur

son camarade, le visage au ciel, tandis que des bouillons de sang s'échappaient de sa tunique crevée à la poitrine.

L'Allemand donna de nouveaux ordres.

Ses hommes se dispersèrent, puis revinrent avec des cordes et des pierres qu'ils attachèrent aux pieds des deux morts ; puis ils les portèrent sur la berge.

Le mont Valérien ne cessait pas de gronder, coiffé maintenant d'une montagne de fumée.

Deux soldats prirent Morissot par la tête et par les jambes ; deux autres saisirent M. Sauvage de la même façon. Les corps, un instant balancés avec force, furent lancés au loin, décrivirent une courbe, puis plongèrent, debout, dans le fleuve, les pierres entraînant les pieds d'abord.

L'eau rejaillit, bouillonna, frissonna, puis se calma, tandis que de toutes petites vagues s'en venaient jusqu'aux rives.

Un peu de sang flottait.

L'officier, toujours serein, dit à mi-voix : « C'est le tour des poissons maintenant. »

Puis il revint vers la maison.

Et soudain il aperçut le filet aux goujons dans l'herbe. Il le ramassa, l'examina, sourit, cria : « Wilhem [10] ! »

Un soldat accourut, en tablier blanc. Et le Prussien [11], lui jetant la pêche des deux fusillés, commanda : « Fais-moi frire tout de suite ces petits animaux-là pendant qu'ils sont encore vivants. Ce sera délicieux. »

Puis il se remit à fumer sa pipe.

LE PÈRE MILON

Depuis un mois, le large soleil jette aux champs sa flamme cuisante. La vie radieuse éclôt sous cette averse de feu ; la terre est verte à perte de vue. Jusqu'aux bords de l'horizon, le ciel est bleu. Les fermes normandes semées par la plaine semblent, de loin, de petits bois, enfermées dans leur ceinture de hêtres élancés. De près, quand on ouvre la barrière vermoulue, on croit voir un jardin géant, car tous les antiques pommiers, osseux comme les paysans, sont en fleurs. Les vieux troncs noirs, crochus, tortus, alignés par la cour, étalent sous le ciel leur dômes éclatants, blancs et roses. Le doux parfum de leur épanouissement se mêle aux grasses senteurs des étables ouvertes et aux vapeurs du fumier qui fermente, couvert de poules.

Il est midi. La famille dîne à l'ombre du poirier planté devant la porte : le père, la mère, les quatre enfants, les deux servantes et les trois valets. On ne parle guère. On mange la soupe, puis on découvre le plat de fricot plein de pommes de terre au lard.

De temps en temps, une servante se lève et va remplir au cellier la cruche au cidre.

L'homme, un grand gars de quarante ans, contemple, contre sa maison, une vigne restée nue, et courant, tordue comme un serpent, sous les volets, tout le long du mur.

Il dit enfin : « La vigne au père bourgeonne de bonne heure c't'année. P't-être qu'a donnera. »

La femme aussi se retourne et regarde, sans dire un mot.

Cette vigne est plantée juste à la place où le père a été fusillé.

*
**

C'était pendant la guerre de 1870. Les Prussiens occupaient tout le pays. Le général Faidherbe, avec l'armée du Nord, leur tenait tête [1].

Or l'état-major prussien s'était posté dans cette ferme. Le vieux paysan qui la possédait, le père Milon, Pierre, les avait reçus et installés de son mieux.

Depuis un mois l'avant-garde allemande restait en observation dans le village. Les Français demeuraient immobiles, à dix lieues de là ; et cependant, chaque nuit, des uhlans disparaissaient.

Tous les éclaireurs isolés, ceux qu'on envoyait faire des rondes, alors qu'ils partaient à deux ou trois seulement, ne rentraient jamais.

On les ramassait morts, au matin, dans un champ, au bord d'une cour, dans un fossé. Leurs chevaux eux-mêmes gisaient le long des routes, égorgés d'un coup de sabre.

Ces meurtres semblaient accomplis par les mêmes hommes, qu'on ne pouvait découvrir.

Le pays fut terrorisé. On fusilla des paysans sur une simple dénonciation, on emprisonna des femmes ; on voulut obtenir, par la peur, des révélations des enfants. On ne découvrit rien.

Mais voilà qu'un matin, on aperçut le père Milon étendu dans son écurie, la figure coupée d'une balafre.

Deux uhlans éventrés furent retrouvés à trois kilomètres de la ferme. Un d'eux tenait encore à la main son arme ensanglantée. Il s'était battu, défendu.

Un conseil de guerre ayant été aussitôt constitué, en plein air, devant la ferme, le vieux fut amené.

Il avait soixante-huit ans. Il était petit, maigre, un

peu tors, avec de grandes mains pareilles à des pinces de crabe. Ses cheveux ternes, rares et légers comme un duvet de jeune canard, laissaient voir partout la chair du crâne. La peau brune et plissée du cou montrait de grosses veines qui s'enfonçaient sous les mâchoires et reparaissaient aux tempes. Il passait dans la contrée pour avare et difficile en affaires.

On le plaça debout, entre quatre soldats, devant la table de cuisine tirée dehors. Cinq officiers et le colonel s'assirent en face de lui.

Le colonel prit la parole en français.

« Père Milon, depuis que nous sommes ici, nous n'avons eu qu'à nous louer de vous. Vous avez toujours été complaisant et même attentionné pour nous. Mais aujourd'hui une accusation terrible pèse sur vous, et il faut que la lumière se fasse. Comment avez-vous reçu la blessure que vous portez sur la figure ? »

Le paysan ne répondit rien.

Le colonel reprit :

« Votre silence vous condamne, père Milon. Mais je veux que vous me répondiez, entendez-vous ? Savez-vous qui a tué les deux uhlans qu'on a trouvés ce matin près du Calvaire ? »

Le vieux articula nettement :

« C'est mé. »

Le colonel, surpris, se tut une seconde, regardant fixement le prisonnier. Le père Milon demeurait impassible, avec son air abruti de paysan, les yeux baissés comme s'il eût parlé à son curé. Une seule chose pouvait révéler un trouble intérieur, c'est qu'il avalait coup sur coup sa salive, avec un effort visible, comme si sa gorge eût été tout à fait étranglée.

La famille du bonhomme, son fils Jean, sa bru et deux petits enfants se tenaient à dix pas en arrière, effarés et consternés.

Le colonel reprit :

« Savez-vous aussi qui a tué tous les éclaireurs de notre armée qu'on retrouve chaque matin, par la campagne, depuis un mois ? »

Le vieux répondit avec la même impassibilité de brute :

« C'est mé.

— C'est vous qui les avez tués tous ?

— Tretous, oui, c'est mé.

— Vous seul ?

— Mé seul.

— Dites-moi comment vous vous y preniez. »

Cette fois l'homme parut ému ; la nécessité de parler longtemps le gênait visiblement. Il balbutia :

« Je sais-ti, mé ? J'ai fait ça comme ça s' trouvait. »

Le colonel reprit :

« Je vous préviens qu'il faudra que vous me disiez tout. Vous ferez donc bien de vous décider immédiatement. Comment avez-vous commencé ? »

L'homme jeta un regard inquiet sur sa famille attentive derrière lui. Il hésita un instant encore, puis, tout à coup, se décida.

« Je r'venais un soir, qu'il était p't-être dix heures, le lend'main que vous étiez ici. Vous, et pi vos soldats, vous m'aviez pris pour pu de chinquante écus de fourrage avec une vaque et deux moutons. Je me dis : tant qu'i me prendront de fois vingt écus, tant que je[2] leur y revaudrai ça. Et pi, j'avais d'autres choses itou su l'cœur, que j' vous dirai. V'là qu' j'en aperçois un d' vos cavaliers qui fumait sa pipe su mon fossé, derrière ma grange. J'allai décrocher ma faux et je r'vins à p'tits pas par derrière, qu'il n'entendit seulement rien. Et j'li coupai la tête d'un coup, d'un seul, comme un épi[3], qu'il n'a pas seulement dit « ouf ! » Vous n'auriez qu'à chercher au fond d' la mare : vous le trouveriez dans un sac à charbon, avec une pierre de la barrière.

J'avais mon idée. J' pris tous ses effets d'puis les bottes jusqu'au bonnet et je les cachai dans le four à plâtre du bois Martin, derrière la cour. »

Le vieux se tut. Les officiers, interdits, se regardaient. L'interrogatoire recommença ; et voici ce qu'ils apprirent.

*
**

Une fois son meurtre accompli, l'homme avait vécu
avec cette pensée : « Tuer des Prussiens ! » Il les
haïssait d'une haine sournoise et acharnée de paysan
cupide et patriote aussi. Il avait son idée comme il
disait. Il attendit quelques jours.

On le laissait libre d'aller et de venir, d'entrer et de
sortir à sa guise tant il s'était montré humble envers les
vainqueurs, soumis et complaisant. Or il voyait, cha-
que soir, partir les estafettes ; et il sortit, une nuit,
ayant entendu le nom du village où se rendaient les
cavaliers, et ayant appris, dans la fréquentation des
soldats, les quelques mots d'allemand qu'il lui fallait.

Il sortit de sa cour, se glissa dans le bois, gagna le four
à plâtre, pénétra au fond de la longue galerie et, ayant
retrouvé par terre les vêtements du mort, il s'en vêtit.

Alors, il se mit à rôder par les champs, rampant,
suivant les talus pour se cacher, écoutant les moindres
bruits, inquiet comme un braconnier.

Lorsqu'il crut l'heure arrivée, il se rapprocha de la
route et se cacha dans une broussaille. Il attendit
encore. Enfin, vers minuit, un galop de cheval sonna
sur la terre dure du chemin. L'homme mit l'oreille à
terre pour s'assurer qu'un seul cavalier s'approchait,
puis il s'apprêta.

Le uhlan arrivait au grand trot, rapportant des
dépêches. Il allait, l'œil en éveil, l'oreille tendue. Dès
qu'il ne fut plus qu'à dix pas, le père Milon se traîna en
travers de la route en gémissant : « *Hilfe ! Hilfe !* A
l'aide, à l'aide ! » Le cavalier s'arrêta, reconnut un
Allemand démonté, le crut blessé, descendit de cheval,
s'approcha sans soupçonner rien et, comme il se
penchait sur l'inconnu, il reçut au milieu du ventre la
longue lame courbée du sabre. Il s'abattit, sans agonie,
secoué seulement par quelques frissons suprêmes.

Alors le Normand, radieux d'une joie muette de vieux
paysan, se releva, et pour son plaisir, coupa la gorge du
cadavre. Puis, il le traîna jusqu'au fossé et l'y jeta.

Le cheval, tranquille, attendait son maître. Le père Milon se mit en selle, et il partit au galop à travers les plaines.

Au bout d'une heure, il aperçut encore deux uhlans côte à côte qui rentraient au quartier. Il alla droit sur eux, criant encore : « *Hilfe ! Hilfe !* » Les Prussiens le laissaient venir, reconnaissant l'uniforme, sans méfiance aucune. Et il passa, le vieux, comme un boulet entre les deux, les abattant l'un et l'autre avec son sabre et un revolver.

Puis il égorgea les chevaux, des chevaux allemands ! Puis il rentra doucement au four à plâtre et cacha un cheval au fond de la sombre galerie. Il y quitta son uniforme, reprit ses hardes de gueux et, regagnant son lit, dormit jusqu'au matin.

Pendant quatre jours, il ne sortit pas, attendant la fin de l'enquête ouverte ; mais, le cinquième jour, il repartit, et tua encore deux soldats par le même stratagème. Dès lors, il ne s'arrêta plus. Chaque nuit, il errait, il rôdait à l'aventure, abattant des Prussiens, tantôt ici, tantôt là, galopant par les champs déserts, sous la lune, uhlan perdu, chasseur d'hommes. Puis, sa tâche finie, laissant derrière lui des cadavres couchés le long des routes, le vieux cavalier rentrait cacher au fond du four à plâtre son cheval et son uniforme.

Il allait vers midi, d'un air tranquille, porter de l'avoine et de l'eau à sa monture restée au fond du souterrain, et il la nourrissait à profusion, exigeant d'elle un grand travail.

Mais, la veille, un de ceux qu'il avait attaqués se tenait sur ses gardes et avait coupé d'un coup de sabre la figure du vieux paysan.

Il les avait tués cependant tous les deux ! Il était revenu encore, avait caché le cheval et repris ses humbles habits ; mais en rentrant, une faiblesse l'avait saisi et il s'était traîné jusqu'à l'écurie, ne pouvant plus gagner la maison.

On l'avait trouvé là tout sanglant, sur la paille...

*

**

Quand il eut fini son récit, il releva soudain la tête et regarda fièrement les officiers prussiens.

Le colonel, qui tirait sa moustache, lui demanda :

« Vous n'avez plus rien à dire ?

— Non, pu rien ; l' conte est juste : j'en ai tué seize, pas un de pus, pas un de moins.

— Vous savez que vous allez mourir ?

— J' vous ai pas d'mandé de grâce.

— Avez-vous été soldat ?

— Oui. J'ai fait campagne, dans le temps. Et puis, c'est vous qu'avez tué mon père, qu'était soldat de l'Empereur premier. Sans compter que vous avez tué mon fils cadet, François, le mois dernier, auprès d'Evreux. Je vous en devais, j'ai payé. Je sommes quittes. »

Les officiers se regardaient.

Le vieux reprit :

« Huit pour mon père, huit pour mon fieu, je sommes quittes. J'ai pas été vous chercher querelle, mé ! J' vous connais point ! J' sais pas seulement d'où qu' vous v'nez. Vous v'là chez mé, que vous y commandez comme si c'était chez vous. Je m' suis vengé su l's autres. J' m'en r'pens point. »

Et, redressant son torse ankylosé, le vieux croisa ses bras dans une pose d'humble héros.

Les Prussiens se parlèrent bas longtemps. Un capitaine, qui avait aussi perdu son fils, le mois dernier, défendait ce gueux magnanime.

Alors le colonel se leva et, s'approchant du père Milon, baissant la voix :

« Écoutez, le vieux, il y a peut-être un moyen de vous sauver la vie, c'est de... »

Mais le bonhomme n'écoutait point, et, les yeux plantés droits sur l'officier vainqueur, tandis que le vent agitait les poils follets de son crâne, il fit une grimace affreuse qui crispa sa maigre face toute coupée

par la balafre, et, gonflant sa poitrine, il cracha, de
toute sa force, en pleine figure du Prussien.

Le colonel, affolé, leva la main, et l'homme, pour la
seconde fois, lui cracha par la figure.

Tous les officiers s'étaient dressés et hurlaient des
ordres en même temps.

En moins d'une minute, le bonhomme, toujours
impassible, fut collé contre le mur et fusillé alors qu'il
envoyait des sourires à Jean, son fils aîné ; à sa bru et
aux deux petits, qui regardaient, éperdus.

LA MOUSTACHE

Château de Solles, lundi 30 juillet 1883[1].

Ma chère Lucie, rien de nouveau. Nous vivons dans le salon en regardant tomber la pluie. On ne peut guère sortir par ces temps affreux; alors nous jouons la comédie[2]. Qu'elles sont bêtes, ô ma chérie, les pièces de salon du répertoire actuel. Tout y est forcé, grossier, lourd. Les plaisanteries portent à la façon des boulets de canon, en cassant tout. Pas d'esprit, pas de naturel, pas de bonne humeur, aucune élégance. Ces hommes de lettres, vraiment, ne savent rien du monde. Ils ignorent tout à fait comment on pense et comment on parle chez nous. Je leur permettrais parfaitement de mépriser nos usages, nos conventions et nos manières, mais je ne leur permets point de ne les pas connaître. Pour être fins ils font des jeux de mots qui seraient bons à dérider une caserne; pour être gais ils nous servent de l'esprit qu'ils ont dû cueillir sur les hauteurs du boulevard extérieur, dans ces brasseries dites d'artistes où on répète, depuis cinquante ans, les mêmes paradoxes d'étudiants.

Enfin nous jouons la comédie. Comme nous ne sommes que deux femmes, mon mari remplit les rôles de soubrette, et pour cela il s'est rasé. Tu ne te figures pas, ma chère Lucie, comme ça le change! Je ne le reconnais plus... ni le jour ni la nuit. S'il ne lais-

sait pas repousser immédiatement sa moustache je
crois que je lui deviendrais infidèle, tant il me déplaît
ainsi.

Vraiment, un homme sans moustache n'est[3] plus
un homme. Je n'aime pas beaucoup la barbe ; elle
donne presque toujours l'air négligé, mais la mous-
tache, ô la[4] moustache ! est indispensable à une
physionomie virile. Non, jamais tu ne pourrais imagi-
ner comme cette petite brosse de poils sur la lèvre est
utile à l'œil et... aux... relations entre époux. Il m'est
venu sur cette matière un tas de réflexions que je
n'ose guère t'écrire. Je te les dirai volontiers... tout
bas. Mais les mots sont si difficiles à trouver pour
exprimer certaines choses, et certains d'entre eux,
qu'on ne peut guère remplacer, ont sur le papier une
si vilaine figure, que je ne peux les tracer. Et puis, le
sujet est si difficile, si délicat, si scabreux qu'il
faudrait une science infinie pour l'aborder sans
danger.

Enfin ! tant pis si tu ne me comprends pas. Et
puis, ma chère, tâche un peu de lire entre les
lignes.

Oui, quand mon mari m'est arrivé rasé, j'ai compris
d'abord que je n'aurais jamais de faiblesse pour un
cabotin, ni pour un prédicateur, fût-il le père Didon[5],
le plus séduisant de tous ! Puis quand je me suis
trouvée, plus tard, seule avec lui (mon mari), ce fut
bien pis. Oh ! ma chère Lucie, ne te laisse jamais
embrasser par un homme sans moustaches ; ses bai-
sers n'ont aucun goût, aucun, aucun ! Cela n'a plus ce
charme, ce moelleux et ce... poivre, oui, ce poivre du
vrai baiser. La moustache en est le piment.

Figure-toi qu'on t'applique sur la lèvre un parche-
min sec... ou humide. Voilà la caresse de l'homme
rasé. Elle n'en vaut plus la peine assurément.

D'où vient donc la séduction de la moustache, me
diras-tu ? Le sais-je ? D'abord elle chatouille d'une
façon délicieuse. On la sent avant la bouche et elle
vous fait passer dans tout le corps, jusqu'au bout des

pieds un frisson charmant. C'est elle qui caresse, qui
fait frémir et tressaillir la peau, qui donne aux nerfs
cette vibration exquise qui fait pousser ce petit « Ah ! »
comme si on avait grand froid.

Et sur le cou ! Oui, as-tu jamais senti une moustache
sur ton cou ? Cela vous grise et vous crispe, vous
descend dans le dos, vous court au bout des doigts. On
se tord, on secoue ses épaules, on renverse la tête ; on
voudrait fuir et rester ; c'est adorable et irritant ! Mais
que c'est bon !

Et puis encore... vraiment, je n'ose plus ? Un mari
qui vous aime, mais là, tout à fait, sait trouver un tas de
petits coins où cacher des baisers, des petits coins dont
on ne s'aviserait guère toute seule. Eh bien, sans
moustaches, ces baisers-là perdent aussi beaucoup de
leur goût, sans compter qu'ils deviennent presque
inconvenants ! Explique cela comme tu pourras. Quant
à moi, voici la raison que j'en ai trouvée. Une lèvre sans
moustaches est nue comme un corps sans vêtements ;
et, il faut toujours des vêtements, très peu si tu veux,
mais il en faut !

Le créateur (je n'ose point écrire un autre mot en
parlant de ces choses), le créateur a eu soin de voiler
ainsi tous les abris de notre chair où devait se cacher
l'amour. Une bouche rasée me paraît ressembler à un
bois abattu autour de quelque fontaine où l'on allait
boire et dormir.

Cela me rappelle une phrase (d'un homme politique)
qui me trotte depuis trois mois dans la cervelle. Mon
mari, qui suit les journaux, m'a lu, un soir, un bien
singulier discours de notre ministre de l'agriculture qui
s'appelait alors M. Méline[6]. A-t-il été remplacé par
quelque autre ? Je l'ignore.

Je n'écoutais pas, mais ce nom, Méline, m'a frappée.
Il m'a rappelé, je ne sais trop pourquoi, les scènes de la
vie de Bohème[7]. J'ai cru qu'il s'agissait d'une grisette.
Voilà comment quelques bribes de ce morceau me sont
entrées dans la tête. Donc M. Méline faisait aux
habitants d'Amiens, je crois, cette déclaration dont je

cherchais jusqu'ici le sens : « Il n'y a pas de patrio-
tisme sans agriculture ! » Eh bien, ce sens, je l'ai
trouvé tout à l'heure ; et je te déclare à mon tour qu'il
n'y a pas d'amour sans moustaches. Quand on le dit
comme ça, ça semble drôle, n'est-ce pas ?

Il n'y a point d'amour sans moustaches !

« Il n'y a point de patriotisme sans agriculture »,
affirmait M. Méline ; et il avait raison, ce ministre, je
le pénètre à présent !

À [8] un tout autre point de vue, la moustache est
essentielle. Elle détermine la physionomie. Elle vous
donne l'air doux, tendre, violent, croquemitaine,
bambocheur, entreprenant ! L'homme barbu, vrai-
ment barbu, celui qui porte tout son poil (oh ! le
vilain mot) sur les joues n'a jamais de finesse dans le
visage, les traits étant cachés. Et la forme de la
mâchoire et du menton dit bien des choses, à qui sait
voir.

L'homme à moustaches garde son allure propre et
sa finesse en même temps.

Et que d'aspects variés elles ont, ces moustaches !
Tantôt elles sont retournées, frisées, coquettes.
Celles-là semblent aimer les femmes avant tout !

Tantôt elles sont pointues, aigues comme des
aiguilles, menaçantes. Celles-là préfèrent le vin, les
chevaux et les batailles.

Tantôt elles sont énormes, tombantes, effroyables.
Ces grosses-là dissimulent généralement un caractère
excellent, une bonté qui touche à la faiblesse et une
douceur qui confine à la timidité.

Et puis, ce que j'adore d'abord dans la moustache,
c'est qu'elle est française, bien française. Elle nous
vient de nos pères les Gaulois, et elle est demeurée le
signe de notre caractère national enfin.

Elle est hâbleuse, galante et brave. Elle se mouille
gentiment au vin et sait rire avec élégance, tandis que
les larges mâchoires barbues sont lourdes en tout ce
qu'elles font.

Tiens, je me rappelle une chose qui m'a fait pleurer

toutes mes larmes, et qui m'a fait aussi, je m'en aperçois à présent, aimer les moustaches sur les lèvres des hommes.

C'était pendant la guerre, chez papa. J'étais jeune fille, alors. Un jour on se battit près du château. J'avais entendu depuis le matin le canon et la fusillade, et le soir un colonel allemand entra chez nous et s'y installa. Puis il partit le lendemain. On vint prévenir père qu'il y avait beaucoup de morts dans les champs. Il les fit ramasser et apporter chez nous pour les enterrer ensemble. On les couchait, tout le long de la grande avenue de sapins, des deux côtés, à mesure qu'on les apportait ; et comme ils commençaient à sentir mauvais, on leur jetait de la terre sur le corps en attendant qu'on eût creusé la grande fosse. De la sorte on n'apercevait plus que leurs têtes qui semblaient sortir du sol, jaunes comme lui, avec leurs yeux fermés.

Je voulus les voir ; mais quand j'aperçus ces deux grandes lignes de figures affreuses, je crus que j'allais me trouver mal ; puis je me mis à les examiner, une à une, cherchant à deviner ce qu'avaient été ces hommes.

Les uniformes étaient ensevelis, cachés sous la terre, et pourtant tout à coup, oui ma chérie, tout à coup je reconnus les Français, à leur moustache !

Quelques-uns s'étaient rasés le jour même du combat, comme s'ils eussent voulu être coquets jusqu'au dernier moment ! Leur barbe cependant avait un peu repoussé, car tu sais qu'elle pousse encore après la mort. D'autres semblaient l'avoir de huit jours ; mais tous enfin portaient la moustache française, bien distincte, la fière moustache, qui semblait dire : « Ne me confonds pas avec mon voisin barbu [9], petite, je suis un frère. »

Et j'ai pleuré, oh ! j'ai pleuré bien plus que si je ne les avais pas reconnus [10] ainsi, ces pauvres morts.

J'ai eu tort de te conter cela. Me voici triste

maintenant et incapable de bavarder plus longtemps.
Allons, adieu, ma chère Lucie, je t'embrasse de tout
mon cœur. Vive la moustache !

JEANNE.

Pour copie conforme :

GUY DE MAUPASSANT [11].

UN DUEL

La guerre était finie[1] ; les Allemands occupaient la
France ; le pays palpitait comme un lutteur vaincu
tombé sous le genou du vainqueur.

De Paris affolé, affamé, désespéré, les premiers
trains sortaient, allant aux frontières nouvelles, traver-
sant avec lenteur les campagnes et les villages. Les
premiers voyageurs regardaient par les portières les
plaines ruinées et les hameaux incendiés. Devant les
portes des maisons restées debout, des soldats prus-
siens, coiffés du casque noir à la pointe de cuivre,
fumaient leur pipe, à cheval sur des chaises. D'autres
travaillaient ou causaient comme s'ils eussent fait
partie des familles. Quand on passait les villes, on
voyait des régiments entiers manœuvrant sur les
places, et, malgré le bruit des roues, les commande-
ments rauques arrivaient par instants.

M. Dubuis, qui avait fait partie de la garde natio-
nale[2] de Paris pendant toute la durée du siège, allait
rejoindre en Suisse sa femme et sa fille, envoyées par
prudence à l'étranger, avant l'invasion.

La famine et les fatigues n'avaient point diminué son
gros ventre de marchand riche et pacifique. Il avait
subi les événements terribles avec une résignation
désolée et des phrases amères sur la sauvagerie des
hommes. Maintenant qu'il gagnait la frontière, la
guerre finie, il voyait pour la première fois des

Prussiens, bien qu'il eût fait son devoir sur les
remparts et monté bien des gardes par les nuits froides.

Il regardait avec une terreur irritée ces hommes
armés et barbus installés comme chez eux sur la terre
de France, et il se sentait à l'âme une sorte de fièvre de
patriotisme impuissant en même temps que ce grand
besoin, que cet instinct nouveau de prudence qui ne
nous a plus quittés.

Dans son compartiment, deux Anglais, venus pour
voir, regardaient de leurs yeux tranquilles et curieux.
Ils étaient gros aussi tous deux et causaient en leur
langue, parcourant parfois leur guide, qu'ils lisaient à
haute voix en cherchant à bien reconnaître les lieux
indiqués.

Tout à coup, le train s'étant arrêté à la gare d'une
petite ville, un officier prussien monta avec son grand
bruit de sabre sur le double marchepied du wagon. Il
était grand, serré dans son uniforme et barbu jus-
qu'aux yeux. Son poil roux semblait flamber, et ses
longues moustaches, plus pâles, s'élançaient des deux
côtés du visage qu'elles coupaient en travers.

Les Anglais aussitôt se mirent à le contempler avec
des sourires de curiosité satisfaite, tandis que M. Du-
buis faisait semblant de lire un journal. Il se tenait
blotti dans son coin, comme un voleur en face d'un
gendarme.

Le train se remit en marche. Les Anglais conti-
nuaient à causer, à chercher les lieux précis des
batailles ; et soudain, comme l'un d'eux tendait le bras
vers l'horizon en indiquant un village, l'officier prus-
sien prononça en français, en étendant ses longues
jambes et se renversant sur le dos :

« Ché tué touze Français tans ce fillage. Ché bris
plus te cent brisonniers. »

Les Anglais, tout à fait intéressés, demandèrent
aussitôt :

« Aoh ! comment s'appelé, cette village ? »

Le Prussien répondit : « Pharsbourg³. »

Il reprit :

« Ché bris ces bolissons de Français bar les oreilles. »

Et il regardait M. Dubuis en riant orgueilleusement dans son poil.

Le train roulait, traversant toujours des hameaux occupés. On voyait les soldats allemands le long des routes, au bord des champs, debout au coin des barrières, ou causant devant les cafés. Ils couvraient la terre comme les sauterelles d'Afrique.

L'officier tendit la main :

« Si ch'afrais le gommandement ch'aurais bris Paris, et brûlé tout, et tué tout le monde. Blus de France ! »

Les Anglais par politesse répondirent simplement :

« Aoh yes. »

Il continua :

« Tans vingt ans, toute l'Europe, toute, abartiendra à nous. La Brusse blus forte que tous. »

Les Anglais inquiets ne répondaient plus. Leurs faces, devenues impassibles, semblaient de cire entre leurs longs favoris. Alors l'officier prussien se mit à rire. Et, toujours renversé sur le dos, il blagua. Il blaguait la France écrasée, insultait les ennemis à terre ; il blaguait l'Autriche vaincue naguère[4] ; il blaguait la défense acharnée et impuissante des départements ; il blaguait les mobiles[5], l'artillerie inutile. Il annonça que Bismarck allait bâtir une ville de fer avec les canons capturés. Et soudain il mit ses bottes contre la cuisse de M. Dubuis, qui détournait les yeux, rouge jusqu'aux oreilles.

Les Anglais semblaient devenus indifférents à tout, comme s'ils s'étaient trouvés brusquement renfermés dans leur île, loin des bruits du monde.

L'officier tira sa pipe et, regardant fixement le Français :

« Vous n'auriez bas de tabac ? »

M. Dubuis répondit :

« Non, monsieur. »

L'Allemand reprit :

« Je fous brie t'aller en acheter gand le gonvoi s'arrêtera. »

Et il se mit à rire de nouveau :

« Je vous tonnerai un bourboire. »

Le train siffla, ralentissant sa marche. On passait devant les bâtiments incendiés d'une gare ; puis on s'arrêta tout à fait.

L'Allemand ouvrit la portière et, prenant par le bras M. Dubuis :

« Allez faire ma gommission, fite, fite ! »

Un détachement prussien occupait la station. D'autres soldats regardaient, debout le long des grilles de bois. La machine déjà sifflait pour repartir. Alors, brusquement, M. Dubuis s'élança sur le quai et, malgré les gestes du chef de gare, il se précipita dans le compartiment voisin.

*
**

Il était seul ! Il ouvrit son gilet, tant son cœur battait, et il s'essuya le front, haletant.

Le train s'arrêta de nouveau dans une station. Et tout à coup l'officier parut à la portière et monta, suivi bientôt des deux Anglais que la curiosité poussait. L'Allemand s'assit en face du Français et, riant toujours :

« Fous n'afez pas foulu faire ma gommission. »

M. Dubuis répondit :

« Non, monsieur. »

Le train venait de repartir.

L'officier dit :

« Che fais gouper fotre moustache pour bourrer ma pipe. »

Et il avança la main vers la figure de son voisin.

Les Anglais, toujours impassibles, regardaient de leurs yeux fixes.

Déjà, l'Allemand avait pris une pincée de poils et tirait dessus, quand M. Dubuis d'un revers de main, lui releva le bras et, le saisissant au collet, le rejeta sur

la banquette. Puis fou de colère, les tempes gonflées, les yeux pleins de sang, l'étranglant toujours d'une main, il se mit avec l'autre, fermée, à lui taper furieusement des coups de poing par la figure. Le Prussien se débattait, tâchait de tirer son sabre, d'étreindre son adversaire couché sur lui. Mais M. Dubuis l'écrasait du poids énorme de son ventre, et tapait, tapait sans repos, sans prendre haleine, sans savoir où tombaient ses coups. Le sang coulait ; l'Allemand, étranglé, râlait, crachait ses dents, essayait, mais en vain, de rejeter ce gros homme exaspéré, qui l'assommait.

Les Anglais s'étaient levés et rapprochés pour mieux voir. Ils se tenaient debout, pleins de joie et de curiosité, prêts à parier pour ou contre chacun des combattants.

Et soudain M. Dubuis épuisé par un pareil effort, se releva et se rassit sans dire un mot.

Le Prussien ne se jeta pas sur lui, tant il demeurait effaré, stupide d'étonnement et de douleur. Quand il eut repris haleine, il prononça :

« Si fous ne foulez pas me rentre raison avec le bistolet, che vous tuerai. »

M. Dubuis répondit :

« Quand vous voudrez. Je veux bien. »

L'Allemand reprit :

« Foici la fille [6] de Strasbourg, che brendrai deux officiers bour témoins, ché le temps avant que le train rebarte. »

M. Dubuis, qui soufflait autant que la machine, dit aux Anglais :

« Voulez-vous être mes témoins ? »

Tous deux répondirent ensemble :

« Aoh yes ! »

Et le train s'arrêta.

En une minute, le Prussien avait trouvé deux camarades qui apportèrent des pistolets, et on gagna les remparts.

Les Anglais sans cesse tiraient leur montre, pressant

le pas, hâtant les préparatifs, inquiets de l'heure pour
ne point manquer le départ.

M. Dubuis n'avait jamais tenu un pistolet. On le
plaça à vingt pas de son ennemi. On lui demanda :

« Êtes-vous prêt ? »

En répondant « oui, monsieur », il s'aperçut qu'un
des Anglais avait ouvert son parapluie pour se garantir
du soleil.

Une voix commanda :

« Feu ! »

M. Dubuis tira au hasard, sans attendre, et il
aperçut avec stupeur le Prussien debout en face de lui
qui chancelait, levait les bras, et tombait raide sur le
nez. Il l'avait tué.

Un Anglais cria un « Aoh » vibrant de joie, de
curiosité satisfaite et d'impatience heureuse. L'autre,
qui tenait toujours sa montre à la main, saisit M. Du-
buis par le bras, et l'entraîna, au pas gymnastique, vers
la gare.

Le premier Anglais marquait le pas, tout en courant,
les poings fermés, les coudes au corps.

« Une, deux ! une, deux ! »

Et tous trois de front trottaient, malgré leurs ven-
tres, comme trois grotesques d'un journal pour rire.

Le train partait. Ils sautèrent dans leur voiture.
Alors, les Anglais, ôtant leurs toques de voyage, les
levèrent en les agitant, puis, trois fois de suite, ils
crièrent :

« Hip, hip, hip, hurrah ! »

Puis, ils tendirent gravement, l'un après l'autre, la
main droite à M. Dubuis, et ils retournèrent s'asseoir
côte à côte dans leur coin [7].

UN COUP D'ÉTAT

Paris venait d'apprendre le désastre de Sedan. La République était proclamée[1]. La France entière haletait au début de cette démence qui dura jusqu'après la Commune. On jouait au soldat d'un bout à l'autre du pays.

Des bonnetiers étaient colonels faisant fonction de généraux[2]; des revolvers et des poignards s'étalaient autour de gros ventres pacifiques enveloppés de ceintures rouges; de petits[3] bourgeois devenus guerriers d'occasion commandaient des bataillons de volontaires braillards et juraient comme des charretiers pour se donner de la prestance.

Le seul fait de tenir des armes, de manier des fusils à système affolait[4] ces gens qui n'avaient jusqu'ici manié que des balances, et les rendait, sans aucune raison, redoutables au premier venu. On exécutait des innocents pour prouver qu'on savait tuer; on fusillait, en rôdant par les campagnes vierges encore de Prussiens, les chiens errants, les vaches ruminant en paix, les chevaux malades pâturant dans les herbages.

Chacun se croyait appelé à jouer un grand rôle militaire. Les cafés des moindres villages, pleins de commerçants en uniforme, ressemblaient à des casernes ou à des ambulances.

Le bourg de Canneville[5] ignorait encore les affolantes nouvelles de l'armée et de la capitale; mais une

extrême agitation le remuait depuis un mois, les partis adverses se trouvaient face[6] à face.

Le maire, M. le vicomte de Varnetot, petit homme maigre, vieux déjà, légitimiste rallié à l'Empire depuis peu, par ambition, avait vu surgir un adversaire déterminé dans le docteur Massarel, gros homme sanguin, chef du parti républicain dans l'arrondissement, vénérable de la loge maçonnique du chef-lieu, président de la Société d'agriculture et du banquet des pompiers, et organisateur de la milice rurale qui devait sauver la contrée.

En quinze jours, il avait trouvé le moyen de décider à la défense du pays soixante-trois volontaires mariés et pères de famille, paysans prudents et marchands du bourg, et il les exerçait, chaque matin, sur la place de la mairie.

Quand le maire, par hasard, venait au bâtiment communal, le commandant Massarel, bardé de pistolets, passant fièrement, le sabre en main, devant le front de sa troupe, faisait hurler à son monde : « Vive la patrie ! » Et ce cri, on l'avait remarqué, agitait le petit vicomte, qui voyait là sans doute une menace, un défi, en même temps qu'un souvenir odieux de la grande Révolution.

Le 5 septembre au matin, le docteur en uniforme, son revolver sur sa table, donnait une consultation à un couple de vieux campagnards, dont l'un, le mari, atteint de varices depuis sept ans, avait attendu que sa femme en eût aussi pour venir trouver le médecin, quand le facteur apporta le journal.

M. Massarel l'ouvrit, pâlit, se dressa brusquement, et, levant les bras[7] au ciel dans un geste d'exaltation, il se mit à vociférer de toute sa voix devant les deux ruraux affolés :

— Vive la République ! vive la République ! vive la République !

Puis il retomba sur son fauteuil, défaillant d'émotion.

Et comme le paysan reprenait : « Ça a commencé

par des fourmis qui me couraient censément le long des jambes », le docteur Massarel s'écria :

— Fichez-moi la paix ; j'ai bien le temps de m'occuper de vos bêtises. La République est proclamée, l'Empereur [8] est prisonnier, la France est sauvée. Vive la République ! Et courant à la porte, il beugla : Céleste, vite, Céleste !

La bonne épouvantée accourut ; il bredouillait tant il parlait rapidement.

— Mes bottes, mon sabre, ma cartouchière et le poignard espagnol qui est sur ma table de nuit : dépêche-toi !

Comme le paysan obstiné, profitant d'un instant de silence, continuait :

— Ça a devenu comme des poches qui me faisaient mal en marchant.

Le médecin exaspéré hurla :

— Fichez-moi donc la paix, nom d'un chien, si vous vous étiez lavé les pieds, ça ne serait pas arrivé.

Puis, le saisissant au collet, il lui jeta dans la figure :

— Tu ne sens donc pas que nous sommes en république, triple brute ?

Mais le sentiment professionnel le calma tout aussitôt, et il poussa dehors le ménage abasourdi, en répétant :

— Revenez demain, revenez demain, mes amis. Je n'ai pas le temps aujourd'hui.

Tout en s'équipant des pieds à la tête, il donna de nouveau une série d'ordres urgents à sa bonne :

— Cours chez le lieutenant Picart et chez le sous-lieutenant Pommel, et dis-leur que je les attends ici immédiatement. Envoie-moi aussi Torchebeuf avec son tambour, vite, vite !

Et quand Céleste fut sortie, il se recueillit, se préparant à surmonter les difficultés de la situation.

Les trois hommes arrivèrent ensemble, en vêtement de [9] travail. Le commandant, qui s'attendait à les voir en tenue, eut un sursaut.

— Vous ne savez donc rien, sacrebleu ? L'Empe-

reur [10] est prisonnier, la République est proclamée. Il
faut agir. Ma position est délicate, je dirai plus,
périlleuse.

Il réfléchit quelques secondes devant les visages
ahuris de ses subordonnés, puis reprit :

— Il faut agir et ne pas hésiter ; les minutes valent
des heures dans des instants pareils. Tout dépend de la
promptitude des décisions. Vous, Picart, allez trouver
le curé et sommez-le de sonner le tocsin pour réunir la
population que je vais prévenir. Vous, Torchebeuf,
battez le rappel dans toute la commune jusqu'aux
hameaux de la Gerisaie et de Salmare pour rassembler
la milice en armes sur la place. Vous, Pommel, revêtez
promptement votre uniforme, rien que la tunique et le
képi. Nous allons occuper ensemble la mairie et
sommer M. de Varnetot de me remettre ses pouvoirs.
C'est compris ?

— Oui.

— Exécutez, et promptement. Je vous accompagne
jusque chez vous, Pommel, puisque nous opérons
ensemble.

Cinq minutes plus tard, le commandant et son
subalterne, armés jusqu'aux dents, apparaissaient sur
la place juste au moment où le petit vicomte de
Varnetot, les jambes guêtrées comme pour une partie
de chasse, son lefaucheux sur [11] l'épaule, débouchait à
pas rapides par l'autre rue, suivi de ses trois gardes en
tunique verte, le couteau sur la cuisse et le fusil en
bandoulière.

Pendant que le docteur s'arrêtait, stupéfait, les
quatre hommes pénétrèrent dans la mairie dont la
porte se referma derrière eux.

— Nous sommes devancés, murmura le médecin, il
faut maintenant attendre du renfort. Rien à faire pour
le quart d'heure.

Le lieutenant Picart reparut :

— Le curé a refusé d'obéir, dit-il ; il s'est même
enfermé dans l'église avec le bedeau et le suisse.

Et, de l'autre côté de la place, en face de la mairie

blanche et close, l'église, muette et noire, montrait sa grande porte de chêne garnie de ferrures de fer.

Alors, comme les habitants intrigués mettaient le nez aux fenêtres ou sortaient sur le seuil des maisons, le tambour soudain roula, et Torchebeuf apparut, battant avec fureur les trois coups précipités du rappel. Il traversa la place au pas gymnastique, puis disparut dans le chemin des champs.

Le commandant tira son sabre, s'avança seul, à moitié distance environ entre les deux bâtiments où s'était barricadé l'ennemi et, agitant son arme au-dessus de sa tête, il mugit de toute la force de ses poumons :

— Vive la République ! Mort aux traîtres !

Puis, il se replia vers ses officiers.

Le boucher, le boulanger et le pharmacien, inquiets, accrochèrent leurs volets et fermèrent leurs boutiques. Seul l'épicier demeura ouvert.

Cependant les hommes de la milice arrivaient peu à peu, vêtus diversement et tous coiffés d'un képi noir à galon rouge, le képi constituant tout l'uniforme du corps. Ils étaient armés de leurs vieux fusils rouillés, ces vieux fusils pendus depuis trente ans sur les cheminées des cuisines, et ils ressemblaient assez à un détachement de gardes champêtres.

Lorsqu'il en eut une trentaine autour de lui, le commandant, en quelques mots, les mit au fait des événements ; puis, se tournant vers son état-major : « Maintenant, agissons », dit-il.

Les habitants se rassemblaient, examinaient et devisaient.

Le docteur eut vite arrêté son plan de campagne :

— Lieutenant Picart, vous allez vous avancer sous les fenêtres de cette mairie et sommer M. de Varnetot, au nom de la République, de me remettre la maison de ville.

Mais le lieutenant, un maître maçon [12], refusa :

— Vous êtes encore un malin, vous. Pour me faire flanquer un coup de fusil, merci. Ils tirent bien, ceux

qui sont là-dedans, vous savez. Faites vos commissions vous-même.

Le commandant devint rouge.

— Je vous ordonne d'y aller au nom de la discipline.

Le lieutenant se révolta :

— Plus souvent que je me ferai casser la figure sans savoir pourquoi.

Les notables, rassemblés en un groupe voisin, se mirent à rire. Un d'eux cria :

— T'as raison, Picart, c'est pas l'moment !

Le docteur, alors, murmura :

— Lâches !

Et, déposant son sabre et son revolver aux mains d'un soldat, il s'avança d'un pas lent, l'œil fixé sur les fenêtres, s'attendant à en voir sortir un canon de fusil braqué sur lui.

Comme il n'était qu'à quelques pas du bâtiment, les portes des deux extrémités donnant entrée dans les deux écoles s'ouvrirent, et un flot de petits êtres, garçons par-ci, filles par-là, s'en échappèrent et se mirent à jouer sur la grande place vide, piaillant, comme un troupeau d'oies, autour du docteur, qui ne pouvait se faire entendre.

Aussitôt les derniers élèves sortis, les deux portes s'étaient refermées.

Le gros des marmots enfin se dispersa, et le commandant appela d'une voix forte :

— Monsieur de Varnetot ?

Une fenêtre du premier étage s'ouvrit. M. de Varnetot parut.

Le commandant reprit :

— Monsieur, vous savez les grands événements qui viennent de changer la face du gouvernement. Celui que vous représentiez n'est plus. Celui que je représente monte au pouvoir. En ces circonstances douloureuses, mais décisives, je viens vous demander, au nom de la nouvelle République, de remettre en mes mains les fonctions dont vous avez été investi par le précédent pouvoir.

M. de Varnetot répondit :

— Monsieur le docteur, je suis maire de Canneville, nommé par l'autorité compétente [13], et je resterai maire de Canneville tant que je n'aurai pas été révoqué et remplacé par un arrêté de mes supérieurs. Maire, je suis chez moi dans la mairie, et j'y reste. Au surplus, essayez de m'en faire sortir.

Et il referma la fenêtre.

Le commandant retourna vers sa troupe. Mais, avant de s'expliquer, toisant du haut en bas le lieutenant Picart :

— Vous êtes un crâne, vous, un fameux lapin, la honte de l'armée. Je vous casse de votre grade.

Le lieutenant répondit :

— Je m'en fiche un peu.

Et il alla se mêler au groupe murmurant des habitants.

Alors le docteur hésita. Que faire ? Donner l'assaut ? Mais ses hommes marcheraient-ils ? Et puis, en avait-il le droit ?

Une idée l'illumina. Il courut au télégraphe dont le bureau faisait face à la mairie, de l'autre côté de la place. Et il expédia trois dépêches :

À MM. les membres du gouvernement républicain, à Paris ;

À M. le nouveau préfet républicain de la Seine-Inférieure, à Rouen ;

À M. le nouveau sous-préfet républicain de Dieppe.

Il exposait la situation, disait le danger couru par la commune demeurée aux mains de l'ancien maire monarchiste, offrait ses services dévoués, demandait des ordres et signait en faisant suivre son nom de tous ses titres.

Puis il revint vers son corps d'armée et, tirant dix francs de sa poche : « Tenez, mes amis, allez manger et boire un coup ; laissez seulement ici un détachement de dix hommes pour que personne ne sorte de la mairie. »

Mais l'ex-lieutenant Picart, qui causait avec l'horloger, entendit ; il se mit à ricaner et prononça : « Pardi,

s'ils sortent, ce sera une occasion d'entrer. Sans ça, je ne vous vois pas encore là-dedans, moi ! »

Le docteur ne répondit pas, et il alla déjeuner.

Dans l'après-midi, il disposa des postes tout autour de la commune, comme si elle était menacée d'une surprise.

Il passa plusieurs fois devant les portes de la maison de ville et de l'église sans rien remarquer de suspect ; on aurait cru vides ces deux bâtiments.

Le boucher, le boulanger et le pharmacien rouvrirent leurs boutiques.

On jasait beaucoup dans les logis. Si l'Empereur [14] était prisonnier, il y avait quelque traîtrise là-dessous. On ne savait pas au juste laquelle des républiques était revenue.

La nuit tomba.

Vers neuf heures, le docteur s'approcha seul, sans bruit, de l'entrée du bâtiment communal, persuadé que son adversaire était parti se coucher ; et, comme il se disposait à enfoncer la porte à coups de pioche, une voix forte, celle d'un garde, demanda tout à coup :

— Qui va là ?

Et M. Massarel battit en retraite à toutes jambes.

Le jour se leva sans que rien fût changé dans la situation.

La milice en armes occupait la place. Tous les habitants s'étaient réunis autour de cette troupe, attendant une solution. Ceux des villages voisins arrivaient pour voir.

Alors, le docteur, comprenant qu'il jouait sa réputation, résolut d'en finir d'une manière ou d'une autre ; et il allait prendre une résolution quelconque, énergique assurément, quand la porte du télégraphe s'ouvrit et la petite servante de la directrice parut, tenant à la main deux papiers.

Elle se dirigea d'abord vers le commandant et lui remit une des dépêches ; puis, traversant le milieu désert de la place, intimidée par tous les yeux fixés sur elle, baissant la tête et trottant menu, elle alla frapper

doucement à la maison barricadée, comme si elle eût ignoré qu'un parti armé s'y cachait.

L'huis s'entrebâilla; une main d'homme reçut le message, et la fillette revint, toute rouge, prête à pleurer, d'être dévisagée ainsi par le pays entier.

Le docteur demanda d'une [15] voix vibrante :

— Un peu de silence, s'il vous plaît.

Et comme le populaire s'était tu, il reprit fièrement :

— Voici la communication que je reçois du gouvernement. Et, élevant sa dépêche, il lut :

« Ancien maire révoqué. Veuillez aviser au plus pressé. Recevrez instructions ultérieures.

 « *Pour le sous-préfet,*

 « SAPIN, conseiller. »

Il triomphait; son cœur battait de joie; ses mains tremblaient; mais Picart, son ancien subalterne, lui cria d'un groupe voisin :

— C'est bon, tout ça; mais si les autres ne sortent pas, ça vous fait une belle jambe, votre papier.

Et M. Massarel pâlit. Si les autres ne sortaient pas, en effet, il fallait aller de l'avant maintenant. C'était non seulement son droit, mais aussi son devoir.

Et il regardait anxieusement la mairie, espérant qu'il allait voir la porte s'ouvrir et son adversaire se replier.

La porte restait fermée. Que faire? La foule augmentait, se serrait autour de la milice. On riait.

Une réflexion surtout torturait le médecin. S'il donnait l'assaut, il faudrait marcher à la tête de ses hommes; et comme, lui mort, toute contestation cesserait, c'était sur lui, sur lui seul que tireraient M. de Varnetot et ses trois gardes. Et ils tiraient bien, très bien; Picart venait encore de le lui répéter. Mais une idée l'illumina et, se tournant vers Pommel :

— Allez vite prier le pharmacien de me prêter une serviette et un bâton.

Le lieutenant se précipita.

Il allait faire un drapeau parlementaire, un drapeau

blanc dont la vue réjouirait peut-être le cœur légiti-
miste de l'ancien maire.

Pommel revint avec le linge demandé et un manche à
balai. Au moyen de ficelles, on organisa cet étendard
que M. Massarel saisit à deux mains ; et il s'avança de
nouveau vers la mairie en le tenant devant lui.
Lorsqu'il fut en face de la porte, il appela encore :
« Monsieur de Varnetot. » La porte s'ouvrit soudain,
et M. de Varnetot apparut sur le seuil avec ses trois
gardes.

Le docteur recula par un mouvement instinctif ;
puis, il salua courtoisement son ennemi et prononça,
étranglé par l'émotion : « Je viens, Monsieur, vous
communiquer les instructions que j'ai reçues. »

Le gentilhomme, sans lui rendre son salut, répon-
dit : « Je me retire, Monsieur, mais sachez bien que ce
n'est ni par crainte, ni par obéissance à l'odieux
gouvernement qui usurpe le pouvoir. » Et, appuyant
sur chaque mot, il déclara : « Je ne veux pas avoir l'air
de servir un seul jour la République. Voilà tout. »

Massarel, interdit, ne répondit rien ; et M. de
Varnetot, se mettant en marche d'un pas rapide,
disparut au coin de la place, suivi toujours de son
escorte.

Alors le docteur, éperdu d'orgueil, revint vers la
foule. Dès qu'il fut assez près pour se faire entendre, il
cria : « Hurrah ! hurrah ! La République triomphe sur
toute la ligne. »

Aucune émotion ne se manifesta.

Le médecin reprit : « Le peuple est libre, vous êtes
libres, indépendants. Soyez fiers ! »

Les villageois inertes le regardaient sans qu'aucune
gloire illuminât leurs yeux.

À son tour, il les contempla, indigné de leur
indifférence, cherchant ce qu'il pourrait dire, ce qu'il
pourrait faire pour frapper un grand coup, électriser ce
pays placide, remplir sa mission d'initiateur.

Mais une inspiration l'envahit et, se tournant vers
Pommel : « Lieutenant, allez chercher le buste de l'ex-

empereur qui est dans la salle des délibérations du conseil municipal, et apportez-le avec une chaise. »

Et bientôt l'homme reparut portant sur l'épaule droite le Bonaparte de plâtre, et tenant de la main gauche une chaise de paille.

M. Massarel vint au-devant de lui, prit la chaise, la posa par terre, plaça dessus le buste blanc, puis se reculant de quelques pas, l'interpella d'une voix sonore :

« Tyran, tyran, te voici tombé, tombé dans la boue, tombé dans la fange. La patrie expirante râlait sous ta botte. Le Destin vengeur t'a frappé. La défaite et la honte se sont attachées à toi; tu tombes vaincu, prisonnier du Prussien; et, sur les ruines de ton empire croulant, la jeune et radieuse République se dresse, ramassant ton épée brisée... »

Il attendait des applaudissements. Aucun cri, aucun battement de mains n'éclata. Les paysans effarés se taisaient; et le buste aux moustaches pointues qui dépassaient les joues de chaque côté, le buste immobile et bien peigné comme une enseigne de coiffeur, semblait regarder M. Massarel avec son sourire de plâtre, un sourire ineffaçable et moqueur.

Ils demeuraient ainsi face à face, Napoléon sur sa chaise, le médecin debout, à trois pas de lui. Une colère saisit le commandant. Mais que faire ? que faire pour émouvoir ce peuple et gagner définitivement cette victoire de l'opinion ?

Sa main, par hasard, se posa sur son ventre, et il rencontra, sous sa ceinture rouge, la crosse de son revolver.

Aucune inspiration, aucune parole ne lui venaient plus. Alors, il tira son arme, fit deux pas et, à bout portant, foudroya l'ancien monarque.

La balle creusa dans le front un petit trou noir, pareil à une tache, presque rien. L'effet était manqué. M. Massarel tira un second coup, qui fit un second trou, puis un troisième, puis, sans s'arrêter, il lâcha les trois derniers. Le front de Napoléon volait en pous-

sière blanche, mais les yeux, le nez et les fines pointes des moustaches restaient intacts.

Alors, exaspéré, le docteur renversa la chaise d'un coup de poing et, appuyant un pied sur le reste du buste, dans une posture de triomphateur, il se tourna vers le public abasourdi en vociférant : « Périssent ainsi tous les traîtres ! »

Mais comme aucun enthousiasme ne se manifestait encore, comme les spectateurs semblaient stupides d'étonnement, le commandant cria aux hommes de la milice : « Vous pouvez maintenant regagner vos foyers. » Et il se dirigea lui-même à grands pas vers sa maison, comme s'il eût fui.

Sa bonne, dès qu'il parut, lui dit que des malades l'attendaient depuis plus de trois heures dans son cabinet. Il y courut. C'étaient les deux paysans aux varices, revenus dès l'aube, obstinés et patients.

Et le vieux aussitôt reprit son explication : « Ça a commencé par des fourmis qui me couraient censément le long des jambes... »

LA MÈRE SAUVAGE

À Georges Pouchet [1].

I [2]

Je n'étais point revenu à Virelogne [3] depuis quinze
ans. J'y retournai chasser, à l'automne, chez mon ami
Serval, qui avait enfin fait reconstruire son château,
détruit par les Prussiens.

J'aimais ce pays infiniment. Il est des coins du
monde délicieux qui ont pour les yeux un charme
sensuel. On les aime d'un amour physique. Nous
gardons, nous autres que séduit la terre, des souvenirs
tendres pour certaines sources, certains bois, certains
étangs, certaines collines, vus souvent et qui nous ont
attendris à la façon des événements heureux. Quelque-
fois même la pensée retourne vers un coin de forêt, ou
un bout de berge, ou un verger poudré de fleurs,
aperçus une seule fois, par un jour gai, et restés en
notre cœur comme ces images de femmes rencontrées
dans la rue, un matin de printemps, avec une toilette
claire et transparente, et qui nous laissent dans l'âme et
dans la chair un désir inapaisé, inoubliable, la sensa-
tion du bonheur coudoyé.

À Virelogne, j'aimais toute la campagne, semée de

petits bois et traversée par des ruisseaux qui couraient dans le sol comme des veines, portant le sang à la terre. On pêchait là-dedans des écrevisses, des truites et des anguilles! Bonheur divin! On pouvait se baigner par places, et on trouvait souvent des bécassines dans les hautes herbes qui poussaient[4] sur les bords de ces minces cours d'eau.

J'allais, léger comme une chèvre, regardant mes deux chiens fourrager devant moi. Serval, à cent mètres sur ma droite, battait un champ de luzerne. Je tournai les buissons qui forment la limite du bois des Saudres, et j'aperçus une chaumière en ruines.

Tout à coup, je me la rappelai telle que je l'avais vue pour la dernière fois, en 1869, propre, vêtue de vignes, avec des poules devant la porte. Quoi de plus triste qu'une maison morte, avec son squelette debout, délabré, sinistre?

Je me rappelai aussi qu'une bonne femme m'avait fait boire un verre de vin là-dedans, un jour de grande fatigue, et que Serval m'avait dit alors l'histoire des habitants. Le père, vieux braconnier, avait été tué par les gendarmes. Le fils, que j'avais vu autrefois, était un grand garçon sec qui passait également pour un féroce destructeur de gibier. On les appelait les Sauvage.

Était-ce un nom ou un sobriquet?

Je hélai Serval[5]. Il s'en vint de son long pas d'échassier.

Je lui demandai :

— Que sont devenus les gens de là?

Et il me conta cette aventure.

II

Lorsque[6] la guerre fut déclarée, le fils Sauvage, qui avait alors trente-trois ans, s'engagea, laissant la mère

seule au logis. On ne la plaignait pas trop, la vieille, parce qu'elle avait de l'argent, on le savait.

Elle resta donc toute seule dans cette maison isolée si loin du village, sur la lisière du bois. Elle n'avait pas peur, du reste, étant de la même race que ses hommes, une rude vieille, haute et maigre, qui ne riait pas souvent et avec qui on ne plaisantait point. Les femmes des champs ne rient guère d'ailleurs. C'est affaire aux hommes, cela ! Elles ont l'âme triste et bornée, ayant une vie morne et sans éclaircie. Le paysan apprend un peu de gaieté bruyante au cabaret, mais sa compagne reste sérieuse avec une physionomie constamment sévère. Les muscles de leur face n'ont point appris les mouvements du rire.

La mère Sauvage continua son existence ordinaire dans sa chaumière, qui fut bientôt couverte par les neiges. Elle s'en venait au village, une fois par semaine, chercher du pain et un peu de viande ; puis elle retournait dans sa masure. Comme on parlait des loups, elle sortait le fusil au dos, le fusil du fils, rouillé, avec la crosse usée par le frottement de la main ; et elle était curieuse à voir, la grande Sauvage, un peu courbée, allant à lentes enjambées par la neige, le canon de l'arme dépassant la coiffe noire qui lui serrait la tête et emprisonnait ses cheveux blancs, que personne n'avait jamais vus.

Un[7] jour les Prussiens arrivèrent. On les distribua aux habitants, selon la fortune et les ressources de chacun. La vieille, qu'on savait riche, en eut quatre.

C'étaient quatre gros garçons à la chair blonde, à la barbe blonde, aux yeux bleus, demeurés gras malgré les fatigues qu'ils avaient endurées déjà, et bons enfants, bien qu'en pays conquis. Seuls chez cette femme âgée, ils se montrèrent pleins de prévenances pour elle, lui épargnant, autant qu'ils le pouvaient, des fatigues et des dépenses. On les voyait tous les quatre faire leur toilette autour du puits, le matin, en manches de chemise, mouillant à grande eau, dans le jour cru des neiges, leur chair blanche et rose d'hommes du

Nord, tandis que la mère Sauvage allait et venait, préparant la soupe. Puis on les voyait nettoyer la cuisine, frotter les carreaux, casser du bois, éplucher les pommes de terre, laver le linge, accomplir toutes les besognes de la maison, comme quatre bons fils autour de leur mère.

Mais elle pensait sans cesse au sien, la vieille, à son grand maigre au nez crochu, aux yeux bruns, à la forte moustache qui faisait sur sa lèvre un bourrelet de poils noirs. Elle demandait chaque jour, à chacun des soldats installés à son foyer :

— Savez-vous où est parti le régiment français, vingt-troisième de marche ? Mon garçon est dedans.

Ils répondaient : « Non, bas su, bas savoir tu tout. » Et, comprenant sa peine et ses inquiétudes, eux qui avaient des mères là-bas, ils lui rendaient mille petits soins. Elle les aimait bien, d'ailleurs, ses quatre ennemis ; car les paysans n'ont guère les haines patriotiques ; cela n'appartient qu'aux classes supérieures. Les humbles, ceux qui paient le plus parce qu'ils sont pauvres et que toute charge nouvelle les accable, ceux qu'on tue par masses, qui forment la vraie chair à canon, parce qu'ils sont le nombre, ceux qui souffrent enfin le plus cruellement des atroces misères de la guerre, parce qu'ils sont les plus faibles et les moins résistants, ne comprennent guère ces ardeurs belliqueuses, ce point d'honneur excitable et ces prétendues combinaisons politiques qui épuisent en six mois deux nations, la victorieuse comme la vaincue.

On disait dans le pays, en parlant des Allemands de la mère Sauvage :

— En v'là quatre qu'ont trouvé leur gîte.

Or [8], un matin, comme la vieille femme était seule au logis, elle aperçut au loin dans la plaine un homme qui venait vers sa demeure. Bientôt elle le reconnut, c'était le piéton [9] chargé de distribuer les lettres. Il lui remit un papier plié et elle tira de son étui les lunettes dont elle se servait pour coudre ; puis elle lut :

« Madame Sauvage, la présente est pour vous porter une triste nouvelle. Votre garçon Victor a été tué hier par un boulet, qui l'a censément coupé en deux parts. J'étais tout près, vu que nous nous trouvions côte à côte dans la compagnie et qu'il me parlait de vous pour vous prévenir au jour même s'il lui arrivait malheur.

« J'ai pris dans sa poche sa montre pour vous la reporter quand la guerre sera finie.

« Je vous salue amicalement.

 « CÉSAIRE RIVOT,
 « Soldat de 2ᵉ classe au 23ᵉ de marche. »

La lettre était datée de trois semaines.

Elle ne pleurait point. Elle demeurait immobile, tellement saisie, hébétée, qu'elle ne souffrait même pas encore. Elle pensait : « V'là Victor qu'est tué, maintenant. » Puis peu à peu les larmes montèrent à ses yeux, et la douleur envahit son cœur. Les idées lui venaient une à une, affreuses, torturantes. Elle ne l'embrasserait plus, son enfant, son grand, plus jamais ! Les gendarmes avaient tué le père, les Prussiens avaient tué le fils… Il avait été coupé en deux par un boulet. Et il lui semblait qu'elle voyait la chose, la chose horrible : la tête tombant, les yeux ouverts, tandis qu'il mâchait le coin de sa grosse moustache, comme il faisait aux heures de colère.

Qu'est-ce qu'on avait fait de son corps, après ? Si seulement on lui avait rendu son enfant, comme [10] on lui avait rendu son mari, avec [11] sa balle au milieu du front ?

Mais elle entendit un bruit de voix. C'étaient les Prussiens qui revenaient du village. Elle cacha bien vite la lettre dans sa poche et elle les reçut tranquillement avec sa figure ordinaire, ayant eu le temps de bien essuyer ses yeux.

Ils riaient tous les quatre, enchantés, car ils rapportaient un beau lapin, volé sans doute, et ils faisaient signe à la vieille qu'on allait manger quelque chose de bon.

Elle se mit tout de suite à la besogne pour préparer le déjeuner ; mais, quand il fallut tuer le lapin, le cœur lui manqua. Ce n'était pas le premier pourtant ! Un des soldats l'assomma d'un coup de poing derrière les oreilles.

Une fois la bête morte, elle fit sortir le corps rouge de la peau ; mais la vue du sang qu'elle maniait, qui lui couvrait les mains, du sang tiède qu'elle sentait se refroidir et se coaguler, la faisait trembler de la tête aux pieds ; et elle voyait toujours son grand coupé en deux, et tout rouge aussi, comme cet animal encore palpitant.

Elle se mit à table avec ses Prussiens, mais elle ne put manger, pas même une bouchée. Ils dévorèrent le lapin sans s'occuper d'elle. Elle les regardait de côté, sans parler, mûrissant une idée, et le visage tellement impassible qu'ils ne s'aperçurent de rien.

Tout à coup, elle demanda : « Je ne sais seulement point vos noms, et v'là un mois que nous sommes ensemble. » Ils comprirent, non sans peine, ce qu'elle voulait, et dirent leurs noms. Cela ne lui suffisait pas ; elle se les fit écrire sur un papier, avec l'adresse de leurs familles, et, reposant ses lunettes sur son grand nez, elle considéra cette écriture inconnue, puis elle plia la feuille et la mit dans sa poche, par-dessus la lettre qui lui disait la mort de son fils.

Quand le repas fut fini, elle dit aux hommes :

— J' vas travailler pour vous.

Et elle se mit à monter du foin dans le grenier où ils couchaient.

Ils s'étonnèrent de cette besogne ; elle leur expliqua qu'ils auraient moins froid ; et ils l'aidèrent. Ils entassaient des bottes jusqu'au toit de paille ; et ils se firent ainsi une sorte de grande chambre avec quatre murs de fourrage, chaude et parfumée, où ils dormiraient à merveille.

Au dîner, un d'eux s'inquiéta de voir que la mère Sauvage ne mangeait point encore. Elle affirma qu'elle avait des crampes. Puis elle alluma un bon feu

pour se chauffer, et les quatre Allemands montèrent dans leur logis par l'échelle qui leur servait tous les soirs.

Dès que la trappe fut refermée, la vieille enleva l'échelle, puis rouvrit sans bruit la porte du dehors, et elle retourna chercher des bottes de paille dont elle emplit sa cuisine. Elle allait nu pieds, dans la neige, si doucement qu'on n'entendait rien. De temps en temps elle écoutait les ronflements sonores et inégaux des[12] quatre soldats endormis.

Quand elle jugea suffisants ses préparatifs, elle jeta dans le foyer une des bottes, et, lorsqu'elle fut enflammée, elle l'éparpilla sur les autres, puis elle ressortit et regarda.

Une clarté violente illumina en quelques secondes tout l'intérieur de la chaumière, puis ce fut un brasier effroyable, un[13] gigantesque four ardent, dont la lueur jaillissait par l'étroite fenêtre et jetait sur la neige un éclatant rayon.

Puis un grand cri partit du sommet de la maison, puis ce fut une clameur de hurlements humains, d'appels déchirants d'angoisse et d'épouvante. Puis, la trappe s'étant écroulée à l'intérieur, un tourbillon de feu s'élança dans le grenier, perça le toit de paille, monta dans le ciel comme une immense flamme de torche ; et toute la chaumière flamba.

On n'entendait plus rien dedans que le crépitement de l'incendie, le craquement des murs, l'écroulement des poutres. Le toit tout à coup s'effondra, et la carcasse ardente de la demeure lança dans l'air, au milieu d'un nuage de fumée, un grand panache d'étincelles.

La campagne, blanche, éclairée par le feu, luisait comme une nappe d'argent teintée de rouge.

Une cloche, au loin, se mit à sonner.

La vieille Sauvage restait debout, devant son logis détruit, armée de son fusil, celui du fils, de crainte qu'un des hommes n'échappât.

Quand elle vit que c'était fini, elle jeta son arme dans le brasier. Une détonation retentit.

Des gens arrivaient, des paysans, des Prussiens.

On trouva la femme assise sur un tronc d'arbre, tranquille et satisfaite.

Un officier allemand, qui parlait le français comme un fils de France, lui demanda :

— Où sont vos soldats ?

Elle tendit son bras maigre vers l'amas rouge de l'incendie qui s'éteignait, et elle répondit d'une voix forte :

— Là-dedans !

On se pressait autour d'elle. Le Prussien demanda :

— Comment le feu a-t-il pris ?

Elle prononça :

— C'est moi qui l'ai mis.

On ne la croyait pas, on pensait que le désastre l'avait soudain rendue folle. Alors, comme tout le monde l'entourait et l'écoutait, elle dit la chose d'un bout à l'autre, depuis l'arrivée de la lettre jusqu'au dernier cri des hommes flambés avec sa maison. Elle n'oublia pas un détail de ce qu'elle avait ressenti ni de ce qu'elle avait fait.

Quand elle eut fini, elle tira de sa poche deux papiers, et, pour les distinguer aux dernières lueurs du feu, elle ajusta encore ses lunettes, puis elle prononça, montrant l'un : « Ça, c'est la mort de Victor. » Montrant l'autre, elle ajouta, en désignant les ruines rouges d'un coup de tête : « Ça, c'est leurs noms pour qu'on écrive chez eux. » Elle tendit tranquillement la feuille blanche à l'officier, qui la tenait par les épaules, et elle reprit :

— Vous écrirez comment c'est arrivé, et vous direz à leurs parents que c'est moi qui a fait ça, Victoire Simon, la Sauvage ! N'oubliez pas.

L'officier criait des ordres en allemand. On la saisit, on la jeta contre les murs encore chauds de son logis. Puis douze hommes se rangèrent vivement en face d'elle, à vingt mètres. Elle ne bougeait point. Elle avait compris ; elle attendait.

Un ordre retentit, qu'une longue détonation suivit

aussitôt. Un coup attardé partit tout seul, après les autres.

La vieille ne tomba point. Elle s'affaissa comme si on lui eût fauché les jambes.

L'officier prussien s'approcha. Elle était presque coupée en deux, et dans sa main crispée elle tenait sa lettre baignée de sang.

Mon [14] ami Serval ajouta :

— C'est par représailles que les Allemands ont détruit le château du pays, qui m'appartenait.

Moi, je pensais aux mères des quatre doux garçons brûlés là-dedans ; et à l'héroïsme atroce de cette autre mère, fusillée contre ce mur.

Et je ramassai une petite pierre, encore noircie par le feu.

L'HORRIBLE

La nuit tiède descendait lentement.

Les femmes étaient restées dans le salon de la villa. Les hommes, assis ou à cheval sur les chaises du jardin, fumaient, devant la porte, en cercle autour d'une table ronde chargée de tasses et de petits verres.

Leurs cigares brillaient, comme des yeux, dans l'ombre épaissie de minute en minute. On venait de raconter un affreux accident arrivé la veille : deux hommes et trois femmes noyés sous les yeux des invités, en face, dans la rivière.

Le général de G... prononça :

— Oui, ces choses-là sont émouvantes, mais elles ne sont pas horribles. L'horrible, ce vieux mot, veut dire beaucoup plus que le terrible. Un affreux accident comme celui-là émeut, bouleverse, effare ; il n'affole pas. Pour qu'on éprouve l'horreur, il faut plus que l'émotion douloureuse de l'âme et plus que le spectacle d'une mort affreuse, il faut soit un frisson de mystère, soit une sensation d'épouvante anormale, hors nature. Un homme qui meurt, même dans les conditions les plus dramatiques, ne fait pas horreur ; un champ de bataille n'est pas horrible ; le sang n'est pas horrible ; les crimes les plus vils sont rarement horribles.

Tenez, voici deux exemples personnels qui m'ont fait comprendre ce qu'on peut entendre par l'horreur.

*
**

C'était pendant la guerre de 1870. Nous nous
retirions vers Pont Audemer, après avoir traversé
Rouen. L'armée, vingt mille hommes environ, vingt
mille hommes de déroute, débandés, démoralisés,
épuisés, allait se reformer au Havre[1].

La terre était couverte de neige. La nuit tombait.
On n'avait rien mangé depuis la veille. On fuyait
vite, les Prussiens n'étant pas loin.

Toute la campagne normande, livide, tachée par
les ombres des arbres entourant les fermes, s'éten-
dait sous un ciel noir, lourd et sinistre.

On n'entendait rien autre chose dans la lueur
terne du crépuscule, qu'un bruit confus, mou et
cependant démesuré de troupeau marchant, un pié-
tinement infini, mêlé d'un vague cliquetis de
gamelles ou de sabres. Les hommes, courbés,
voûtés, sales, souvent même haillonneux, se traî-
naient, se hâtaient dans la neige, d'un long pas
éreinté.

La peau des mains collait à l'acier des crosses, car
il gelait affreusement cette nuit-là. Souvent je voyais
un petit moblot[2] ôter ses souliers pour aller pieds
nus, tant il souffrait dans sa chaussure ; et il laissait,
dans chaque empreinte, une trace de sang. Puis, au
bout de quelque temps, il s'asseyait dans un champ
pour se reposer quelques minutes, et ils ne se rele-
vait point. Chaque homme assis était un homme
mort.

En avons-nous laissé derrière nous, de ces pau-
vres soldats épuisés, qui comptaient bien repartir
tout à l'heure, dès qu'ils auraient un peu délassé
leurs jambes roidies ! Or, à peine avaient-ils cessé de
se mouvoir, de faire circuler, dans leur chair gelée,
leur sang presque inerte, qu'un engourdissement
invincible les figeait, les clouait à terre, fermait
leurs yeux, paralysait en une seconde cette mécani-
que humaine surmenée. Et ils s'affaissaient un peu,

le front penché sur leurs genoux, sans tomber tout à fait pourtant, car leurs reins et leurs membres devenaient immobiles, durs comme du bois, impossibles à plier ou à redresser.

Et nous autres, plus robustes, nous allions toujours, glacés jusqu'aux moelles, avançant par une force de mouvement donné, dans cette nuit, dans cette neige, dans cette campagne, froide et mortelle, écrasés par le chagrin, par la défaite, par le désespoir, et surtout étreints par l'abominable sensation de l'abandon, de la fin, de la mort, du néant.

J'aperçus deux gendarmes qui tenaient par les bras un petit homme singulier, vieux, sans barbe, d'aspect vraiment surprenant.

Ils cherchaient un officier, croyant avoir pris un espion.

Le mot « espion » courut aussitôt parmi les traînards, et on fit cercle autour du prisonnier. Une voix cria : « Faut le fusiller ! » Et tous ces soldats, qui tombaient d'accablement, ne tenant debout que parce qu'ils s'appuyaient sur leurs fusils, eurent soudain ce frisson de colère furieuse et bestiale qui pousse les foules aux massacres.

Je voulus parler ; j'étais alors chef de bataillon ; mais on ne reconnaissait plus les chefs, on m'aurait fusillé moi-même.

Un des gendarmes me dit :

— Voilà trois jours qu'il nous suit. Il demande à tout le monde des renseignements sur l'artillerie.

J'essayai d'interroger cet être :

— Que faites-vous ? Que voulez-vous ? Pourquoi accompagnez-vous l'armée ?

Il bredouilla quelques mots en un patois inintelligible.

C'était vraiment un étrange personnage aux épaules étroites, à l'œil sournois, et si troublé devant moi que je ne doutais plus vraiment que ce ne fût un espion. Il semblait fort âgé et faible. Il me considérait en dessous, avec un air humble, stupide et rusé.

Les hommes autour de nous criaient :

— Au mur ! au mur !

Je dis aux gendarmes :

— Vous répondez du prisonnier ?...

Je n'avais point fini de parler, qu'une poussée terrible me renversa, et je vis, en une seconde, l'homme saisi par les troupiers furieux, terrassé, frappé, traîné au bord de la route et jeté contre un arbre. Il tomba presque mort déjà, dans la neige.

Et aussitôt on le fusilla. Les soldats tiraient sur lui, rechargeaient leurs armes, tiraient de nouveau avec un acharnement de brutes. Ils se battaient pour avoir leur tour, défilaient devant le cadavre et tiraient toujours dessus, comme on défile devant un cercueil pour jeter de l'eau bénite.

Mais tout d'un coup un cri passa :

— Les Prussiens ! les Prussiens !

Et j'entendis, par tout l'horizon, la rumeur immense de l'armée éperdue qui courait.

La panique, née de ces coups de feu sur ce vagabond, avait affolé les exécuteurs eux-mêmes, qui, sans comprendre que l'épouvante venait d'eux, se sauvèrent et disparurent dans l'ombre.

Je restai seul devant le corps, avec les deux gendarmes, que leur devoir avait retenus près de moi.

Ils relevèrent cette viande broyée, moulue et sanglante.

— Il faut le fouiller, leur dis-je.

Et je tendis une boîte d'allumettes bougies que j'avais dans ma poche.

Un des soldats éclairait l'autre. J'étais debout entre les deux.

Le gendarme qui maniait le corps déclara :

— Vêtu d'une blouse bleue, d'une chemise blanche, d'un pantalon et d'une paire de souliers.

La première allumette s'éteignit ; on alluma la seconde. L'homme reprit, en retournant les poches :

— Un couteau de corne, un mouchoir à carreaux, une tabatière, un bout de ficelle, un morceau de pain.

La seconde allumette s'éteignit. On alluma la troisième.

Le gendarme, après avoir longtemps palpé le cadavre, déclara :

— C'est tout.

Je dis :

— Déshabillez-le. Nous trouverons peut-être quelque chose contre la peau.

Et, pour que les deux soldats pussent agir en même temps, je me mis moi-même à les éclairer. Je les voyais, à la lueur rapide et vite éteinte de l'allumette, ôter les vêtements un à un, mettre à nu ce paquet sanglant de chair encore chaude et morte.

Et soudain, un d'eux balbutia :

— Nom d'un nom, mon commandant, c'est une femme !

Je ne saurais vous dire quelle étrange et poignante sensation d'angoisse me remua le cœur. Je ne le pouvais croire, et je m'agenouillai dans la neige devant cette bouillie informe pour voir : c'était une femme !

Les deux gendarmes, interdits et démoralisés, attendaient que j'émisse un avis.

Mais je ne savais que penser, que supposer.

Alors le brigadier prononça lentement :

— Peut-être qu'elle venait chercher son éfant qu'était soldat d'artillerie et dont elle n'avait pas de nouvelles.

Et l'autre répondit :

— P't'être ben que oui tout de même.

Et moi qui avais vu pourtant des choses bien terribles, je me mis à pleurer. Et je sentis, en face de cette morte, dans cette nuit glacée, au milieu de cette plaine noire, devant ce mystère, devant cette inconnue assassinée, ce que veut dire ce mot : l'« Horreur. »

*
**

Or, j'ai eu cette même sensation, l'an dernier, en interrogeant un des survivants de la mission Flatters[3], un tirailleur algérien.

Vous savez les détails de ce drame atroce. Il en est un cependant que vous ignorez peut-être.

Le colonel allait au Soudan par le désert et traversait l'immense territoire des Touaregs, qui sont, dans tout cet océan de sable qui va de l'Atlantique à l'Égypte et du Soudan à l'Algérie, des espèces de pirates comparables à ceux qui ravageaient les mers autrefois.

Les guides qui conduisaient la colonne appartenaient à la tribu des Chambaa, de Ouargla[4].

Or, un jour, on établit le camp en plein désert, et les Arabes déclarèrent que, la source étant encore un peu loin, ils iraient chercher de l'eau avec tous les chameaux.

Un seul homme prévint le colonel qu'il était trahi. Flatters n'en crut rien et accompagna le convoi avec les ingénieurs, les médecins et presque tous ses officiers.

Ils furent massacrés autour de la source, et tous les chameaux capturés.

Le capitaine du bureau arabe[5] de Ouargla, demeuré au camp, prit le commandement des survivants, sphahis et tirailleurs et on commença la retraite, en abandonnant les bagages et les vivres, faute de chameaux pour les porter.

Ils se mirent donc en route dans cette solitude sans ombre et sans fin, sous le soleil dévorant qui les brûlait du matin au soir.

Une tribu vint faire sa soumission et apporta des dattes. Elles étaient empoisonnées. Presque tous les Français moururent, et parmi eux, le dernier officier.

Il ne restait plus que quelques spahis, dont le maréchal des logis Pobéguin, plus des tirailleurs indigènes, de la tribu de Chambaa. On avait encore deux chameaux. Ils disparurent une nuit, avec deux Arabes.

Alors, les survivants comprirent qu'il allait falloir s'entre-dévorer, et, sitôt découverte la fuite des deux hommes avec les deux bêtes, ceux qui restaient se séparèrent et se mirent à marcher, un à un, dans le

sable mou, sous la flamme aiguë du ciel, à plus d'une portée de fusil l'un de l'autre.

Ils allaient ainsi tout le jour, et, quand on atteignait une source, chacun y venait boire à son tour, dès que le plus proche isolé avait regagné sa distance. Ils allaient ainsi tout le jour, soulevant de place en place, dans l'étendue brûlée et plate, ces petites colonnes de poussière qui indiquent de loin les marcheurs dans le désert.

Mais un matin, un des voyageurs brusquement obliqua, se rapprochant de son voisin. Et tous s'arrêtèrent pour regarder.

L'homme vers qui marchait le soldat affamé ne s'enfuit pas, mais il s'aplatit par terre. Il mit en joue celui qui s'en venait. Quand il le crut à distance, il tira. L'autre ne fut point touché et il continua d'avancer puis, épaulant à son tour, il tua net son camarade.

Alors, de tout l'horizon, les autres accoururent pour chercher leur part. Et celui qui avait tué, dépeçant le mort, le distribua.

Et ils s'espacèrent de nouveau, ces alliés irréconciliables, pour jusqu'au prochain meurtre qui les rapprocherait[6].

Pendant deux jours ils vécurent de cette chair humaine partagée. Puis, la famine étant revenue, celui qui avait tué le premier tua de nouveau. Et de nouveau, comme un boucher, il coupa le cadavre et l'offrit à ses compagnons, en ne conservant que sa portion.

Et ainsi continua cette retraite d'anthropophages.

Le dernier, François Pobéguin, fut massacré au bord d'un puits, la veille du jour où les secours arrivèrent.

Comprenez-vous maintenant ce que j'entends par l'Horrible ?

*
**

Voilà ce que nous raconta, l'autre soir, le général de G...

LES IDÉES DU COLONEL

— Ma foi, dit le colonel Laporte, je suis vieux, j'ai la goutte, les jambes raides comme[1] des poteaux de barrière, et cependant, si une femme, une jolie femme, m'ordonnait de passer par le trou d'une aiguille, je crois que j'y sauterais comme un clown dans un cerceau. Je mourrai ainsi, c'est dans le sang. Je suis un vieux galantin, moi, un vieux de la vieille école. La vue d'une femme, d'une jolie femme, me remue jusque dans mes bottes. Voilà.

D'ailleurs nous sommes tous un peu pareils, en France, messieurs. Nous restons des chevaliers quand même, les chevaliers de l'amour et du hasard, puisqu'on a supprimé Dieu, dont nous étions vraiment les gardes du corps.

Mais la femme, voyez-vous, on ne l'enlèvera pas de nos cœurs. Elle y est, elle y reste. Nous l'aimons, nous l'aimerons, nous ferons pour elle toutes les folies, tant qu'il y aura une France sur la carte d'Europe. Et même si on escamote la France, il restera toujours des Français.

Moi, devant les yeux d'une femme, d'une jolie femme, je me sens capable de tout. Sacristi! quand je sens entrer en moi son regard, son sacré nom de regard, qui vous met du feu dans les veines, j'ai envie de je ne sais quoi, de me battre, de lutter,

6

de casser des meubles, de montrer que je suis le plus
fort, le plus brave, le plus hardi et le plus dévoué des
hommes.

Mais je ne suis pas le seul, non vraiment ; toute
l'armée française est comme moi, je vous le jure.
Depuis le pioupiou jusqu'aux [2] généraux nous allons de
l'avant, et jusqu'au bout, quand il s'agit d'une femme,
d'une jolie femme. Rappelez-vous ce que Jeanne d'Arc
nous a fait faire autrefois. Tenez, je vous parie que, si
une femme, une jolie femme, avait pris le commande-
ment de l'armée, la veille de Sedan, quand le maréchal
de Mac-Mahon fut blessé [3], nous aurions traversé les
lignes prussiennes, sacrebleu ! et bu la goutte dans
leurs canons.

Ce n'est pas un Trochu [4] qu'il fallait à Paris, mais
une sainte Geneviève.

Je me rappelle justement une petite anecdote de la
guerre qui prouve bien que nous sommes capables de
tout, devant une femme.

J'étais alors capitaine, simple capitaine, et je com-
mandais un détachement d'éclaireurs qui battait en
retraite au milieu d'un pays envahi par les Prussiens.
Nous étions cernés, pourchassés, éreintés, abrutis,
mourant d'épuisement et de faim.

Or, il nous fallait, avant le lendemain, gagner Bar-
sur-Tain [5], sans quoi nous étions flambés, coupés et
massacrés. Comment avions-nous échappé jusque-là ?
je n'en sais rien. Nous avions donc douze lieues à faire
pendant la nuit, douze lieues par la neige et sous la
neige, le ventre vide. Moi je pensais : « C'est fini,
jamais mes pauvres diables d'hommes n'arriveront. »

Depuis la veille, on n'avait rien mangé. Tout le jour,
nous restâmes cachés dans une grange, serrés les uns
contre les autres pour avoir moins froid, incapables de
parler ou de remuer, dormant par secousses et par
saccades, comme on dort quand on est rendu de
fatigue.

À cinq heures, il faisait nuit, cette nuit blafarde des
neiges. Je secouai mes gens. Beaucoup ne voulaient

plus se lever, incapables de remuer ou de se tenir debout, ankylosés par le froid et le reste.

Devant nous, la plaine, une grande vache de plaine toute nue, où il pleuvait de la neige. Ça tombait, ça tombait, comme un rideau, ces flocons blancs qui cachaient tout sous un lourd manteau gelé, épais et mort, un matelas en laine de glace. On aurait dit la fin du monde.

— Allons, en route, les enfants.

Ils regardaient ça, cette poussière blanche qui descendait de là-haut et ils semblaient penser :

— En voilà assez ; autant mourir ici !

Alors je tirai mon revolver :

— Le premier qui flanche, je le brûle.

Et les voilà qui se mettent en marche, tout lentement, comme des gens dont les jambes sont usées.

J'en envoyai quatre, pour nous éclairer, à trois cents mètres en avant ; puis le reste suivit pêle-mêle, en bloc, au hasard des fatigues et de la longueur des pas. Je plaçai les plus solides par-derrière, avec[6] ordre d'accélérer les traînards à coups de baïonnette... dans[7] le dos.

La neige semblait nous ensevelir tout vivants ; elle poudrait les képis et les capotes sans fondre dessus, faisait de nous des fantômes, des espèces de spectres de soldats morts, bien fatigués.

Je me disais : « Jamais nous ne sortirons de là, à moins d'un miracle. »

Parfois on s'arrêtait quelques minutes, à cause de ceux qui ne pouvaient pas suivre. Alors on n'entendait plus que ce glissement vague de la neige, cette rumeur presque insaisissable que font le[8] froissement et l'emmêlement de tous ces flocons qui tombent.

Quelques hommes se secouaient. D'autres ne bougeaient point.

Puis je donnais l'ordre de repartir. Les fusils remontaient sur les épaules, et, d'une allure exténuée, on se remettait en marche.

Soudain les éclaireurs se replièrent. Quelque chose

les inquiétait. Ils avaient entendu parler devant nous.
J'envoyai six hommes et un sergent. Et j'attendis.

Tout à coup, un cri aigu, un cri de femme, traversa
le silence pesant des neiges et au bout de quelques
minutes, on m'amena deux prisonniers, un vieillard et
une jeune fille.

Je les interrogeai à voix basse. Ils fuyaient devant les
Prussiens qui avaient occupé leur maison dans la
soirée, et qui étaient saoûls. Le[9] père avait eu peur
pour sa fille, et sans même prévenir leurs serviteurs, ils
s'étaient sauvés tous deux dans la nuit.

Je reconnus tout de suite que c'étaient des bour-
geois, même mieux que des bourgeois.

— Vous allez nous accompagner, leur dis-je.

On repartit. Comme le vieux connaissait le pays, il
nous guida.

La neige cessa de tomber ; les étoiles parurent, et le
froid devint terrible.

La jeune fille, qui tenait le bras de son père,
marchait d'un pas saccadé, d'un pas de détresse. Elle
murmura plusieurs fois : « Je ne sens plus mes pieds »,
et, moi, je souffrais plus qu'elle de voir cette pauvre
petite femme se traîner ainsi dans la neige.

Tout d'un coup, elle s'arrêta :

— Père, dit-elle, je suis si fatiguée que je n'irai pas
plus loin.

Le vieux voulut la porter ; mais il ne pouvait
seulement pas la soulever ; et elle s'affaissa par terre en
poussant un grand soupir.

On faisait cercle autour d'eux. Quant à moi, je
piétinais sur place, ne sachant que faire, et ne pouvant
me résoudre vraiment à abandonner ainsi cet homme et
cet enfant.

Tout à coup, un de mes soldats, un[10] Parisien, qu'on
avait surnommé « Pratique », prononça :

— Allons, les camarauxs, faut porter cette demoi-
selle-là, ou bien nous n' sommes pu Français, nom
d'un chien !

Je crois, ma foi, que je jurai de plaisir.

— Nom d'un nom, c'est gentil, ça, les enfants. Et je veux en prendre ma part.

On voyait vaguement, dans l'ombre, sur la gauche, les arbres d'un petit bois. Quelques[11] hommes se détachèrent et revinrent bientôt avec un faisceau de branches liées en litière.

— Qui est-ce qui prête sa capote? cria Pratique; c'est pour une belle fille, les frérots.

Et dix capotes vinrent tomber autour du soldat. En une seconde, la jeune fille fut couchée dans ces chauds vêtements, et enlevée sur six épaules. Je m'étais placé en tête, à droite, et content, ma foi, d'avoir ma charge.

On repartit comme si on eût bu un coup de vin, plus gaillardement et plus vivement. J'entendis même des plaisanteries. Il suffit d'une femme, voyez-vous, pour électriser les Français.

Les soldats avaient presque reformé les rangs, ranimés, réchauffés. Un vieux franc-tireur qui suivait la litière, attendant son tour pour remplacer le premier camarade qui flancherait, murmura vers son voisin, assez haut pour que je l'entendisse :

— Je n' suis pu jeune, moi; eh bien, cré coquin, le sexe, il y a tout de même que ça pour vous flanquer du cœur au ventre !

Jusqu'à trois heures du matin, on avança presque sans repos. Puis, tout à coup, les éclaireurs se replièrent encore, et bientôt tout le détachement, couché dans la neige, ne faisait plus qu'une ombre vague sur le sol.

Je donnai des ordres[12] à voix basse, et j'entendis derrière[13] moi le crépitement sec et métallique des batteries qu'on armait.

Car là-bas, au milieu de la plaine, quelque chose d'étrange remuait. On eût dit une bête énorme qui courait, s'allongeait comme un serpent ou se ramassait en boule, prenait de brusques élans, tantôt à droite, tantôt à gauche, s'arrêtait, puis repartait.

Tout à coup, cette forme errante se rapprocha; et je vis venir, au grand trot, l'un derrière l'autre, douze uhlans perdus qui cherchaient leur route.

Ils étaient si près, maintenant, que j'entendais parfaitement le souffle rauque des chevaux, le son de ferraille des armes, et le craquement des selles.

Je criai :

— Feu !

Et cinquante coups de fusil crevèrent le silence de la nuit. Quatre ou cinq détonations partirent encore, puis une dernière toute seule ; et, quand l'aveuglement de la poudre enflammée se fut dissipé, on vit que les douze hommes, avec neuf chevaux, étaient tombés. Trois bêtes s'enfuyaient d'un galop furieux, et l'une traînait derrière elle, pendu par le pied à l'étrier et bondissant éperdument, le cadavre de son cavalier.

Un soldat, derrière moi, riait, d'un rire terrible. Un autre dit :

— V'là des veuves !

Il était marié, peut-être. Un troisième ajouta :

— Faut pas grand temps !

Une tête était sortie de la litière :

— Qu'est-ce qu'on fait, dit-elle, on se bat ?

Je répondis :

— Ce n'est rien, mademoiselle ; nous venons d'expédier une douzaine de Prussiens !

Elle murmura :

— Pauvres gens !

Mais comme elle avait froid, elle redisparut sous les capotes.

On repartit. On marcha longtemps. Enfin, le ciel pâlit. La neige devenait claire, lumineuse, luisante ; et une teinte rose s'étendait à l'orient.

Une [14] voix lointaine cria :

— Qui vive ?

Tout le détachement fit halte ; et je m'avançai pour nous faire reconnaître.

Nous arrivions aux lignes françaises.

Comme mes hommes défilaient devant le poste, un commandant à cheval, que je venais de mettre au courant, demanda d'une voix sonore, en voyant passer la litière :

— Qu'est-ce que vous avez là-dedans ?

Aussitôt une petite figure blonde apparut, dépeignée et souriante, qui répondit :

— C'est moi, monsieur.

Un rire s'éleva parmi les hommes, et une joie courut dans leurs cœurs.

Alors Pratique, qui marchait à côté du brancard, agita son képi en vociférant : « Vive la France ! » Et tous, saisis par un enthousiasme, hurlèrent : « Vive la France ! »

Et, je[15] ne sais pas pourquoi, je me sentis tout remué, tant je trouvais ça gentil et galant.

Il me semblait que nous venions de sauver le pays, de faire quelque chose que d'autres hommes n'auraient pas fait, quelque chose de simple et de vraiment patriotique.

Cette petite figure-là, voyez-vous, je ne l'oublierai jamais ; et, si j'avais à donner mon avis sur la suppression des tambours et des[16] clairons, je proposerais de les remplacer dans chaque régiment par une jolie fille. Ça vaudrait encore mieux que de jouer *La Marseillaise*[17]. Nom d'un nom, comme ça donnerait du vif au troupier, d'avoir une madone comme ça, une madone vivante, à côté du colonel.

Il[18] se tut quelques secondes, puis reprit d'un air convaincu, en hochant la tête :

— C'est égal, nous aimons bien les femmes, nous autres Français !

LE LIT 29

Quand le capitaine Épivent passait dans la rue, toutes les femmes se retournaient. Il présentait vraiment le type du bel officier de hussards. Aussi paradait-il toujours et se pavanait-il sans cesse, fier et préoccupé de sa cuisse, de sa taille et de sa moustache. Il les avait superbes, d'ailleurs, la moustache, la taille et la cuisse. La première était blonde, très forte, tombant martialement sur la lèvre en un beau bourrelet couleur de blé mûr, mais fin, soigneusement roulé, et qui descendait ensuite des deux côtés de la bouche en deux puissants jets de poils tout à fait crânes. La taille était mince comme s'il eût porté corset, tandis qu'une vigoureuse poitrine de mâle, bombée et cambrée, s'élargissait au-dessus. Sa cuisse était admirable, une cuisse de gymnaste, de danseur, dont la chair musclée dessinait tous ses mouvements sous le drap collant du pantalon rouge.

Il marchait en tendant le jarret et en écartant les pieds et les bras, de ce pas un peu balancé des cavaliers, qui sied bien pour faire valoir les jambes et le torse, qui semble vainqueur sous l'uniforme, mais commun sous la redingote.

Comme beaucoup d'officiers, le capitaine Épivent portait mal le costume civil. Il n'avait plus l'air, une fois vêtu de drap gris ou noir, que d'un commis de magasin. Mais en tenue il triomphait. Il avait d'ailleurs

une jolie tête, le nez mince et courbé, l'œil bleu, le front étroit. Il était chauve, par exemple, sans qu'il eût jamais compris pourquoi ses cheveux étaient tombés. Il se consolait, en constatant qu'avec de grandes moustaches un crâne un peu nu ne va pas mal.

Il méprisait tout le monde en général avec beaucoup de degrés dans son mépris.

D'abord, pour lui, les bourgeois n'existaient point. Il les regardait, ainsi qu'on regarde les animaux, sans leur accorder plus d'attention qu'on n'en accorde aux moineaux ou aux poules. Seuls les officiers comptaient dans le monde, mais il n'avait pas la même estime pour tous les officiers. Il ne respectait, en somme, que les beaux hommes, la vraie, l'unique qualité du militaire devant être la prestance. Un soldat c'était un gaillard, que diable, un grand gaillard créé pour faire la guerre et l'amour, un homme à poigne, à crins et à reins, rien de plus. Il classait les généraux de l'armée française en raison de leur taille, de leur tenue et de l'aspect rébarbatif de leur visage. Bourbaki[1] lui apparaissait comme le plus grand homme de guerre des temps modernes.

Il riait beaucoup des officiers de la ligne qui sont courts et gros et soufflent en marchant, mais il avait surtout une invincible mésestime qui frisait la répugnance pour les pauvres gringalets sortis de l'École polytechnique[2], ces maigres petits hommes à lunettes, gauches et maladroits, qui semblent autant faits pour l'uniforme qu'un lapin pour dire la messe, affirmait-il. Il s'indignait qu'on tolérât dans l'armée ces avortons aux jambes grêles qui marchent comme des crabes, qui ne boivent pas, qui mangent peu, et qui semblent mieux aimer les équations que les belles filles.

Le capitaine Épivent avait des succès constants, des triomphes auprès du beau sexe.

Toutes les fois qu'il soupait en compagnie d'une femme, il se considérait comme certain de finir la nuit en tête-à-tête, sur le même sommier, et si des obstacles insurmontables empêchaient sa victoire le soir même,

il était sûr au moins de la « suite à demain ». Les
camarades n'aimaient pas lui faire rencontrer leurs
maîtresses, et les commerçants en boutiques qui
avaient de jolies femmes au comptoir de leur magasin,
le connaissaient, le craignaient et le haïssaient éperdu-
ment.

Quand il passait, la marchande échangeait, malgré
elle, avec lui, un regard, à travers les vitres de la
devanture ; un de ces regards qui valent plus que les
paroles tendres, qui contiennent un appel et une
réponse, un désir et un aveu. Et le mari qu'une sorte
d'instinct avertissait, se retournant brusquement, jetait
un coup d'œil furieux sur la silhouette fière et cambrée
de l'officier. Et quand le capitaine était passé, souriant
et content de son effet, le commerçant, bousculant
d'une main nerveuse les objets étalés devant lui,
déclarait :

— En voilà un grand dindon. Quand est-ce qu'on
finira de nourrir tous ces propres à rien qui traînent
leur ferblanterie dans les rues. Quant à moi, j'aime
mieux un boucher qu'un soldat. S'il a du sang sur son
tablier, c'est du sang de bête au moins ; et il est utile à
quelque chose, celui-là ; et le couteau qu'il porte n'est
pas destiné à tuer des hommes. Je ne comprends pas
qu'on tolère sur les promenades que ces meurtriers
publics promènent leurs instruments de mort. Il en
faut, je le sais bien, mais qu'on les cache au moins, et
qu'on ne les habille pas en mascarade avec des culottes
rouges et des vestes bleues. On n'habille pas le
bourreau en général, n'est-ce pas ?

La femme, sans répondre, haussait imperceptible-
ment les épaules, tandis que le mari, devinant le geste
sans le voir, s'écriait :

— Faut-il être bête pour aller voir parader ces
cocos-là.

La réputation de conquérant du capitaine Épivent
était d'ailleurs établie dans toute l'armée française.

*
**

Or, en 1868, son régiment, le 102ᵉ hussards, vint
tenir garnison à Rouen.

Il fut bientôt connu dans la ville. Il apparaissait tous
les soirs, vers cinq heures, sur le cours Boieldieu, pour
prendre l'absinthe au café de la Comédie, mais avant
d'entrer dans l'établissement, il avait soin de faire un
tour sur la promenade pour montrer sa jambe, sa taille
et sa moustache.

Les commerçants rouennais qui se promenaient
aussi, les mains derrière le dos, préoccupés des
affaires, et parlant de la hausse et de la baisse, lui
jetaient cependant un regard et murmuraient :

— Bigre, voilà un bel homme.

Puis, quand ils le connurent :

— Tiens, le capitaine Épivent ! Quel gaillard tout de
même !

Les femmes, à sa rencontre, avaient un petit mouve-
ment de tête tout à fait drôle, une sorte de frisson de
pudeur comme si elles s'étaient senties faibles ou
dévêtues devant lui. Elles baissaient un peu la tête avec
une ombre de sourire sur les lèvres, un désir d'être
trouvées charmantes et d'avoir un regard de lui. Quand
il se promenait avec un camarade, le camarade ne
manquait jamais de murmurer avec une jalousie
envieuse, chaque fois qu'il revoyait le même manège :

— Ce ³ bougre d'Épivent, a-t-il de la chance.

Parmi les filles entretenues de la ville, c'était une
lutte, une course, à qui l'enlèverait. Elles venaient
toutes, à cinq heures, l'heure des officiers, sur le cours
Boieldieu, et elles traînaient leurs jupes, deux par
deux, d'un bout à l'autre du cours, tandis que, deux
par deux, lieutenants, capitaines et commandants,
traînaient leurs sabres sur le trottoir, avant d'entrer au
café.

Or, un soir, la belle Irma, la maîtresse, disait-on, de
M. Templier-Papon ⁴, le riche manufacturier, fit arrê-
ter sa voiture en face de la Comédie, et descendant, eut
l'air d'aller acheter du papier ou commander des cartes

de visite chez M. Paulard, le graveur, cela pour passer devant les tables d'officiers et jeter au capitaine Épivent un regard qui voulait dire : « Quand vous voudrez » si clairement que le colonel Prune, qui buvait la verte liqueur avec son lieutenant-colonel, ne put s'empêcher de grogner :

— Cré cochon. A-t-il de la chance ce bougre-là ?

Le mot du colonel fut répété ; et le capitaine Épivent ému de cette approbation supérieure, passa le lendemain, en grande tenue, et plusieurs fois de suite, sous les fenêtres de la belle.

Elle le vit, se montra, sourit.

Le soir même il était son amant.

Ils s'affichèrent, se donnèrent en spectacle, se compromirent mutuellement, fiers tous deux d'une pareille aventure.

Il n'était bruit dans la ville que des amours de la belle Irma avec l'officier. Seul, M. Templier-Papon les ignorait.

Le capitaine Épivent rayonnait de gloire ; et, à tout instant il répétait :

— Irma vient de me dire — Irma me disait cette nuit — hier, en dînant avec Irma...

Pendant plus d'un an il promena, étala, déploya dans Rouen cet amour, comme un drapeau pris à l'ennemi. Il se sentait grandi par cette conquête, envié, plus sûr de l'avenir, plus sûr de la croix tant désirée, car tout le monde avait les yeux sur lui, et il suffit de se trouver bien en vue pour n'être pas oublié.

*
**

Mais voilà que la guerre éclata et que le régiment du capitaine fut envoyé à la frontière un des premiers. Les adieux furent lamentables. Ils durèrent toute une nuit.

Sabre, culotte rouge, képi, dolman chavirés du dos d'une chaise, par terre ; les robes, les jupes, les bas de soie répandus, tombés aussi, mêlés à l'uniforme, en détresse sur le tapis, la chambre bouleversée comme

après une bataille, Irma, folle, les cheveux dénoués,
jetait ses bras désespérés autour du cou de l'officier,
l'étreignant, puis, le lâchant, se roulait sur le sol,
renversait les meubles, arrachait les franges des fau-
teuils, mordait leurs pieds, tandis que le capitaine, fort
ému, mais inhabile aux consolations, répétait :

— Irma, ma petite Irma, pas à dire, il le faut.

Et il essuyait parfois, du bout du doigt, une larme
éclose au coin de l'œil.

Ils se séparèrent au jour levant. Elle suivit en voiture
son amant jusqu'à la première étape. Et elle l'embrassa
presque en face du régiment à l'instant de la sépara-
tion. On trouva même ça très gentil, très digne, très
bien, et les camarades serrèrent la main du capitaine en
lui disant :

— Cré veinard, elle avait du cœur tout de même,
cette petite.

On voyait vraiment là-dedans quelque chose de
patriotique.

*
**

Le régiment fut fort éprouvé pendant la campagne.
Le capitaine se conduisit héroïquement et reçut enfin
la croix, puis, la guerre terminée, il revint à Rouen en
garnison.

Aussitôt de retour, il demanda des nouvelles d'Irma,
mais personne ne put lui en donner de précises.

D'après les uns, elle avait fait la noce avec l'état-
major prussien.

D'après les autres, elle s'était retirée chez ses
parents, cultivateurs aux environs d'Yvetot.

Il envoya même son ordonnance à la mairie pour
consulter le registre des décès. Le nom de sa maîtresse
ne s'y trouva pas.

Et il eut un grand chagrin dont il faisait parade. Il
mettait même au compte de l'ennemi son malheur,
attribuait aux Prussiens qui avaient occupé Rouen la
disparition de la jeune femme, et déclarait :

— À la prochaine guerre, ils me le payeront, les gredins.

Or, un matin, comme il entrait au mess à l'heure du déjeuner, un commissionnaire, vieil homme[5] en blouse, coiffé d'une casquette cirée, lui remit une enveloppe. Il l'ouvrit et lut :

« Mon chéri,

« Je suis à l'hôpital, bien malade, bien malade. Ne reviendras-tu pas me voir ? Ça me ferait tant plaisir !

« IRMA. »

Le capitaine devint pâle, et, remué de pitié, il déclara :

— Nom de nom, la pauvre fille. J'y vais aussitôt le déjeuner.

Et pendant tout le temps il[6] raconta à la table des officiers qu'Irma était à l'hôpital ; mais qu'il l'en ferait sortir, cré mâtin. C'était encore la faute de ces sacré nom de Prussiens. Elle avait dû se trouver seule, sans le sou, crevant de misère, car on avait certainement pillé son mobilier.

— Ah ! les salopiauds !

Tout le monde était ému en l'écoutant.

À peine eut-il glissé sa serviette roulée dans son rond de bois, qu'il se leva ; et, ayant cueilli son sabre au porte-manteau, bombant sa poitrine pour se faire mince, il agrafa son ceinturon, puis partit d'un pas accéléré pour se rendre à l'hôpital civil.

Mais l'entrée du bâtiment hospitalier où il s'attendait à pénétrer immédiatement, lui fut sévèrement refusée et il dut même aller trouver son colonel à qui il expliqua son cas et dont il obtint un mot pour le directeur.

Celui-ci, après avoir fait poser quelque temps le beau capitaine dans son antichambre, lui délivra enfin une autorisation, avec un salut froid et désapprobateur.

Dès la porte il se sentit gêné dans cet asile de la

misère, de la souffrance et de la mort. Un garçon de
service le guida.

Il allait sur la pointe des pieds, pour ne pas faire de
bruit, dans les longs corridors où flottait une odeur
fade de moisi, de maladie et de médicaments. Un
murmure de voix, par moments, troublait seul le
grand silence de l'hôpital.

Parfois, par une porte ouverte, le capitaine aperce-
vait un dortoir, une file de lits dont les draps étaient
soulevés par la forme des corps. Des convalescentes
assises sur des chaises au pied de leurs couches,
cousaient, vêtues d'une robe d'uniforme en toile grise,
et coiffées d'un bonnet blanc.

Son guide soudain s'arrêta devant une de ces gale-
ries pleines de malades. Sur la porte on lisait, en
grosses lettres : « Syphilitiques ». Le capitaine tres-
saillit ; puis il se sentit rougir. Une infirmière prépa-
rait un médicament sur une petite table de bois à
l'entrée.

— Je vais vous conduire, dit-elle, c'est au lit 29.

Et elle se mit à marcher devant l'officier.

Puis elle indiqua une couchette :

— C'est là.

On ne voyait rien qu'un renflement des couver-
tures. La tête elle-même était cachée sous le drap.

Partout des figures se dressaient au-dessus des
couches, des figures pâles, étonnées, qui regardaient
l'uniforme, des figures de femmes, de jeunes femmes
et de vieilles femmes, mais qui semblaient toutes
laides, vulgaires, sous l'humble caraco réglementaire.

Le capitaine tout à fait troublé, qui soutenait son
sabre d'une main et portait son képi de l'autre,
murmura :

— Irma.

Un grand mouvement se fit dans le lit et le visage
de sa maîtresse apparut, mais si changé, si fatigué, si
maigre, qu'il ne le reconnaissait pas.

Elle haletait, suffoquée par l'émotion, et elle pro-
nonça :

— Albert !... Albert !... C'est toi !... Oh !... c'est
bien... c'est bien...

Et des larmes coulèrent de ses yeux.

L'infirmière apportait une chaise :

— Asseyez-vous, monsieur.

Il s'assit, et il regardait la face pâle, si misérable de
cette fille qu'il avait quittée si belle et si fraîche.

Il dit :

— Qu'est-ce que tu as eu.

Elle répondit, tout en pleurant :

— Tu as bien vu, c'est écrit sur la porte.

Et elle cacha ses yeux sous le bord de ses draps.

Il reprit, éperdu, honteux :

— Comment as-tu attrapé ça, ma pauvre fille ?

Elle murmura :

— C'est ces salops[7] de Prussiens. Ils m'ont prise
presque de force et ils m'ont empoisonnée.

Il ne trouvait plus rien à ajouter. Il la regardait et
tournait son képi sur ses genoux.

Les autres malades le dévisageaient et il croyait
sentir une odeur de pourriture, une odeur de chair
gâtée et d'infamie dans ce dortoir plein de filles
atteintes du mal ignoble et terrible.

Elle murmurait :

— Je[8] ne crois pas que j'en réchappe. Le médecin
dit que c'est bien grave.

Puis apercevant la croix sur la poitrine de l'officier,
elle s'écria :

— Oh ! tu es décoré, que je suis contente ! Que je
suis contente ! Oh ! si je pouvais t'embrasser ?

Un frisson de peur et de dégoût courut sur la peau
du capitaine, à la pensée de ce baiser.

Il avait envie de s'en aller maintenant, d'être à l'air,
de ne plus voir cette femme. Il restait cependant, ne
sachant comment faire pour se lever, pour lui dire
adieu. Il balbutia :

— Tu ne t'es donc pas soignée.

Une flamme passa dans les yeux d'Irma : « Non, j'ai
voulu me venger, quand j'aurais dû en crever ! Et je les

ai empoisonnés aussi, tous, tous, le plus que j'ai pu. Tant qu'ils ont été à Rouen je ne me suis pas soignée. »

Il déclara, d'un ton gêné, où perçait un peu de gaieté :

— Quant à ça, tu as bien fait.

Elle dit, s'animant, les pommettes rouges :

— Oh oui, il en mourra plus d'un par ma faute, va. Je te réponds que je me suis vengée.

Il prononça encore :

— Tant mieux.

Puis, se levant :

— Allons, je vais te quitter parce qu'il faut que je sois chez le colonel à quatre heures.

Elle eut une grosse émotion :

— Déjà ! tu me quittes déjà ! Oh ! tu viens à peine d'arriver !...

Mais il voulait partir à tout prix. Il prononça :

— Tu vois bien que je suis venu tout de suite ; mais il faut absolument que je sois chez le colonel à quatre heures.

Elle demanda :

— C'est toujours le colonel Prune ?

— C'est toujours lui. Il a été blessé deux fois.

Elle reprit :

— Et tes camarades, y en a-t-il eu de tués ?

— Oui. Saint-Timon, Savagnat, Poli, Sapreval, Robert, de Courson, Pasafil, Santal, Caravan et Poivrin sont morts. Sahel a eu le bras emporté et Courvoisin une jambe écrasée, Paquet a perdu l'œil droit.

Elle écoutait, pleine d'intérêt. Puis tout à coup elle balbutia :

— Veux-tu m'embrasser, dis, avant de me quitter, madame Langlois n'est pas là.

Et malgré le dégoût qui lui montait aux lèvres, il posa sur ce front blême, tandis qu'elle, l'entourant de ses bras, jetait des baisers affolés sur le drap bleu de son dolman.

Elle reprit :

— Tu reviendras, dis, tu reviendras. Promets-moi
que tu reviendras.

— Oui, je te le promets.

— Quand ça. Peux-tu jeudi ?

— Oui, jeudi.

— Jeudi, deux heures.

— Oui, jeudi deux heures.

— Tu me le promets ?

— Je te le promets.

— Adieu, mon chéri.

— Adieu.

Et il s'en alla, confus, sous les regards du dortoir,
pliant sa haute taille pour se faire petit ; et quand il fut
dans la rue, il respira.

*
**

Le soir, ses camarades lui demandèrent :

— Eh bien ! Irma ?

Il répondit d'un ton gêné :

— Elle a eu une fluxion de poitrine, elle est bien
mal.

Mais un petit lieutenant, flairant quelque chose à
son air, alla aux informations et, le lendemain, quand
le capitaine entra au mess, il fut accueilli par une
décharge de rires et de plaisanteries. On se vengeait,
enfin.

On apprit, en outre, qu'Irma avait fait une noce
enragée avec l'état-major prussien, qu'elle avait par-
couru le pays à cheval avec un colonel de hussards
bleus et avec bien d'autres encore, et que, dans Rouen,
on ne l'appelait plus que la « femme aux Prussiens ».

Pendant huit jours le capitaine fut la victime du
régiment. Il recevait, par la poste, des notes révéla-
trices, des ordonnances, des indications de médecins
spécialistes, même des médicaments dont la nature
était inscrite sur le paquet.

Et le colonel, mis au courant, déclara d'un ton
sévère :

— Eh bien, le capitaine avait là une jolie connaissance. Je lui en ferai mes compliments.

Au bout d'une douzaine de jours, il fut appelé par une nouvelle lettre d'Irma. Il la déchira avec rage, et ne répondit pas.

Huit jours plus tard, elle lui écrivit de nouveau qu'elle était tout à fait mal, et qu'elle voulait lui dire adieu.

Il ne répondit pas.

Après quelques jours encore, il reçut la visite de l'aumônier de l'hôpital.

La fille Irma Pavolin, à son lit de mort, le suppliait de venir.

Il n'osa pas refuser de suivre l'aumônier, mais il entra dans l'hôpital le cœur gonflé de rancune méchante, de vanité blessée, d'orgueil humilié.

Il ne la trouva guère changée et pensa qu'elle s'était moquée de lui.

— Qu'est-ce que tu me veux ? dit-il.

— J'ai voulu te dire adieu. Il paraît que je suis tout à fait bas.

Il ne la crut pas.

— Écoute, tu me rends la risée du régiment, et je ne veux pas que ça continue.

Elle demanda :

— Qu'est-ce que je t'ai fait, moi ?

Il s'irrita de n'avoir rien à répondre.

— Ne compte pas que je reviendrai ici pour faire me moquer [9] de moi par tout le monde !

Elle le regarda de ses yeux éteints où s'allumait une colère, et elle répéta :

— Qu'est-ce que je t'ai fait, moi ? Je n'ai pas été gentille avec toi, peut-être ? Est-ce que je t'ai quelquefois demandé quelque chose ? Sans toi, je serais restée avec M. Templier-Papon et je ne me trouverais pas ici aujourd'hui. Non, vois-tu, si quelqu'un a des reproches à me faire, ça n'est pas toi.

Il reprit, d'un ton vibrant :

— Je ne te fais pas de reproches, mais je ne peux pas

continuer à venir te voir, parce que ta conduite avec les Prussiens a été la honte de toute la ville [10].

Elle s'assit, d'une secousse, dans son lit :

— Ma conduite avec les Prussiens ? Mais quand je te dis qu'ils m'ont prise, et quand je te dis que, si je ne me suis pas soignée, c'est parce que j'ai voulu les empoisonner. Si j'avais voulu me guérir, ça n'était pas difficile, parbleu ! mais je voulais les tuer, moi, et j'en ai tué, va !

Il restait debout :

— Dans tous les cas, c'est honteux, dit-il.

Elle eut une sorte d'étouffement, puis reprit :

— Qu'est-ce qui est honteux, de m'être fait mourir pour les exterminer, dis ? Tu ne parlais pas comme ça quand tu venais chez moi, rue Jeanne-d'Arc ? Ah ! c'est honteux ! Tu n'en aurais pas fait autant, toi, avec ta croix d'honneur ! Je l'ai plus méritée que toi, vois-tu, plus que toi, et j'en ai tué plus que toi, des Prussiens !...

Il demeurait stupéfait devant elle, frémissant d'indignation.

— Ah ! tais-toi... tu sais... tais-toi... parce que... ces choses-là... je ne permets pas... qu'on y touche...

Mais elle ne l'écoutait guère :

— Avec ça que vous leur avez fait bien du mal aux Prussiens ! Ça serait-il arrivé si vous les aviez empêchés de venir à Rouen ? Dis ? C'est vous qui deviez les arrêter, entends-tu [11]. Et je leur ai fait plus de mal que toi, moi, oui, plus de mal, puisque je vais mourir, tandis que tu te ballades, toi, et que tu fais le beau pour enjôler les femmes...

Sur chaque lit une tête s'était dressée et tous les yeux regardaient cet homme en uniforme qui bégayait :

— Tais-toi... tu sais... tais-toi...

Mais elle ne se taisait pas. Elle criait :

— Ah ! oui, tu es un joli poseur. Je te connais, va. Je te connais. Je te dis que je leur ai fait plus de mal que toi, moi, et que j'en ai tué plus que tout ton régiment réuni... va donc... capon !

Il s'en allait, en effet, il fuyait, allongeant ses grandes jambes, passant entre les deux rangs de lits où s'agitaient les syphilitiques. Et il entendait la voix haletante, sifflante, d'Irma, qui le poursuivait :

— Plus que toi, oui, j'en ai tué plus que toi, plus que toi...

Il dégringola l'escalier quatre à quatre, et courut s'enfermer chez lui.

Le lendemain, il apprit qu'elle était morte.

LES PRISONNIERS

Aucun bruit dans la forêt que le frémissement léger de la neige tombant sur les arbres. Elle tombait depuis midi, une petite neige fine qui poudrait les branches d'une mousse glacée, qui jetait sur les feuilles mortes des fourrés un léger toit d'argent, étendait par les chemins un immense tapis moelleux et blanc, et qui épaississait le silence illimité de cet océan d'arbres.

Devant la porte de la maison forestière, une jeune femme, les bras nus, cassait du bois à coups de hache sur une pierre. Elle était grande, mince et forte, une fille des forêts, fille et femme de forestiers.

Une voix cria de l'intérieur de la maison :

— Nous sommes seules, ce soir, Berthine, faut rentrer, v'là la nuit, y a p't-être bien des Prussiens et des loups qui rôdent.

La bûcheronne répondit en fendant une souche à grands coups qui redressaient sa poitrine à chaque mouvement pour lever les bras.

— J'ai fini, m'man. Me v'là, me v'là, y a pas de crainte ; il fait[1] encore jour.

Puis elle rapporta ses fagots et ses bûches et les entassa le long de la cheminée, ressortit pour fermer les auvents, d'énormes auvents en cœur de chêne, et, rentrée enfin, elle poussa les lourds verrous de la porte.

Sa mère filait auprès du feu, une vieille ridée que l'âge avait rendue craintive :

— J'aime pas, dit-elle, quand le père est dehors. Deux femmes ça n'est pas fort.

La jeune répondit :

— Oh! je tuerais ben un loup ou un Prussien tout de même.

Et elle montrait de l'œil un gros revolver suspendu au-dessus de l'âtre.

Son homme avait été incorporé dans l'armée au commencement de l'invasion prussienne, et les deux femmes étaient demeurées seules avec le père, le vieux garde Nicolas Pichon, dit l'Échasse, qui avait refusé obstinément de quitter sa demeure pour rentrer à la ville.

La ville prochaine, c'était Rethel, ancienne place forte perchée sur un rocher. On y était patriote, et les bourgeois avaient décidé de résister aux envahisseurs, de s'enfermer chez eux et de soutenir un siège selon la tradition de la cité. Deux fois déjà, sous Henri IV et sous Louis XIV[2], les habitants de Rethel s'étaient illustrés par des défenses héroïques. Ils en feraient autant cette fois, ventrebleu! ou bien on les brûlerait dans leurs murs.

Donc, ils avaient acheté des canons et des fusils, équipé une milice, formé des bataillons et des compagnies, et ils s'exerçaient tout le jour sur la place d'Armes. Tous, boulangers, épiciers, bouchers, notaires, avoués, menuisiers, libraires, pharmaciens eux-mêmes, manœuvraient à tour de rôle, à des heures régulières, sous les ordres de M. Lavigne, ancien sous-officier de dragons, aujourd'hui mercier, ayant épousé la fille et hérité de la boutique de M. Ravaudan, l'aîné.

Il avait pris le grade de commandant-major de la place, et tous les jeunes hommes étant partis à l'armée, il avait enrégimenté tous les autres qui s'entraînaient pour la résistance. Les gros n'allaient plus par les rues qu'au pas gymnastique pour fondre leur graisse et prolonger leur haleine, les faibles portaient des fardeaux pour fortifier leurs muscles.

Et on attendait les Prussiens. Mais les Prussiens ne

paraissaient pas. Ils n'étaient pas loin, cependant ; car deux fois déjà leurs éclaireurs avaient poussé à travers bois jusqu'à la maison forestière de Nicolas Pichon, dit l'Échasse.

Le vieux garde, qui courait comme un renard, était venu prévenir la ville. On avait pointé les canons, mais l'ennemi ne s'était point montré.

Le logis de l'Échasse servait de poste avancé dans la forêt d'Aveline[3]. L'homme, deux fois par semaine, allait aux provisions et apportait aux bourgeois citadins des nouvelles de la campagne.

Il était parti ce jour-là pour annoncer qu'un petit détachement d'infanterie allemande s'était arrêté chez lui l'avant-veille, vers deux heures de l'après-midi, puis était reparti presque aussitôt. Le sous-officier qui commandait parlait français.

Quand il s'en allait ainsi, le vieux, il emmenait ses deux chiens, deux molosses à gueule de lion, par crainte des loups qui commençaient à devenir féroces, et il laissait ses deux femmes en leur recommandant de se barricader dans la maison dès que la nuit approcherait.

La jeune n'avait peur de rien, mais la vieille tremblait toujours et répétait :

— Ça finira mal, tout ça, vous verrez que ça finira mal.

Ce soir-là, elle était encore plus inquiète que de coutume :

— Sais-tu à quelle heure rentrera le père ? dit-elle.

— Oh ! pas avant onze heures, pour sûr. Quand il dîne chez le commandant, il rentre toujours tard.

Et elle accrochait sa marmite sur le feu pour faire la soupe, quand elle cessa de remuer, écoutant un bruit vague qui lui était parvenu par le tuyau de la cheminée.

Elle murmura :

— V'là qu'on marche[4] dans le bois, y a ben sept-huit hommes, au moins.

La mère, effarée, arrêta son rouet en balbutiant :

— Oh ! mon Dieu ! et le père qu'est pas là !

Elle n'avait point fini de parler que des coups violents firent trembler la porte.

Comme les femmes ne répondaient point, une voix forte et gutturale cria :

— Oufrez !

Puis, après un silence, la même voix reprit :

— Oufrez ou che gasse la borte !

Alors Berthine glissa dans la poche de sa jupe le gros revolver de la cheminée, puis, étant venue coller son oreille contre l'huis, elle demanda :

— Qui êtes-vous ?

La voix répondit :

— Che suis le tétachement de l'autre chour.

La jeune femme reprit :

— Qu'est-ce que vous voulez ?

— Che suis berdu tepuis ce matin, tans le pois, avec mon tétachement. Oufrez ou che gasse la borte.

La forestière n'avait pas le choix ; elle fit glisser vivement les gros verrous[5], puis tirant le lourd battant, elle aperçut dans l'ombre pâle des neiges, six hommes, six soldats prussiens, les mêmes qui étaient venus la veille. Elle prononça d'un ton résolu :

— Qu'est-ce que vous venez faire à cette heure-ci ?

Le sous-officier répéta :

— Che suis berdu, tout à fait berdu, ché regonnu la maison. Che n'ai rien manché tepuis ce matin, mon tétachement non blus.

Berthine déclara :

— C'est que je suis toute seule avec maman, ce soir.

Le soldat, qui paraissait un brave homme, répondit :

— Ça ne fait rien. Che ne ferai bas de mal, mais fous nous ferez à mancher. Nous dombons te faim et te fatigue.

La forestière se recula :

— Entrez, dit-elle.

Ils entrèrent, poudrés de neige, portant sur leurs

asques une sorte de crème mousseuse qui les faisait
essembler à des meringues, et ils paraissaient las,
exténués.

La jeune femme montra les bancs de bois des deux
côtés de la grande table.

— Asseyez-vous, dit-elle, je vais vous faire de la
soupe. C'est vrai que vous avez l'air rendus.

Puis elle referma les verrous de la porte.

Elle remit de l'eau dans sa marmite, y jeta de
nouveau du beurre et des pommes de terre, puis
décrochant un morceau de lard pendu dans la chemi-
née, elle en coupa la moitié qu'elle plongea dans le
bouillon[6].

Les six hommes suivaient de l'œil tous ses mouve-
ments avec une faim éveillée dans leurs yeux. Ils
avaient posé leurs fusils et leurs casques dans un coin,
et ils attendaient, sages comme des enfants sur les
bancs d'une école.

La mère s'était remise à filer en jetant à tout moment
des regards éperdus sur les soldats envahisseurs. On
n'entendait rien autre chose que le ronflement léger du
rouet et le crépitement du feu, et le murmure[7] de l'eau
qui s'échauffait.

Mais soudain un bruit étrange les fit tous tressaillir,
quelque chose comme un souffle rauque poussé sous la
porte, un souffle de bête, fort et ronflant.

Le sous-officier allemand avait fait un bond vers les
fusils. La forestière l'arrêta d'un geste, et, souriante :

— C'est les loups, dit-elle. Ils sont comme vous, ils
rôdent et ils ont faim.

L'homme incrédule voulut voir, et sitôt que le
battant fut ouvert, il aperçut deux grandes bêtes grises
qui s'enfuyaient d'un trot rapide et allongé.

Il revint s'asseoir en murmurant :

— Ché n'aurais pas gru.

Et il attendit que sa pâtée fût prête.

Ils la mangèrent voracement, avec des bouches
fendues jusqu'aux oreilles pour en avaler davantage,
des yeux ronds s'ouvrant en même temps que les

mâchoires, et des bruits de gorge pareils à des glou-
glous de gouttières.

Les deux femmes, muettes, regardaient les rapides
mouvements des grandes barbes rouges ; et les
pommes de terre avaient l'air de s'enfoncer dans ces
toisons mouvantes.

Mais comme ils avaient soif, la forestière descendit à
la cave leur tirer du cidre. Elle y resta longtemps ;
c'était un petit caveau voûté qui, pendant la révolu-
tion, avait servi de prison et de cachette, disait-on. On
y parvenait au moyen d'un étroit escalier tournant
fermé par une trappe au fond de la cuisine.

Quand Berthine reparut, elle riait, elle riait toute
seule, d'un air sournois. Et elle donna aux Allemands
sa cruche de boisson.

Puis elle soupa aussi, avec sa mère, à l'autre bout de
la cuisine.

Les soldats avaient fini de manger, et ils s'endor-
maient tous les six, autour de la table. De temps en
temps un front tombait sur la planche avec un bruit
sourd, puis[8] l'homme, réveillé brusquement, se
redressait.

Berthine dit au sous-officier :

— Couchez-vous devant le feu, pardi, y a bien d'la
place pour six. Moi je grimpe à ma chambre avec
maman.

Et les deux femmes montèrent au premier étage. On
les entendit fermer leur porte à clef, marcher quelque
temps ; puis elles ne firent plus aucun bruit.

Les Prussiens s'étendirent sur le pavé, les pieds au
feu, la tête supportée par leurs manteaux roulés, et ils
ronflèrent bientôt tous les six sur six tons divers, aigus
ou sonores, mais continus et formidables.

*
**

Ils dormaient certes depuis longtemps déjà quand un
coup de feu retentit, si fort, qu'on l'aurait cru tiré
contre les murs de la maison. Les soldats se dressèrent

aussitôt. Mais deux nouvelles détonations éclatèrent, suivies de trois autres encore.

La porte du premier s'ouvrit brusquement, et la forestière parut, nu-pieds, en chemise, en jupon court, une chandelle à la main, l'air affolé. Elle balbutia :

— V'là les Français, ils sont au moins deux cents. S'ils vous trouvent ici, ils vont brûler la maison. Descendez dans la cave bien vite, et faites pas de bruit. Si vous faites du bruit, nous sommes perdus.

Le sous-officier, effaré, murmura :

— Che feux pien, che feux pien. Par où faut-il tescendre ?

La jeune femme souleva avec précipitation la trappe étroite et carrée, et les six hommes disparurent par le petit escalier tournant, s'enfonçant dans le sol l'un après l'autre, à reculons, pour bien tâter les marches du pied.

Mais quand la pointe du dernier casque eut disparu, Berthine rabattant la lourde planche de chêne, épaisse comme un mur, dure comme de l'acier, maintenue par des charnières et une serrure de cachot, donna deux longs tours de clef, puis elle se mit à[9] rire, d'un rire muet et ravi, avec une envie folle de danser sur la tête de ses prisonniers.

Ils ne faisaient aucun bruit, enfermés là-dedans comme dans une boîte solide, une boîte de pierre, ne recevant que l'air d'un soupirail garni de barres de fer.

Berthine aussitôt ralluma son feu, remit dessus sa marmite, et refit de la soupe en murmurant :

— Le père s'ra fatigué cette nuit.

Puis elle s'assit et attendit. Seul, le balancier sonore de l'horloge promenait dans le silence son tic-tac régulier.

De temps en temps la jeune femme jetait un regard sur le cadran, un regard impatient qui semblait dire :

— Ça ne va pas vite.

Mais bientôt il lui sembla qu'on murmurait sous ses pieds. Des paroles basses, confuses lui parvenaient à travers la voûte maçonnée de la cave. Les Prussiens

commençaient à deviner sa ruse, et bientôt le sous-officier remonta le petit escalier et vint heurter du poing la trappe. Il cria de nouveau :

— Oufrez.

Elle se leva, s'approcha et, imitant son accent :

— Qu'est-ce que fous foulez ?

— Oufrez.

— Che n'oufre bas.

L'homme se fâchait.

— Oufrez ou che gasse la borte.

Elle se mit à rire :

— Casse, mon bonhomme, casse, mon bonhomme.

Et il commença à frapper avec la crosse de son fusil contre la trappe de chêne, fermée sur sa tête. Mais elle aurait résisté à des coups de catapulte.

La forestière l'entendit redescendre. Puis les soldats vinrent, l'un après l'autre, essayer leur force, et inspecter la fermeture. Mais, jugeant sans doute leurs tentatives inutiles, ils redescendirent tous dans la cave et recommencèrent à parler entre eux.

La jeune femme les écoutait, puis elle alla ouvrir la porte du dehors et elle tendit l'oreille dans la nuit.

Un aboiement lointain lui parvint. Elle se mit à siffler comme aurait fait un chasseur, et, presque aussitôt, deux énormes chiens surgirent dans l'ombre et [10] bondirent sur elle en gambadant. Elle les saisit par le cou et les maintint pour les empêcher de courir. Puis elle cria de toute sa force :

— Ohé père ?

Une voix répondit, très éloignée encore :

— Ohé Berthine.

Elle attendit quelques secondes, puis reprit :

— Ohé père.

La voix plus proche répéta :

— Ohé Berthine.

La forestière reprit :

— Passe pas devant le soupirail. Y a des Prussiens dans la cave.

Et brusquement la grande silhouette de l'homme se dessina sur la gauche, arrêtée entre deux troncs d'arbres. Il demanda, inquiet :

— Des Prussiens dans la cave. Qué qui font ?

La jeune femme se mit à rire :

— C'est ceux d'hier. Ils s'étaient perdus dans la forêt, je les ai mis au frais dans la cave.

Et elle conta l'aventure, comment elle les avait effrayés avec des coups de revolver et enfermés dans le caveau.

Le vieux toujours grave demanda :

— Qué que tu veux que j'en fassions à c't'heure ?

Elle répondit :

— Va quérir M. Lavigne avec sa troupe. Il les fera prisonniers. C'est lui qui sera content.

Et le père Pichon sourit :

— C'est vrai qu'i sera content.

Sa fille reprit :

— T'as d'la soupe, mange-la vite et pi repars.

Le vieux garde s'attabla, et se mit à manger la soupe après avoir posé par terre deux assiettes pleines pour ses chiens.

Les Prussiens, entendant parler, s'étaient tus.

L'Échasse repartit un quart d'heure plus tard. Et Berthine, la tête dans ses mains, attendit.

*
**

Les [11] prisonniers recommençaient à s'agiter. Ils criaient maintenant, appelaient, battaient sans cesse de coups de crosse furieux la trappe inébranlable du caveau.

Puis ils se mirent à tirer des coups de fusil par le soupirail, espérant sans doute être entendus si quelque détachement allemand passait dans les environs.

La forestière ne remuait plus ; mais tout ce bruit l'énervait, l'irritait. Une colère méchante s'éveillait en elle ; elle eût voulu les assassiner, les gueux, pour les faire taire.

Puis, son impatience grandissant, elle se mit à regarder l'horloge, à compter les minutes.

Le père était parti depuis une heure et demie. Il avait atteint la ville maintenant. Elle croyait le voir. Il racontait la chose à M. Lavigne, qui pâlissait d'émotion et sonnait sa bonne pour avoir son uniforme et ses armes. Elle entendait, lui semblait-il, le tambour courant par les rues. Les têtes effarées apparaissaient aux fenêtres. Les soldats-citoyens sortaient de leurs maisons, à peine vêtus, essoufflés, bouclant leurs ceinturons, et partaient, au pas gymnastique, vers la maison du commandant.

Puis la troupe, l'Échasse en tête, se mettait en marche, dans la nuit, dans la neige, vers la forêt.

Elle regardait l'horloge. « Ils peuvent être ici dans une heure. »

Une impatience nerveuse l'envahissait. Les minutes lui paraissaient interminables. Comme c'était long !

Enfin, le temps qu'elle avait fixé pour leur arrivée fut marqué par l'aiguille.

Et elle ouvrit de nouveau la porte, pour les écouter venir. Elle aperçut une ombre marchant avec précaution. Elle eut peur, poussa un cri. C'était son père.

Il dit :

— Ils m'envoient pour voir s'il n'y a rien de changé.

— Non, rien.

Alors, il lança à son tour, dans la nuit, un coup de sifflet strident et prolongé. Et, bientôt, on vit une chose brune qui s'en venait, sous les arbres, lentement : l'avant-garde composée de dix hommes.

L'Échasse répétait à tout instant :

— Passez pas devant le soupirail.

Et les premiers arrivés montraient aux nouveaux venus le soupirail redouté.

Enfin le gros de la troupe se montra, en tout deux cents hommes, portant chacun deux cents cartouches.

M. Lavigne, agité, frémissant, les disposa de façon à cerner de partout la maison en laissant un large espace

libre devant le petit trou noir, au ras du sol, par où la cave prenait de l'air.

Puis il entra dans l'habitation et s'informa de la force et de l'attitude de l'ennemi, devenu tellement muet qu'on aurait pu le croire disparu, évanoui, envolé par le soupirail.

M. Lavigne frappa du pied la trappe et appela :

— Monsieur l'officier prussien ?

L'Allemand ne répondit pas.

Le commandant reprit :

— Monsieur l'officier prussien ?

Ce fut en vain. Pendant vingt minutes il somma cet [12] officier silencieux de se rendre avec armes et bagages, en lui promettant la vie sauve et les honneurs militaires pour lui et ses soldats. Mais il n'obtint aucun signe de consentement ou d'hostilité. La situation devenait difficile.

Les soldats-citoyens battaient la semelle dans la neige, se frappaient les épaules à grands coups de bras, comme font les cochers pour s'échauffer, et ils regardaient le soupirail avec une envie grandissante et puérile de passer devant.

Un d'eux, enfin, se hasarda, un nommé Potdevin qui était très souple. Il prit son élan et passa en courant comme un cerf. La tentative réussit. Les prisonniers semblaient morts.

Une voix cria :

— Y a personne.

Et un autre soldat traversa l'espace libre devant le trou dangereux. Alors ce fut un jeu. De minute en minute, un homme se lançant, passait d'une troupe dans l'autre comme font les enfants en jouant aux barres, et il lançait derrière lui des éclaboussures de neige tant il agitait vivement les pieds. On avait allumé, pour se chauffer, de grands feux de bois mort, et ce profil courant du garde national apparaissait illuminé dans un rapide voyage du camp de gauche.

Quelqu'un cria :

— À toi, Maloison.

Maloison était un gros boulanger dont le ventre donnait à rire aux camarades.

Il hésitait. On le blagua. Alors, prenant son parti il se mit en route, d'un petit pas gymnastique régulier et essoufflé, qui secouait sa forte bedaine.

Tout le détachement riait aux larmes. On criait pour l'encourager :

— Bravo, bravo Maloison !

Il arrivait environ aux deux tiers de son trajet quand une flamme longue, rapide et rouge jaillit du soupirail. Une détonation retentit, et le vaste boulanger s'abattit sur le nez avec un cri épouvantable.

Personne [13] ne s'élança pour le secourir. Alors on le vit se traîner à quatre pattes dans la neige en gémissant, et, quand il fut sorti du terrible passage, il s'évanouit.

Il avait une balle dans le gras de la cuisse, tout en haut.

Après la première surprise et la première épouvante, un nouveau rire s'éleva [14].

Mais le commandant Lavigne apparut sur le seuil de la maison forestière. Il venait d'arrêter son plan d'attaque. Il commanda d'une voix vibrante :

— Le zingueur Planchut et ses ouvriers.

Trois hommes s'approchèrent.

— Descellez les gouttières de la maison.

Et en un [15] quart d'heure on eut apporté au commandant vingt mètres de gouttières.

Alors il fit pratiquer, avec mille précautions de prudence, un petit trou rond dans le bord de la trappe, et, organisant un conduit d'eau de la pompe à cette ouverture, il déclara d'un air enchanté :

— Nous allons offrir à boire à messieurs les Allemands.

Un hurrah frénétique d'admiration éclata suivi de hurlements de joie et de rires éperdus. Et le commandant organisa des pelotons de travail qui se relayeraient de cinq minutes en cinq minutes. Puis il commanda :

— Pompez.

Et le volant de fer ayant été mis en branle, un petit bruit glissa le [16] long des tuyaux et tomba bientôt dans la cave, de marche en marche, avec un murmure de cascade, un murmure de rocher à poissons rouges.

On attendit.

Une heure s'écoula, puis deux, puis trois.

Le commandant fiévreux se promenait dans la cuisine, collant son oreille à terre de temps en temps, cherchant à deviner ce que faisait l'ennemi, se demandant s'il allait bientôt capituler.

Il s'agitait maintenant, l'ennemi. On l'entendait remuer les barriques, parler, clapoter.

Puis, vers huit heures du matin, une voix sortit du soupirail :

— Ché foulé parlé à m'onsieur l'officier français [17].

Lavigne répondit, de la fenêtre, sans avancer trop la tête :

— Vous rendez-vous ?

— Che me rents [18].

— Alors, passez les fusils dehors.

Et on vit aussitôt une arme sortir du trou et tomber dans la neige, puis deux, trois, toutes les armes. Et la même voix déclara :

— Che n'ai blus. Tépêchez-fous. Ché suis noyé.

Le commandant commanda :

— Cessez.

Le volant de la pompe retomba immobile.

Et, ayant empli la cuisine de soldats qui attendaient, l'arme au pied, il souleva lentement la trappe de chêne.

Quatre têtes apparurent, trempées, quatre têtes blondes aux longs cheveux pâles, et on vit sortir, l'un après l'autre, les six Allemands grelottants, ruisselants, effarés.

Ils furent saisis et garrottés. Puis, comme on craignait une surprise, on repartit tout de suite, en deux convois, l'un conduisant les prisonniers et l'autre conduisant Maloison [19] sur un matelas posé sur des perches.

Ils rentrèrent triomphalement dans Rethel.

M. Lavigne fut décoré pour avoir capturé une avant-garde prussienne, et le gros boulanger eut la médaille militaire pour blessure reçue devant l'ennemi.

LES ROIS

— Ah! dit le capitaine comte de Garens, je crois
bien que je me le rappelle, ce souper des Rois, pendant
la guerre!

J'étais alors maréchal des logis de hussards, et
depuis quinze jours rôdant en éclaireur en face d'une
avant-garde allemande. La veille, nous avions sabré
quelques uhlans et perdu trois hommes, dont ce
pauvre petit Raudeville. Vous vous rappelez bien,
Joseph de Raudeville.

Or, ce jour-là, mon capitaine m'ordonna de prendre
dix cavaliers et d'aller occuper et de garder toute la nuit
le village de Porterin [1], où l'on s'était battu cinq fois en
trois semaines. Il ne [2] restait pas vingt maisons debout
ni douze habitants dans ce guêpier.

Je pris donc dix cavaliers et je partis vers quatre
heures. À cinq heures, en pleine nuit, nous atteignîmes
les premiers murs de Porterin. Je fis halte et j'ordonnai
à Marchas, vous savez bien, Pierre de Marchas, qui a
épousé depuis la petite Martel-Auvelin, la fille du
marquis de Martel-Auvelin, d'entrer tout seul dans le
village et de m'apporter des nouvelles.

Je n'avais choisi que des volontaires, tous de bonne
famille. Ça fait plaisir, dans le service, de ne pas
tutoyer des mufles. Ce Marchas était dégourdi comme
pas un, fin comme un renard et souple comme un
serpent. Il savait éventer des Prussiens ainsi qu'un

chien évente un lièvre, trouver des vivres là où nous serions morts de faim sans lui, et il obtenait des renseignements de tout le monde, des renseignements toujours sûrs, avec une adresse inimaginable.

Il revint au bout de dix minutes :

— Ça va bien, dit-il ; aucun Prussien n'a passé par ici depuis trois jours. Il est sinistre, ce village. J'ai causé avec une bonne sœur qui garde quatre ou cinq malades dans un couvent abandonné.

J'ordonnai d'aller de l'avant, et nous pénétrâmes dans la rue principale. On apercevait vaguement à droite, à gauche, des murs sans toit, à peine visibles dans la nuit profonde. De place en place, une lumière brillait derrière une vitre : une famille était restée pour garder sa demeure à peu près debout, une famille de braves ou de pauvres. La pluie commençait à tomber, une pluie menue, glacée, qui nous gelait avant de nous avoir mouillés, rien qu'en touchant les manteaux. Les chevaux trébuchaient sur des pierres, sur des poutres, sur des meubles. Marchas nous guidait, à pied, devant nous, et traînant sa bête par la bride.

— Où nous mènes-tu ? lui demandai-je.

Il répondit :

— J'ai un gîte, un bon.

Et il s'arrêta bientôt devant une petite maison bourgeoise demeurée entière, bien close, bâtie sur la rue, avec un jardin derrière.

Au moyen d'un gros caillou ramassé près de la grille, Marchas fit sauter la serrure, puis il gravit le perron, défonça la porte d'entrée à coups de pied et à coups d'épaule, alluma un bout de bougie qu'il avait toujours en poche, et nous préceda dans un bon et confortable logis de particulier riche, en nous guidant avec assurance, avec une assurance admirable, comme s'il avait vécu dans cette maison qu'il voyait pour la première fois.

Deux hommes restés dehors gardaient nos chevaux.

Marchas dit au gros Ponderel, qui le suivait :

— Les écuries doivent être à gauche ; j'ai vu ça en

entrant ; va donc y loger les bêtes, dont nous n'avons pas besoin.

Puis, se tournant vers moi :

— Donne des ordres, sacrebleu !

Il m'étonnait toujours, ce gaillard-là. Je répondis en riant :

— Je vais placer mes sentinelles aux abords du pays. Je te retrouverai ici.

Il demanda :

— Combien prends-tu d'hommes ?

— Cinq. Les autres les relèveront à dix heures du soir.

— Bon. Tu m'en laisses quatre pour faire les provisions, la cuisine, et mettre la table. Moi, je trouverai la cachette au vin.

Et je m'en allai reconnaître les rues désertes jusqu'à la sortie sur la plaine, pour y placer mes factionnaires.

Une demi-heure plus tard, j'étais de retour. Je trouvai Marchas étendu dans un grand fauteuil Voltaire, dont il avait ôté la housse, par amour du luxe, disait-il. Il se chauffait les pieds au feu, en fumant un cigare excellent dont le parfum emplissait la pièce. Il était seul, les coudes sur les bras du siège, la tête entre les épaules, les joues roses, l'œil brillant, l'air enchanté.

Dans la pièce voisine, j'entendais un bruit de vaisselle. Marchas me dit en souriant d'une façon béate :

— Ça va, j'ai trouvé le bordeaux dans le poulailler, le champagne sous les marches du perron, l'eau-de-vie — cinquante bouteilles de vraie fine — dans le potager, sous un poirier qui, vu à la lanterne, ne m'a pas semblé droit. Comme solide, nous avons deux poules, une oie, un canard, trois pigeons et un merle cueilli dans une cage, rien que de la plume, comme tu vois. Tout ça cuit en ce moment. Ce pays est excellent.

Je m'étais assis en face de lui. La flamme de la cheminée me grillait le nez et les joues :

— Où as-tu trouvé ce bois-là ? demandai-je.

Il murmura :

— Bois magnifique, voiture de maître, coupé. C'est la peinture qui donne cette flambée, un punch d'essence et de vernis. Bonne maison !

Je riais, tant je le trouvais drôle, l'animal. Il reprit :

— Dire que c'est jour des Rois[3] ! J'ai fait mettre une fève dans l'oie ; mais pas de reine, c'est embêtant, ça !

Je répétai, comme un écho :

— C'est embêtant ; mais que veux-tu que j'y fasse, moi ?

— Que tu en trouves, parbleu !

— De quoi ?

— Des femmes.

— Des femmes ?... Tu es fou !

— J'ai bien trouvé l'eau-de-vie sous un poirier, moi, et le champagne sous les marches du perron ; et rien ne pouvait me guider encore. — Tandis que, pour toi, une jupe c'est un indice certain. Cherche, mon vieux.

Il avait l'air si grave, si sérieux, si convaincu que je ne savais plus s'il plaisantait.

Je répondis :

— Voyons, Marchas, tu blagues ?

— Je ne blague jamais dans le service.

— Mais où diable veux-tu que j'en trouve, des femmes ?

— Où tu voudras. Il doit en rester deux ou trois dans le pays. Déniche et apporte.

Je me levai. Il faisait trop chaud devant ce feu. Marchas reprit :

— Veux-tu une idée ?

— Oui.

— Va trouver le curé.

— Le curé ? Pourquoi faire ?

— Invite-le à souper et prie-le d'amener une femme.

— Le curé ! Une femme ! Ah ! ah ! ah !

Marchas reprit avec une extraordinaire gravité :

— Je ne ris pas. Va trouver le curé, raconte-lui notre situation. Il doit s'embêter affreusement, il

viendra. Mais dis-lui qu'il nous faut une femme au minimum, une femme comme il faut, bien entendu, puisque nous sommes tous des hommes du monde[4]. Il doit connaître ses paroissiennes sur le bout du doigt. S'il y en a une possible pour nous, et si tu t'y prends bien, il te l'indiquera.

— Voyons, Marchas ? À quoi penses-tu ?

— Mon cher Garens, tu peux faire ça très bien. Ce serait même très drôle. Nous savons vivre, parbleu ! et nous serons d'une distinction parfaite, d'un chic extrême. Nomme-nous à l'abbé, fais-le rire, attendris-le, séduis-le et décide-le !

— Non, c'est impossible.

Il rapprocha son fauteuil et, comme il connaissait mes côtés faibles, le gredin reprit :

— Songe donc comme ce serait crâne à faire et amusant à raconter. On en parlerait dans toute l'armée. Ça te ferait une rude réputation.

J'hésitais, tenté par l'aventure. Il insista :

— Allons, mon petit Garens. Tu es chef de détachement, toi seul peux aller trouver le chef de l'Église en ce pays. Je t'en prie, vas-y. Je raconterai la chose en vers, dans la *Revue des Deux Mondes*[5], après la guerre, je te le promets. Tu dois bien ça à tes hommes. Tu les fais assez marcher depuis un mois.

Je me levai en demandant :

— Où est le presbytère ?

— Tu prends la seconde rue à gauche. Au bout, tu trouveras une avenue ; et, au bout de l'avenue, l'église. Le presbytère est à côté.

Je sortais ; il me cria :

— Dis-lui le menu pour lui donner faim !

Je découvris sans peine la petite maison de l'ecclésiastique, à côté d'une grande vilaine église de briques. Je frappai à coups de poing dans la porte, qui n'avait ni sonnette ni marteau, et une voix forte demanda de l'intérieur :

— Qui va là ?

Je répondis :

— Maréchal des logis de hussards.

J'entendis un bruit de verrous et de clef tournée, et je me trouvai en face d'un grand prêtre à gros ventre, avec une poitrine de lutteur, des mains formidables sortant de manches retroussées, un teint rouge et un air brave homme.

Je fis le salut militaire.

— Bonjour, monsieur le curé.

Il avait craint une surprise, une embûche de rôdeurs, et il sourit en répondant :

— Bonjour, mon ami ; entrez.

Je le suivis dans une petite chambre à pavés rouges, où brûlait un maigre feu, bien différent du brasier de Marchas.

Il me montra une chaise, et puis me dit :

— Qu'y a-t-il pour votre service ?

— Monsieur l'abbé, permettez-moi d'abord de me présenter.

Et je lui tendis ma carte.

Il la reçut et lut à mi-voix :

« Le comte de Garens. »

Je repris :

— Nous sommes ici onze, monsieur l'abbé, cinq en grand-garde et six installés chez un habitant inconnu. Ces six-là se nomment Garens, ici présent, Pierre de Marchas, Ludovic de Ponderel, le baron d'Etreillis, Karl Massouligny, le fils du peintre, et Joseph Herbon, un jeune musicien. Je viens, en leur nom et au mien, vous prier de nous faire l'honneur de souper avec nous. C'est un souper des Rois, monsieur le curé, et nous voudrions le rendre un peu gai.

Le prêtre souriait. Il murmura :

— Il me semble que ce n'est guère l'occasion de s'amuser.

Je répondis :

— Nous nous battons tous les jours, monsieur. Quatorze de nos camarades sont morts depuis un mois, et trois sont restés par terre, hier encore. C'est la

guerre. Nous jouons notre vie à tout instant, n'avons-
nous pas le droit de la jouer gaiement ? Nous sommes
Français, nous aimons rire, nous savons rire partout.
Nos pères riaient bien sur l'échafaud ! Ce soir, nous
voudrions nous dégourdir un peu, en gens comme il
faut, et non pas en soudards, vous me comprenez.
Avons-nous tort ?

Il répondit vivement :

— Vous avez raison, mon ami, et j'accepte avec
grand plaisir votre invitation.

Il cria :

— Hermance !

Une vieille paysanne, tordue, ridée[6], horrible, appa-
rut et demanda :

— Qué qui a ?

— Je ne dîne pas ici, ma fille.

— Où que vous dînez donc ?

— Avec MM. les hussards.

J'eus envie de dire : « Amenez votre bonne », pour
voir la tête de Marchas, mais je n'osai point.

Je repris :

— Parmi vos paroissiens restés dans le village, en
voyez-vous quelqu'un ou quelqu'une que je puisse
inviter aussi ?

Il hésita, chercha et déclara :

— Non, personne !

J'insistai :

— Personne !... Voyons, monsieur le curé, cher-
chez. Ce serait très galant d'avoir des dames. Je
m'entends, des ménages ! Est-ce que je sais, moi ? Le
boulanger avec sa femme, l'épicier, le... le... le...
l'horloger... le... le cordonnier... le... le pharmacien
avec la pharmacienne... Nous avons un bon repas, du
vin, et serions enchantés de laisser un bon souvenir aux
gens d'ici.

Le curé médita longtemps encore, puis prononça
avec résolution :

— Non, personne.

Je me mis à rire :

— Sacristi ! monsieur le curé, c'est ennuyeux de n'avoir pas une reine, car nous avons une fève. Voyons, cherchez. Il n'y a pas un maire marié, un adjoint marié, un conseiller municipal marié, un instituteur marié ?...

— Non, toutes les dames sont parties.

— Quoi, il n'y a pas dans tout le pays une brave bourgeoise avec son bourgeois de mari, à qui nous pourrions faire ce plaisir, car ce serait un plaisir pour eux, un grand, dans les circonstances présentes ?

Mais tout à coup le curé se mit à rire, d'un rire violent qui le secouait tout entier, et il criait :

— Ah ! ah ! ah ! j'ai votre affaire, Jésus, Marie, j'ai votre affaire ! Ah ! ah ! ah ! nous allons rire, mes enfants, nous allons rire. Et elles seront bien contentes, allez, bien contentes, ah ! ah !... Où gîtez-vous ?

J'expliquai la maison en la décrivant. Il comprit :

— Très bien. C'est la propriété de M. Bertin-Lavaille. J'y serai dans une demi-heure avec quatre dames !!!... Ah ! ah ! ah ! quatre dames !!!...

Il sortit avec moi, riant toujours, et me quitta, en répétant :

— Ça va ; dans une demi-heure, maison Bertin-Lavaille.

Je rentrai vite, très étonné, très intrigué.

— Combien de couverts ? demanda Marchas en m'apercevant.

— Onze. Nous sommes six hussards, plus M. le curé et quatre dames.

Il fut stupéfait. Je triomphais.

Il répétait :

— Quatre dames ! Tu dis : quatre dames ?

— Je dis : quatre dames.

— De vraies femmes ?

— De vraies femmes.

— Bigre ! Mes compliments !

— Je les accepte. Je les mérite.

Il quitta son fauteuil, ouvrit la porte et j'aperçus une belle nappe blanche jetée sur une longue table autour

de laquelle trois hussards en tablier bleu disposaient
des assiettes et des verres.

— Il y aura des femmes ! cria Marchas.

Et les trois hommes se mirent à danser en applaudis-
sant de toute leur force.

Tout était prêt. Nous attendions. Nous attendîmes
près d'une heure. Une odeur délicieuse de volailles
rôties flottait dans toute la maison.

Un coup frappé contre le volet nous souleva tous en
même temps. Le gros Ponderel courut ouvrir, et, au
bout d'une minute à peine, une petite bonne sœur
apparut dans l'encadrement de la porte. Elle était
maigre, ridée, timide et saluait coup sur coup les
quatre hussards effarés qui la regardaient entrer.
Derrière elle, un bruit de bâtons martelait le pavé du
vestibule, et dès qu'elle eut pénétré dans le salon,
j'aperçus, l'une suivant l'autre, trois vieilles têtes en
bonnet blanc, qui s'en venaient en se balançant avec
des mouvements différents, l'une chavirant à droite,
tandis que l'autre chavirait à gauche. Et, trois bonnes
femmes se présentèrent, boitant, traînant la jambe,
estropiées par les maladies et déformées par la vieil-
lesse, trois infirmes hors de service, les trois seules
pensionnaires capables de marcher encore de l'établis-
sement hospitalier que dirigeait la sœur Saint-Benoît.

Elle s'était retournée vers ses invalides, pleine de
sollicitude pour elles ; puis, voyant mes galons de
maréchal des logis, elle me dit :

— Je vous remercie bien, monsieur l'officier,
d'avoir pensé à ces pauvres femmes. Elles ont bien peu
de plaisir dans la vie, et c'est pour elles en même temps
un grand bonheur et un grand honneur que vous leur
faites.

J'aperçus le curé, resté dans l'ombre du couloir et
qui riait de tout son cœur. À mon tour, je me mis à
rire, en regardant surtout la tête de Marchas. Puis,
montrant[7] des sièges à la religieuse :

— Asseyez-vous, ma sœur ; nous sommes très fiers

et très heureux que vous ayez accepté notre modeste invitation.

Elle prit trois chaises contre le mur, les aligna devant le feu, y conduisit ses trois bonnes femmes, les plaça dessus, leur ôta leurs cannes et leurs châles qu'elle alla déposer dans un coin ; puis, désignant la première, une maigre à ventre énorme, une hydropique assurément :

— Celle-là est la mère Paumelle, dont le mari s'est tué en tombant d'un toit, et dont le fils est mort en Afrique. Elle a soixante-deux ans.

Puis elle désigna la seconde, une grande dont la tête tremblait sans cesse :

— Celle-là est la mère Jean-Jean, âgée de soixante-sept ans. Elle n'y voit plus guère, ayant eu la figure flambée dans un incendie et la jambe droite brûlée à moitié.

Elle nous montra, enfin, la troisième, une espèce de naine, avec des yeux saillants, qui roulaient de tous les côtés, ronds et stupides.

— C'est la Putois, une innocente. Elle est âgée de quarante-quatre ans seulement.

J'avais salué les trois femmes comme si on m'eût présenté à des Altesses Royales, et, me tournant vers le curé :

— Vous êtes, monsieur l'abbé, un homme précieux, à qui nous devrons tous ici de la reconnaissance.

Tout le monde riait, en effet, hormis Marchas, qui semblait furieux.

— Notre sœur Saint-Benoît est servie ! cria tout à coup Karl Massouligny.

Je la fis passer devant avec le curé, puis je soulevai la mère Paumelle, dont je pris le bras et que je traînai dans la pièce voisine, non sans peine, car son ventre ballonné semblait plus pesant que du fer.

Le gros Ponderel enleva la mère Jean-Jean, qui gémissait pour avoir sa béquille ; et le petit Joseph Herbon dirigea l'idiote, la Putois, vers la salle à manger, pleine d'odeur de viandes.

Dès que nous fûmes en face de nos assiettes, la sœur

tapa trois coups dans ses mains, et les femmes firent, avec la précision de soldats qui présentent les armes, un grand signe de croix rapide. Puis le prêtre prononça, lentement, les paroles latines du *Benedicite*.

On s'assit, et les deux poules parurent, apportées par Marchas, qui voulait servir pour ne point assister en convive à ce repas ridicule.

Mais je criai : « Vite le champagne ! » Un bouchon sauta avec un bruit de pistolet qu'on décharge, et, malgré la résistance du curé et de la bonne sœur, les trois hussards assis à côté des trois infirmes leur versèrent de force dans la bouche leurs trois verres pleins.

Massouligny, qui avait la faculté d'être chez lui partout et à l'aise avec tout le monde, faisait la cour à la mère Paumelle de la façon la plus drôle. L'hydropique, dont l'humeur était restée gaie, malgré ses malheurs, lui répondait en badinant avec une voix de fausset qui semblait factice, et elle riait si fort des plaisanteries de son voisin que son gros ventre semblait prêt à monter et à rouler sur la table. Le petit Herbon avait entrepris sérieusement de griser l'idiote et le baron d'Etreillis, qui n'avait pas l'esprit alerte, interrogeait la Jean-Jean sur la vie, les habitudes et le règlement de l'hospice.

La religieuse, effarée, criait à Massouligny :

— Oh ! oh ! vous allez la rendre malade ; ne la faites pas rire comme ça, je vous en prie, monsieur. Oh ! monsieur...

Puis elle se levait et se jetait sur Herbon pour lui arracher des mains un verre plein qu'il vidait prestement, entre les lèvres de la Putois.

Et le curé riait à se tordre, répétait à la sœur :

— Laissez donc, pour une fois, ça ne leur fait pas de mal. Laissez donc.

Après les deux poules, on avait mangé le canard, flanqué des trois pigeons et du merle ; et l'oie parut, fumante, dorée, répandant une odeur chaude de viande rissolée et grasse.

La Paumelle, qui s'animait, battit des mains; la Jean-Jean cessa de répondre aux questions nombreuses du baron, et la Putois poussa des grognements de joie, moitié cris et moitié soupirs, comme font les petits enfants à qui on montre des bonbons.

— Permettez-vous, dit le curé, que je me charge de cet animal. Je m'entends comme personne à ces opérations-là.

— Mais certainement, monsieur l'abbé.

Et la sœur dit :

— Si on ouvrait un peu la fenêtre ? Elles ont trop chaud. Je suis sûre qu'elles seront malades.

Je me tournai vers Marchas :

— Ouvre la fenêtre une minute.

Il l'ouvrit, et l'air froid du dehors entra, fit vaciller les flammes des bougies et tournoyer la fumée de l'oie, dont le prêtre, une serviette au cou [8], soulevait les ailes avec science.

Nous le regardions faire, sans parler maintenant, intéressés par le travail alléchant de ses mains, saisis d'un renouveau d'appétit à la vue de cette grosse bête dorée, dont les membres tombaient l'un après l'autre dans la sauce brune, au fond du plat.

Et tout à coup, au milieu de ce silence gourmand qui nous tenait attentifs, entra, par la fenêtre ouverte, le bruit lointain d'un coup de feu.

Je fus debout si vite, que ma chaise roula derrière moi; et je criai :

— Tout le monde à cheval! Toi, Marchas, tu vas prendre deux hommes et aller aux nouvelles. Je t'attends ici dans cinq minutes.

Et pendant que les trois cavaliers s'éloignaient au galop dans la nuit, je me mis en selle avec mes deux autres hussards, devant le perron de la villa, tandis que le curé, la sœur et les trois bonnes femmes montraient aux fenêtres leurs têtes effarées.

On n'entendait plus rien qu'un aboiement de chien dans la campagne. La pluie avait cessé ; il faisait froid, très froid. Et bientôt, je distinguai de nouveau le galop d'un cheval, d'un seul cheval qui revenait.

C'était Marchas. Je lui criai :

— Eh bien ?

Il répondit :

— Rien du tout, François a blessé[9] un vieux paysan, qui refusait de répondre au : « Qui vive ? » et qui continuait d'avancer, malgré l'ordre de passer au large. On l'apporte, d'ailleurs. Nous verrons ce que c'est.

J'ordonnai de remettre les chevaux à l'écurie et j'envoyai mes deux soldats au-devant des autres, puis je rentrai dans la maison.

Alors le curé, Marchas et moi, nous descendîmes un matelas dans le salon pour y déposer le blessé ; la sœur, déchirant une serviette, se mit à faire de la charpie, tandis que les trois femmes éperdues restaient assises dans un coin.

Bientôt, je distinguai un bruit de sabres traînés sur la route ; je pris une bougie pour éclairer les hommes qui revenaient ; et ils parurent, portant cette chose inerte, molle, longue et sinistre, que devient un corps humain quand la vie ne le soutient plus.

On déposa le blessé sur le matelas préparé pour lui ; et je vis du premier coup d'œil que c'était un moribond.

Il râlait et crachait du sang qui coulait des coins de ses lèvres, chassé de sa bouche à chacun de ses hoquets. L'homme en était couvert ! Ses joues, sa barbe, ses cheveux, son cou, ses vêtements, semblaient en avoir été frottés, avoir été baignés dans une cuve rouge. Et ce sang s'était figé sur lui, était devenu terne, mêlé de boue, horrible à voir.

Le vieillard, enveloppé dans une grande limousine de berger, entrouvrait par moments ses yeux mornes, éteints, sans pensée, qui paraissaient stupides d'éton-

nement, comme ceux des bêtes que le chasseur tue
et qui le regardent, tombées à ses pieds, aux trois
quarts mortes déjà, abruties par la surprise et par
l'épouvante.

Le curé s'écria :

— Ah ! c'est le père Placide, le vieux pasteur des
Moulins. Il est sourd, le pauvre, et n'a rien entendu.
Ah ! mon Dieu ! vous avez tué ce malheureux !

La sœur avait écarté la blouse et la chemise, et
regardait au milieu de la poitrine un petit trou violet
qui ne saignait plus.

— Il n'y a rien à faire, dit-elle.

Le berger, haletant affreusement, crachait toujours
du sang avec chacun de ses derniers souffles, et on
entendait dans sa gorge, jusqu'au fond de ses pou-
mons, un gargouillement sinistre et continu.

Le curé, debout au-dessus de lui, leva sa main
droite, décrivit le signe de la croix et prononça, d'une
voix lente et solennelle, les paroles latines qui lavent les
âmes.

Avant qu'il les eût achevées, le vieillard fut agité
d'une courte secousse, comme si quelque chose venait
de se briser en lui. Il ne respirait plus. Il était
mort.

M'étant retourné, je vis un spectacle plus effrayant
que l'agonie de ce misérable : les trois vieilles, debout,
serrées l'une contre l'autre, hideuses, grimaçaient
d'angoisse et d'horreur.

Je m'approchai d'elles, et elles se mirent à pousser
des cris aigus, en essayant de se sauver, comme si
j'allais les tuer aussi.

La Jean-Jean, que sa jambe brûlée ne portait plus,
tomba tout de son long par terre.

La sœur Saint-Benoît, abandonnant le mort, courut
vers ses infirmes, et sans un mot pour moi, sans
un regard, les couvrit de leurs châles, leur donna
leurs béquilles, les poussa vers la porte, les fit sor-
tir et disparut avec elles dans la nuit profonde, si
noire.

Je compris que je ne pouvais même les faire accompagner par un hussard, car le seul bruit du sabre les eût affolées.

Le curé regardait toujours le mort.

S'étant enfin retourné vers moi :

— Ah ! quelle vilaine chose, dit-il.

L'ANGÉLUS

I[1]

La pendule sonna six heures[2] et la comtesse de Brémontal, quittant des yeux le livre qu'elle lisait, les leva vers le cadran d'un beau cartel Louis XVI accroché sur le mur; puis[3], d'un lent regard, elle parcourut son grand salon sombre malgré les quatre lampes, deux sur la table, où beaucoup de livres traînaient, et deux sur la cheminée. Un feu de bûches, flambant[4] dans l'âtre, un feu de campagne, un feu de château, jetait aussi une[5] lueur à éclats sur les murs, éclairant des tapisseries à personnages, des cadres[6] dorés, des portraits de famille et les hauts rideaux, d'un rouge foncé, qui voilaient et drapaient les fenêtres. Malgré toutes ces lumières, la vaste[7] pièce était triste, un peu froide, pénétrée par l'hiver. On sentait du dehors l'âpre rigueur de l'air et le souffle du vent, glacé par le tapis de neige étendu sur la terre, qui faisait craquer les arbres du parc[8].

La comtesse se leva; de sa[9] démarche un peut lente, un peu traînante de[10] jeune femme enceinte, elle[11] vint s'asseoir devant le foyer et tendit ses pieds à la flamme. Les bûches embrasées lui[12] jetèrent à la face l'émanation[13] de leur vive chaleur, une sorte de caresse brûlante et même un[14] peu brutale, tandis qu'elle

sentait en même temps son dos, ses[15] épaules et sa
nuque tressaillir encore sous le frisson[16] de l'atmos-
phère de mort, dont cet hiver terrible enveloppait la
France. Cette sensation du froid glissait partout en
elle, entrée dans son âme autant que dans son corps, et
à cette angoisse physique se joignait celle de l'immense
catastrophe abattue sur la Patrie.

Torturée par ses nerfs, ses soucis, ses atroces
pressentiments, Mme de Brémontal se leva de nou-
veau. Où est-il à cette heure, lui, son mari, dont elle
n'a reçu depuis cinq mois aucune nouvelle ? Prisonnier
des Prussiens ou tué ? Martyrisé dans une forteresse
ennemie ou enterré dans un trou, sur un champ de
bataille, avec tant d'autres cadavres dont la chair
décomposée est mêlée à la chair des voisins et tous les
ossements confondus.

Oh ! quelle horreur ! quelle horreur !

Elle marchait maintenant de long en large dans le
grand salon silencieux, sur ces épais tapis qui man-
geaient le bruit léger de ses pas. Jamais elle n'avait
senti peser sur elle encore une détresse aussi épouvan-
table. Qu'allait-il arriver de nouveau ? Oh ! l'affreux
hiver, hiver de fin du monde qui détruisait un pays
entier, tuant les grands fils des pauvres mères, espoir
de leurs cœurs et leur dernier soutien, et les pères des
enfants sans ressources, et les maris des jeunes
femmes. Elle les voyait agonisants et mutilés par le
fusil, le sabre, le canon, le pied ferré des chevaux qui
avaient passé dessus, et ensevelis en des nuits pareilles,
sous ce suaire de neige taché de sang.

Elle sentit qu'elle allait pleurer, qu'elle allait crier,
écrasée par la peur de l'inconnaissable lendemain, et
elle regarda l'heure de nouveau. Non, elle n'attendrait
pas seule le moment où son père, le curé du village et le
médecin allaient venir, car ils devaient dîner chez elle.
Mais pourraient-ils seulement sortir de leurs maisons
et parvenir au château ? Son père surtout l'inquiétait. Il
devait suivre dans son coupé le bord de la Seine, sur le
chemin de halage, pendant plusieurs kilomètres. Le

cocher était vieux et sûr, connaissant la route comme la
connaissait son cheval; mais cette nuit-là semblait
prédestinée aux malheurs. Les deux autres invités,
habitués de presque tous les soirs d'ailleurs, avaient à
passer le fleuve en bateau, c'était pis encore. Jamais la
glace n'arrêtait le courant en cet endroit où le flot de la
mer, à qui rien ne résiste, montait à chaque marée;
mais d'énormes glaçons charriés dans le remous des-
cendaient de la haute France et pouvaient chavirer la
barque du passeur.

La comtesse revint vers la cheminée, prit le cordon
de sonnette et tira.

Un ancien domestique parut. Elle lui dit :

— Le petit ne dort pas encore ?

— Je ne crois pas, madame la comtesse.

— Dites à Annette de me l'amener, j'ai envie de
l'embrasser.

— Oui, madame la comtesse.

Le serviteur sortait, elle le rappela :

— Pierre !

— Madame la comtesse.

— Est-ce qu'il n'y a pas de danger pour M. Boute-
mart à venir au bord de l'eau, en voiture, par un temps
comme celui-ci ?

Le vieux Normand répondit :

— Aucun, madame la comtesse. Le cocher Philippe
et son cheval Barbe sont bien apaisés tous les deux, et
ils savent le chemin, pour sûr.

Rassurée sur le sort de son père, elle demanda
encore :

— Et les gens de La Bouille [17], MM. le curé et le
docteur Paturel, est-ce qu'ils peuvent traverser l'eau
sans péril au milieu des glaçons qui flottent ?

— Oui, oui, madame la comtesse : le père Pichard
est un malin qui ne craint pas les banquises. Et puis il a
un gros bateau d'hiver où il fait passer une vache ou un
cheval à l'occasion.

— Bon, dit-elle. Faites descendre mon petit Henri.

Elle se rassit devant sa table, et ouvrit un livre.

C'étaient *Les Contemplations* et elle tomba, par hasard, sur ces vers, fin de *La Fête chez Thérèse* :

> La nuit vint ; tout se tut ; les flambeaux s'éteignirent ;
> Dans les bois assombris les sources se plaignirent ;
> Le rossignol, caché dans son nid ténébreux,
> Chanta comme un poète et comme un amoureux.
> Chacun se dispersa sous les profonds feuillages,
> Les folles en riant entraînèrent les sages ;
> L'amante s'en alla dans l'ombre avec l'amant ;
> Et, troublés comme on l'est en songe, vaguement,
> Ils sentaient par degrés se mêler à leur âme,
> À leurs discours secrets, à leurs regards de flamme,
> À leur cœur, à leurs sens, à leur molle raison,
> Le clair de lune bleu qui baignait l'horizon.

Le cœur de la comtesse se serra à la pensée qu'il y avait de ces nuits-là, et d'autres comme celle-ci. Pourquoi ces contrastes, cette douceur charmeuse et cette férocité de la nature ?

La porte s'ouvrit, elle se leva, et une jeune bonne, une belle Normande à la chair fraîche, fit entrer, en le tenant par la main, un petit garçon de quatre ans que ses cheveux bouclés et blonds couronnaient comme une lumière frisée sous le reflet des lampes.

— Vous me le laisserez jusqu'à l'arrivée de ces messieurs, dit la comtesse.

Et quand la femme de chambre fut partie, elle assit sur ses genoux l'enfant et le regarda dans les yeux. Ils se sourirent de ce sourire unique, inexprimable, qui échange de l'amour entre la maman et le petit, de cet amour qui est le seul indestructible, qui n'a point d'égal et de rival.

Puis, ouvrant ses bras, elle lui prit la tête et l'embrassa. Elle l'embrassa sur les cheveux, sur les paupières, sur la bouche, en frissonnant, de la nuque au bout des doigts, de cette joie délicieuse dont tressaillent les fibres des vraies mères.

Puis elle le berça tandis qu'il la tenait par le cou. Il demanda de sa voix fine :

— Dis, maman, est-ce que papa reviendra bientôt ?

Elle le saisit, le serra contre elle comme pour le défendre, le garantir de ce danger monstrueux et lointain d'une guerre qui pourrait le réclamer à son tour.

Et elle murmura, en le baisant encore :

— Oui, mon chéri, dans quelque temps. Oh ! mon amour, quelle chance que tu sois tout petit ! Ils ne peuvent pas te prendre encore, les misérables.

De quels misérables voulait-elle parler ? Elle n'aurait pas su le dire.

Mais voilà que l'enfant, dont l'oreille était très fine, distingua au loin dans la nuit un léger bruit de clochette.

— V'là g'and-papa ! dit-il.

— Où ça vois-tu grand-papa ? dit la maman.

— C'est le guerlot de son dada.

Elle entendit aussi et, une inquiétude de moins au cœur, elle allongea les jambes, comme soulagée, reposée soudain.

Ils écoutaient tous les deux maintenant le tintement plus distinct et les coups de fouet du cocher retentissant sur la neige, qui annonçaient leur arrivée.

Une minute plus tard, la porte s'ouvrait devant un vieux monsieur qui avait gardé un air frais dans sa belle personne soignée, ses joues claires et ses favoris blancs qui brillaient comme de l'argent.

Il était grand, un peu gros, avec un air fortuné. On l'appelait encore le beau Boutemart. C'était le type du commerçant, de l'industriel normand ayant fait une grosse fortune. Rien n'atteignait sa belle humeur, son inaltérable sang-froid, son absolue confiance en lui. Depuis la guerre une seule chose l'attristait profondément, c'était de ne plus voir fumer sur le ciel les quatre cheminées de ses deux grandes usines où il s'était enrichi par les produits chimiques. Il avait cru d'abord à la victoire avec cette solide et vantarde confiance de chauvin dont tout bourgeois français était gonflé avant cette fatale année de 1870. Maintenant, pendant ces

défaites sanglantes, ces débâcles, ces retraites, il murmurait avec la conviction inébranlable d'un homme qui a réussi sans cesse en ses projets : « Bah ! c'est une rude épreuve, mais la France se relève toujours. »

Sa fille courut à lui, les bras ouverts, tandis que le petit Henri lui saisissait une main. Beaucoup de baisers furent échangés.

Elle demanda :

— Rien de nouveau ?

— Si. On dit que les Prussiens sont entrés à Rouen aujourd'hui. L'armée du général Briand s'est repliée sur le Havre par la rive gauche. Elle doit être maintenant à Pont-Audemer. Une flotte de chalands et de bateaux à vapeur l'attend à Honfleur pour la transporter au Havre [18].

La comtesse frémit. Comment ! les Prussiens étaient si près, dans le pays, à Rouen, à quelques lieues !

Elle murmura :

— Mais nous courons un grand danger, mon père.

Il répondit :

— Il est certain que nous ne sommes pas absolument en sécurité. Mais ils ont l'ordre de respecter toujours l'habitant inoffensif et les maisons qui n'ont pas été abandonnées. Sans cette règle, toujours observée par eux, je [19] serais venu m'installer ici. Mais un vieux homme comme moi ne te servirait pas à grand-chose et je puis sauver mes usines. Qu'ils me trouvent ou qu'ils ne me trouvent pas près de toi, comme il ne faut ni résister ni faire le méchant, il y a plus de risques à quitter Dieppedalle [20] qu'à venir ici.

Elle murmura, effrayée, effarée :

— Mais moi, toute seule dans ce château, je perdrais la tête au milieu de ces sauvages.

Comprenant en [21] vérité qu'il était impossible [22] de laisser sa fille seule sous cette terrible menace [23] imminente, car il n'y avait pas encore songé, et cette idée, pour la première fois, le frappait fortement, il répondit :

— Tu as raison, tout de même. Ce [24] soir il n'y a pas

de danger, car ils ne vont pas s'aventurer la nuit de
leur arrivée dans ce pays inconnu. Je retournerai[25]
à Dieppedalle prendre toutes mes dispositions, et,
demain, je viens coucher ici, et j'y reste jusqu'à la fin
de l'occupation.

Elle l'embrassa, sachant par sa fine observation de
femme, qui le connaissait bien, quel immense sacrifice
il lui faisait en abandonnant ses usines, et elle dit :

— Merci, papa.

La petite bonne Annette entra, venant chercher
l'enfant ; et le regard de M. Boutemart sur elle, celui
plus discret, presque imperceptible, que la rusée
Normande lui rendit, firent monter un peu de rouge
sur les joues pâles de la comtesse, car elle commençait à
soupçonner l'attention de son père pour la servante, et
le consentement de celle-ci.

Depuis la mort de sa femme, arrivée voici juste neuf
ans, M. Boutemart, qui ne quittait jamais Dieppedalle
et ses établissements chimiques, avait eu dans le pays
quelques relations, découvertes par hasard, révélant
chez lui des goûts faciles, presque vulgaires, et dont
Mme de Brémontal souffrait beaucoup, dans son
orgueil de fille et dans cette petite vanité nobiliaire,
très légère, entrée en elle quand elle devint comtesse et
châtelaine du pays.

Le petit Henri embrassa sa mère et son grand-père,
puis s'en alla en envoyant encore des baisers de la
main.

Comme il sortait, la cloche de la porte d'entrée tinta,
annonçant l'arrivée des deux derniers convives. Ils
parurent. L'abbé Marvaux entra le premier, grand,
maigre, très droit, avec une figure marquée de rides
profondes sur le front et sur les joues. On voyait, on
devinait que cet homme avait souffert beaucoup, et
qu'il devait être aussi rongé par une âme de penseur
triste, une de ces âmes qui font de bonne heure aux
visages des masques de fatigue.

D'origine noble, car il se nommait M. de Marvaux,
il était un peu cousin, de très loin, des Brémontal. Il

avait commencé sa vie dans la carrière militaire, autant
pour occuper son désœuvrement que pour répondre à
un besoin d'action violente, de lutte et de vague
héroïsme, qu'il sentait en lui. Instruit, nourri de
philosophie, il éprouva bientôt un grand ennui de
l'existence oisive des garnisons, et ce fut avec plaisir
qu'il partit, en 1859, pour la campagne d'Italie[26]. Il
prit part, bravement, à plusieurs batailles, mais par un
bizarre revirement d'esprit, par une de ces étranges
anomalies qui mettent parfois dans les êtres les ins-
tincts les plus opposés et les plus contradictoires, la vue
de ces massacres, de ces troupeaux d'hommes broyés
par les mitrailles, lui donna bientôt la haine et l'horreur
de la guerre. Il y fut pourtant remarqué, décoré, et y
obtint le grade de capitaine ; mais, une fois la cam-
pagne finie, il donna sa démission.

Après quelques années de vie libre occupée par des
études et des lectures, et des brochures publiées, car il
aimait les choses de la pensée, il rencontra une jeune
veuve qui lui plut, et l'épousa. Il en eut une fille ; puis
la mère et l'enfant moururent, dans la même semaine,
de la fièvre typhoïde.

Que se passa-t-il en lui ? Quel mysticisme étrange
s'éveilla dans son esprit après cet événement lugubre ?
Il entra dans les ordres et se fit prêtre ; mais, à partir du
jour où il fut vêtu de la soutane noire, il ne porta plus
jamais son ruban rouge gagné sur le champ de bataille,
et il l'appelait sa tache de sang.

Il aurait pu avoir, dans cette carrière nouvelle, un
bel avenir sacerdotal ; il préféra rester curé de cam-
pagne en son pays d'origine. Peut-être aussi l'indépen-
dance de son caractère, la hardiesse de sa parole, le
rendirent-elles suspect à l'évêché. Car il tint tête à
l'évêque, plusieurs fois, en des discussions théologi-
ques et dogmatiques, et, comme il était fort érudit et
fort éloquent, il triompha dans ces luttes.

Sans ambition, d'ailleurs, revenu de tout, il se
décida ou se résigna à vivre dans ce beau pays qu'il
adorait, et, comme il possédait une certaine fortune, il

y fit beaucoup de bien. On l'aima, on le respecta. Il devint un prêtre généreux, secourable à tous, unique dans la contrée, que la vénération populaire protégea et défendit contre la malveillance croissante et les suspicions de ses supérieurs.

Le docteur Paturel qui le suivait était un petit homme bedonnant, qui aurait été tout à fait chauve s'il n'avait gardé sur les tempes, au bord du crâne, deux plaques de cheveux blancs frisés pareilles à deux houppes à poudre de riz.

Dès qu'ils furent entrés, on annonça le dîner servi, et la comtesse de Brémontal, prenant le bras du médecin, passa dans la salle à manger.

A peine assis devant son assiette de potage, le prêtre demanda :

— Vous savez qu'ils sont à Rouen.

Des « oui » murmurés lui répondirent. Puis M. Boutemart interrogea :

— Avez-vous des détails récents ?

— Quelques-uns. Les trois corps de l'armée envahissante se sont présentés, juste au même moment, à trois portes de la cité, et les avant-garde se sont rencontrées place de l'Hôtel-de-Ville, presque à la même minute [27].

Le médecin ajouta :

— J'étais hier à Bourg-Achard [28] quand j'ai vu passer l'armée française en retraite.

Et ils discutèrent sur une masse de détails, à mi-voix, comme s'ils eussent senti quelque part autour d'eux la présence redoutable des vainqueurs.

— Aujourd'hui, dit le prêtre, voici la première fois, depuis que j'ai quitté l'armée, que je regrette de n'être plus soldat.

La jeune femme demanda, secouée d'angoisse :

— Croyez-vous qu'ils viennent par ici ?

L'abbé Marvaux l'affirma, puis reprit :

— Vous êtes encore sans nouvelles de votre mari, madame la comtesse ?

Elle murmura désespérée :

— Oui, monsieur le curé.

Mais Boutemart, toujours convaincu que les événements qui le touchaient finiraient par bien tourner, ajouta :

— Bah ! il est prisonnier. Il reviendra après la guerre.

La comtesse balbutia :

— Prisonnier... ou mort.

Son père, que les idées tristes agaçaient, eut un frémissement d'impatience.

— Pourquoi te fais-tu des inventions pareilles ? Tu vis dans l'attente du malheur comme s'il n'y avait que cela sur la terre.

L'abbé Marvaux murmura :

— Il n'y a guère autre chose, pourtant, monsieur, quand on y regarde de bien près. Songez à la France en ce moment.

Boutemart n'y consentit pas.

— Mais non, mais non : tenez, moi, je n'ai jamais été malheureux.

Sa fille lui dit tristement :

— C'est que tu n'as désiré et cherché que la fortune. Tu l'as eue.

Il se mit à rire.

— Parbleu ! On a tout avec la fortune. Le reste est de la blague. Mais, dans le cas qui nous occupe, il est indubitable que les listes des morts ont été presque partout établies et communiquées déjà aux familles. Quant aux prisonniers, on ne peut pas les connaître.

Elle gémit :

— Il y a aussi les disparus.

Et Boutemart, avec à-propos, répliqua :

— Ce sont les revenants de demain.

Le médecin prit part à la conversation.

— Moi, j'ai assez de chance, dit-il, je sais où se trouve mon fils. Il est à l'armée de Faidherbe [29], et nous échangeons des lettres. Puis j'ai encore eu la veine qu'il fût reçu docteur avant la guerre, et les médecins n'ont pas grand-chose à craindre à l'armée. Mais tout ce que

je dis n'empêche pas ma femme d'être dans un état
affreux, car elle l'aime tant, son cher Jules.

Il fit l'éloge de son fils, dont les études médicales à
Paris avaient été si brillantes que ses professeurs,
après le doctorat passé, l'avaient engagé tous ensem-
ble à continuer jusqu'à l'agrégation. Ah ! en voilà un
qui ne moisirait pas en province, ce petit-là. Il serait
un grand médecin, un grand médecin de la capitale.

Et la conversation traîna sur des sujets quelcon-
ques, paralysée par cette idée de l'invasion qui pla-
nait.

Après que les hommes eurent pris leur café et fumé
leurs cigares, ils revinrent au salon, près de la com-
tesse, qui brûlait ses pieds au feu. Elle avait froid
pourtant, froid partout, dans le cœur et dans le corps.

M. Boutemart parla le premier de s'en aller. Ses
usines le préoccupaient et il demanda sa voiture à
neuf heures et demie sous prétexte que par ce temps il
ne fallait pas rentrer trop tard. Les deux autres
l'imitèrent, chaussant des espèces de bottes pour
gagner, à travers la neige, le bac du bord de la Seine,
et la comtesse resta seule.

Elle feuilleta quelques livres sans y prendre intérêt,
comprenant à peine ce qu'elle lisait. Elle choisit dans
ses poètes les pièces de vers auxquelles elle revenait le
plus souvent. Elles lui parurent banales, inutiles,
décolorées ; et elle se rassit devant le feu. Allait-elle se
coucher ? — non — pas tout de suite, car elle ne
dormirait pas ; et elle les connaissait, ces interminalia-
bles insomnies que mesurent, en les rendant doulou-
reuses comme une agonie nocturne de l'esprit et du
corps, les tintements réguliers du timbre de la pen-
dule.

Alors elle songea. Des souvenirs lui revenaient,
d'elle et d'autrefois, ces souvenirs intimes, évoqués
dans les heures lugubres, confidences sur soi-même,
qu'on ne fait qu'à soi.

Elle se rappelait son enfance dans ce même pays,
dans la maison des parents à Dieppedalle, bâtie

devant les établissements ; sa mère, sa bonne mère, sa mère chérie, qu'elle avait vue mourir. Et elle pleurait, les yeux sous ses mains.

Son père, petit commerçant d'abord, héritier d'un grand terrain au bord de la Seine, et d'une fabrique d'acides et de vinaigres artificiels, avait fini par gagner une très grosse fortune dans les produits chimiques. Il avait épousé la fille d'un officier du premier Empire, jeune personne jolie, indépendante et poétique, comme on l'était à cette époque. Un peu mélancolique, aussi, après cette union qui ne contentait pas absolument son rêve de jeunesse, elle se consola dans un amour de ce qu'on appelait alors « la Nature » en donnant à ce mot un sens aujourd'hui presque oublié. Elle aima ce pays superbe, planté d'arbres et arrosé d'eau, cette côte, au pied de laquelle fumaient les cheminées de son mari, mais qui portait aussi sur son faîte l'admirable forêt de Roumare allant de Rouen jusqu'à Jumièges. Elle se fit en outre une bibliothèque de romans, de philosophes, de poètes, et elle passa sa vie à lire et à songer. Le soir, au crépuscule, se promenant le long de la Seine pleine d'îles vertes empanachées de grands peupliers, elle récitait à mi-voix, pour elle, pour elle toute seule, des vers de Chénier et de Lamartine. Puis elle s'enthousiasma de Victor Hugo, elle adora Musset. Etant devenue mère d'une fille, elle l'éleva avec une tendresse ardente, une tendresse augmentée sentimentalement par toute la littérature dont elle était nourrie.

L'enfant grandie, très semblable à sa mère, charmante et intelligente. On les enviait dans Rouen et on disait de Mme Boutemart : « C'est une personne de grande valeur. »

La fillette, dont elle faisait l'éducation avec un soin passionné, aidée d'une institutrice, était déjà à seize ans une jeune personne qui avait l'air d'une petite femme, une brunette, aux yeux violets, de la couleur exacte des fleurs de pervenche, nuance si rare.

Et l'enfant presque adulte, à qui sa mère avait

permis beaucoup de lectures déjà, développait de la même façon sa jeune âme et sa sensibilité naissante. Elle ouvrait parfois, en cachette, les autres livres, ceux qu'on ne lui permettait point, et elle savait déjà par cœur certains vers qui lui semblaient doux comme des parfums, des sons de musiques ou des souffles de vent.

Ces gens étaient heureux tout à fait ou presque tout à fait, quand, par un hiver très froid, Mme Boutemart, après une promenade trop longue dans la forêt pleine de neige, dut prendre le lit, atteinte d'une fluxion de poitrine qui l'emporta en une semaine.

Resté seul avec sa fille, le père se demanda s'il ne fallait pas la garder près de lui, car il serait bien seul, bien abandonné, dans cette campagne, au milieu de ses ouvriers et de ses machines.

Mais sa sœur, veuve sans enfant d'un ingénieur des ponts et chaussées, et riche d'une aisance suffisante, consentit à quitter Paris pendant quelques mois pour venir les passer près de lui et atténuer ainsi les premières atteintes du chagrin et de l'isolement.

C'était une femme d'esprit pondéré autant que son frère et de sens rassis, qui avait toujours tiré des événements et des choses le plus de parti possible. Tranquille sur son sort, ayant passé la quarantaine et douée d'une nature calme, elle ne demandait rien de plus au destin.

Elle s'éprit vite de sa nièce, et quand Boutemart lui parla de garder la jeune fille près de lui, elle l'en dissuada de toute sa force en lui représentant que Germaine deviendrait, aux jours du mariage, une personne fort recherchée. Il fallait avant tout achever son instruction et son éducation aussi parfaitement que possible. Cela ne pouvait se faire qu'à Paris. Elle serait un très beau parti et il fallait qu'elle n'ignorât rien de ce qu'elle devait savoir, comme connaissances sérieuses pour commencer, et puis comme arts d'agrément, danse, musique, et tant de choses encore qui complètent la dot d'une fille riche. Il la mettrait donc dans une grande maison d'éducation, et la tante se chargeait de

7

l'aller voir souvent, très souvent, de la faire sortir toutes les semaines, et même de la garder quelques jours chez elle, de temps en temps.

Cette femme, dont le mari avait rempli de hautes fonctions au ministère des Travaux publics, garda dans son veuvage de belles relations, et elle était fort bien vue. Son frère, comprenant tous les avantages de cette combinaison, l'accepta donc, et la tante, au commencement du printemps, emmena sa nièce avec elle.

Elle la fit entrer dans une de ces élégantes pensions mondaines où l'on élève les orphelines bien nées, et où l'on garde des étrangères opulentes pendant que les parents voyagent. Elle y eut un joli logement, une femme de chambre, et des professeurs de choix. Elle suivit aussi des cours en ville, ces cours de demoiselles où la moitié des jeunes filles de Paris se rencontrent et font connaissance pour plus tard, celles de la bourgeoisie et celles de la noblesse, les demi-riches, les riches et les très riches.

Sa tante la vint chercher pour faire des promenades, la distraire, lui montrer la ville, les monuments, les musées. La cruelle mélancolie dont Germaine demeurait pénétrée depuis la mort de sa mère parut enfin s'atténuer un peu. Ses jolies yeux violets, aux paupières devenues souvent rouges de larmes par le souvenir de sa bien-aimée maman, retrouvèrent leur fraîcheur violette.

Cependant, elle pensait beaucoup à la maison de Dieppedalle, au père resté seul, et elle regrettait l'espace, la campagne et la liberté.

Elle connut déjà cette petite nostalgie invincible des dépaysés, dont souffrent, quand ils sont emprisonnés dans les cités, par leur devoir ou leur profession, presque tous ceux dont les poumons, les yeux et la peau ont eu pour nourriture première le grand ciel et l'air pur des champs et dont les petits pieds ont couru d'abord dans les chemins des bois, les sentes des prés et l'herbe des rives.

De même les enfants de Paris exilés en des profes-

sions ou des fonctions provinciales souffrent, toute leur vie, comme d'une privation physique, du besoin irrésistible des trottoirs et des grandes rues peuplées de monde.

Quand vint le moment des vacances, Germaine partit avec bonheur pour la Normandie ; et ce fut une peine pour son cœur, lorsque, à l'automne, elle revint à Paris. Elle y passa trois hivers, de seize à dix-neuf ans. M. Boutemart la reprit alors afin d'adoucir son isolement de veuf.

Puis un projet de mariage lui était venu pour sa fille. Il savait son goût prononcé pour la campagne où elle avait été élevée, et il trouvait lui-même un grand avantage, un avantage de bien-être, d'affection, de sentiment, de gâteries, d'égoïsme satisfait jusqu'à la fin de sa vie, s'il découvrait le moyen de la fixer et de la garder dans son voisinage.

Or il était d'ordinaire habile à les dénicher partout autour de lui, les moyens dont il avait besoin.

Il connaissait depuis longtemps par des relations de conseil général, dont ils étaient membres tous les deux, de voisinage et de chasse, un de ses voisins, le comte de Brémontal, propriétaire du château du Bec à Sahurs [30], en face de La Bouille, à quelques kilomètres seulement de Dieppedalle. C'était un homme de vingt-huit ans, orphelin de père et de mère, maître d'une très belle fortune foncière, fort bien de sa personne, excellent cavalier et grand chasseur. Toute son ambition et son plaisir dans la vie consistaient à bien administrer ses vastes propriétés, à faire de l'élevage et de la culture. Il s'y entendait fort bien, animé par cet amour du terroir si fort dans les cœurs normands. Il avait de l'esprit, l'esprit du pays, un peu lourd, mais gai, et un air très comme il faut, même distingué, de gentilhomme campagnard, capable de faire bonne figure partout.

Boutemart le choya, le cajola, le séduisit, devint son ami, son compagnon de chasse et de plaisir. Ils dînèrent l'un chez l'autre souvent, et quand la jeune

fille rentra tout à fait chez son père, elle y trouva cet agréable voisin installé presque comme chez lui.

Il lui parut fort bien. Elle lui sembla charmante. Montant tous les deux à cheval ensemble ils firent de longues excursions dans la forêt de Roumare, toujours suivis d'un groom pour respecter tous les préjugés.

On organisa des promenades, des parties de campagne, des fêtes champêtres avec toutes les familles convenables du pays. Il s'éprit d'elle enfin, fit sa cour et éveilla bientôt ce désir de plaire, de séduire, de conquérir, qui dort dans le cœur des jeunes filles. Elle fut aimable, puis coquette, et il l'aima très ardemment en homme simple qu'il était. Il fit sa demande de mariage après six mois d'assiduités. Germaine consultée l'agréa, et le père dit « oui » de tout son cœur.

Ce fut un bon ménage à qui vint un fils seulement après cinq ans d'union.

La comtesse s'éprit pour son enfant d'un amour maternel extrême. Ce fut en elle la révélation d'un instinct puissant, insoupçonné jusque-là dans sa chair, et elle en désira d'autres.

Elle avait envie surtout d'une fille, pour l'élever suivant son âme, ses goûts, son idéal de [31] femme.

Son désir ne se réalisant pas vite, elle s'attrista, s'inquiéta, et, troublée devant cet insaisissable rêve, adressa [32] au ciel sa plainte d'épouse. Une espèce de dévotion particulière et mystique la poussa vers Marie, patronne des mères. Elle ne l'implorait pas, comme implorent les fanatiques, avec des mots ou des formules, mais elle lui envoyait du fond du cœur une constante et tendre prière.

Ce n'était pas une dévote ; elle n'était pas même ardemment croyante, ayant été élevée [33] entre un père indifférent à ces choses et une mère presque incrédule. Madame Boutemart, en effet, née à l'époque [34] où les grandes luttes morales, philosophiques et religieuses de la Révolution avaient fait disparaître les croyances pieuses dans beaucoup [35] de familles, garda toute sa vie les opinions indépendantes que lui inculqua son père.

Sa fille Germaine[36] fut cependant baptisée et fit sa première communion, mais elle ne reçut ensuite de[37] sa mère aucune doctrine et aucune ferveur religieuses.

Or, quand elle devint orpheline et alla passer trois ans dans l'élégante pension de Paris où elle compléta son[38] éducation dans tous les genres, on lui donna de la Foi chrétienne comme de l'histoire et de la musique. Le prêtre directeur, chargé de conduire à Dieu les âmes de ces demoiselles, était un homme habile, insinuant, persuasif et dominateur. Quand il découvrit les croyances indécises et nonchalantes de Germaine, il s'attacha à la convertir avec une ténacité de missionnaire. Il réussit seulement à en faire une demi-fervente, qui crut bientôt de tout son cœur et de toute son imagination à la si touchante légende chrétienne.

Elle eut des accès de tendresse sentimentale et de doux élans de piété vers le Sauveur et sa mère, la Vierge, mais elle ne fut jamais dominée par les pratiques du culte, qu'elle estimait faites pour le peuple. Elle s'y prêta cependant de bonne volonté, suivit la messe du dimanche, et remplit ses devoirs obligatoires autant par conscience que par tenue.

Donc, à la Vierge Marie, mère du Christ, elle demandait un enfant, une fille ; elle ne fut point exaucée, et la guerre de 1870 déclarée brusquement eut plus d'influence pour satisfaire ce vœu que ses implorations au ciel.

Quoique dégagé des obligations du service militaire, M. de Brémontal, patriote ardent, à la première nouvelle de la France en danger, voulut s'engager et partir. Germaine qui l'aimait bien, sans grande passion, mais en compagne fidèle et dévouée, bien plus mère que femme, eut une peur affreuse de le perdre, car elle ne désirait rien autre chose que de finir sa vie près de lui, dans ce château qui lui plaisait, dans ce pays qu'elle adorait, avec des enfants autour d'elle.

La pensée des dangers qu'il allait courir, la possibilité de sa mort, l'inquiétude dont elle souffrirait pendant cette absence périlleuse, lui firent décider de

tout tenter, de tout faire, de tout inventer pour
anéantir sa résolution.

Que fit-elle ? Ce que toute femme jolie et jeune eût
essayé ; elle redevint tendre, avec des subtilités de
coquetterie si souples qu'il y fut pris comme à un
amour nouveau. Elle retrouva, pour le mari que son
cœur poussait vers un grand devoir, des séductions
inattendues d'épouse, qui s'attache et se donne
comme une maîtresse éprise.

Jamais elle n'avait été cela pour lui, jamais il
n'avait senti venir d'elle cette séduction troublante,
ce charme si captivant des baisers qui font tout
oublier et consentir à tout. Et il découvrait soudain
cet abandon passionné dans sa femme avec un éton-
nement ravi. Conquis, il céda d'abord à toutes les
tendresses, à toutes les caresses, à toutes les adresses
d'amour dont elle l'enlaçait et l'enchaînait.

Mais, quand la déroute des armées françaises
devint irréparable, quand les grands désastres furent
connus, quand la ruine du pays fut imminente, son
cœur de gentilhomme patriote battit plus fort que
son cœur d'amant. Fils d'anciens seigneurs nor-
mands, héritier de leur bravoure et de leur aventu-
reuse audace, il sentit, il comprit qu'il devait donner
l'exemple du courage autour de lui, et il s'en alla
brusquement un matin, avec des larmes dans les
yeux et du désespoir dans l'âme.

Pendant plusieurs semaines elle reçut des lettres de
son mari, et elle apprit qu'il avait pu rejoindre
l'armée du général Chanzy [39] qui luttait encore. Puis
toute nouvelle cessa. Puis elle tomba malade, et voilà
qu'un jour, ce qui à tout autre instant lui aurait été
un si grand bonheur lui fut révélé par le docteur
Paturel appelé en consultation. Elle allait devenir
mère.

Oh ! quels mois terribles elle passa, cinq mois
d'angoisses épouvantables pendant lesquels elle ne
reçut rien de lui !

Était-il mort ou prisonnier ?

Cette phrase, toujours la même, hantait sa pensée, obsédait ses nuits et ses jours.

Et maintenant encore, elle la répétait en marchant d'un bout à l'autre du salon.

Les heures et les demies sonnaient l'une après l'autre sur le timbre du cartel, et la comtesse ne se décidait point à monter. Une détresse plus poignante que celle des autres soirs, une espèce de pressentiment sinistre opprimait son âme. Elle s'assit, se releva, se remit à songer, puis, lasse d'esprit comme de corps, elle apporta les coussins du divan et fit avec son grand fauteuil une sorte de lit devant le feu pour essayer de sommeiller là quelque temps encore, tant sa chambre lui faisait peur.

Ses yeux enfin s'alourdissaient et sa pensée s'engourdissait dans ce trouble de la vie qui s'endort, de l'être anéanti par le repos, quand un bruit bizarre, inconnu, la fit tressaillir et la redressa.

Elle écoutait, haletante. C'étaient des voix qui s'approchaient, des voix d'hommes. Alors, courant à la fenêtre, elle l'entr'ouvrit pour mieux entendre derrière l'auvent. Elle distingua des pas de chevaux dans la neige, un bruit de fer, de sabres heurtés, et les voix, de plus en plus proches, prononçaient des mots étrangers.

Eux ! C'étaient les Prussiens !

Elle s'élança vers la sonnette et sonna, sonna de toute sa force, comme on sonne le tocsin dans les pressants périls. Puis l'image de son enfant, de son petit Henri, la frappant comme une balle au cœur, elle s'élança dans l'escalier vers sa chambre.

Les domestiques, réveillés, accouraient, une bougie à la main, à peine vêtus : le valet de pied, le cocher, une servante, une cuisinière et la bonne de l'enfant.

La comtesse criait :

— Les Prussiens ! les Prussiens !

Au même instant, un coup si fort ébranla la grande porte qu'on eût dit un choc de bélier ; et une voix puissante cria du dehors un commandement en allemand, que personne ne comprit au-dedans.

Alors madame de Brémontal ordonna à ses deux vieux serviteurs :

— Il ne faut pas leur résister, pour éviter des violences. Allez bien vite leur ouvrir, et donnez-leur ce qu'ils voudront. Moi, je m'enferme avec mon fils. S'ils vous parlent de moi, dites que je suis malade, incapable de descendre.

Un autre coup ébranla la porte, et fit vibrer tout le château. Un autre encore le suivit, puis un autre, puis un autre. Ils sonnaient dans les couloirs comme le canon. Des voix hurlaient sous les murs ; on eût dit un siège commencé.

La comtesse disparut avec Annette dans la chambre du petit, tandis que les deux hommes descendaient à toutes jambes pour ouvrir aux envahisseurs, et que la cuisinière et la servante, éperdues de peur, restaient debout sur les marches de l'escalier afin d'attendre les événements, et de fuir par toute issue ouverte.

Quand madame de Brémontal ouvrit les rideaux du lit d'Henri, il dormait, n'ayant rien entendu dans son sommeil sans inquiétudes. Sa mère, en l'éveillant, ne savait quoi lui dire sans trop l'émouvoir ou le terrifier en lui annonçant la présence des vilains hommes qui étaient en bas avec des armes.

Lorsqu'il eut ouvert les yeux sous ses baisers, elle lui raconta que des soldats passant par le pays étaient entrés dans le château ; et comme il entendait souvent parler de la guerre, il demanda :

— C'est des soldats ennemis, maman ?

— Oui, mon enfant, des soldats ennemis.

— Sais-tu s'ils ont vu papa ?

Elle reçut au cœur une commotion terrible et répondit :

— Je ne sais pas, mon chéri.

Elle l'habillait avec Annette, bien vite, en le couvrant de ses vêtements les plus chauds, car on ne pouvait rien savoir ni rien prévoir.

Les heurts de bélier avaient cessé. On n'entendait maintenant qu'une grande rumeur de voix et des

cliquetis de sabres dans l'intérieur du château. C'était la prise de possession, l'invasion du logis, le viol de l'intimité sacrée de la demeure.

La comtesse tressaillait en les entendant, et sentait s'éveiller en elle une révolte furieuse de colère et d'indignation. Chez elle. Ils étaient chez elle, ces Prussiens haïs, maîtres absolus, libres de tout faire, puissants jusqu'à tuer.

Des coups de doigt soudain heurtèrent sa porte.

Elle demanda :

— Qui est là ?

La voix de son valet de pied répondit :

— C'est moi, madame la comtesse.

Elle ouvrit. Le domestique parut, et elle balbutia :

— Eh bien ?

— Eh bien, ils veulent que madame descende.

— Je ne veux pas.

— Ils ont dit que si madame ne voulait pas, ils monteraient la chercher.

Elle n'eut pas peur. Tout son sang-froid lui était revenu, et un courage de femme exaspérée. C'était la guerre, eh bien, elle se conduirait comme un homme.

— Répondez-leur que je n'ai pas d'ordre à recevoir d'eux et que je reste ici.

Pierre hésitait, ayant compris que l'officier commandant était une brute.

Mais elle répéta d'un ton si ferme : « Allez », qu'il obéit. Elle ne tourna point la clef derrière lui, pour n'avoir pas l'air de se cacher, et elle attendit, palpitante.

Des pas pesants montèrent bientôt l'escalier, ceux de plusieurs hommes, et, de nouveau, on heurta sa porte.

Elle demanda :

— Qui est là ?

Une voix étrangère prononça :

— Un officier prussien.

— Entrez, dit-elle.

Un jeune homme de grande taille se présenta, salua, et, en bon français, presque sans accent :

— Je vous prie de m'excuser, madame, si j'exécute l'ordre de mon supérieur qui m'a chargé de vous amener près de lui. Voulez-vous descendre de bonne grâce ? C'est ce que vous avez de mieux à faire, et pour vous, et pour nous.

Elle hésita une seconde, puis :

— Oui, monsieur, je vous suis.

Et appelant son domestique debout derrière l'officier :

— Prenez le petit dans vos bras et suivez-moi. Je ne veux pas nous séparer.

L'homme obéit et la suivit, portant son fils. Alors elle passa devant le Prussien et descendit à pas lents, gênée par sa taille, se soutenant à la rampe, et Annette demeura seule dans la chambre, trop paralysée de terreur pour faire le moindre mouvement.

En arrivant à l'entrée du salon elle aperçut sept ou huit officiers, installés déjà comme chez eux, la troupe étant au village. Ils fumaient, allongés dans les fauteuils, les sabres jetés sur la table, sur les livres, sur les poètes, tandis que deux plantons gardaient la porte.

Du premier coup d'œil elle distingua le chef, le dos au feu, une semelle levée à la flamme. Il avait gardé sa casquette d'uniforme, et dans sa figure poilue de barbe rousse semblaient luire la joie de la victoire et le plaisir d'avoir chaud.

En la voyant entrer il fit de la main un léger salut militaire sans se découvrir, impertinent et bref, puis il dit avec cette prononciation allemande qui paraît grasse de choucroute et de saucisse :

— Fous êtes la tame de ce château ?

Elle était debout devant lui, sans avoir rendu son insolent salut, et elle répondit un « oui » si sec que tous les yeux allèrent de la femme au soldat.

Il ne s'émut pas et reprit :

— Gompien êtes-fous de bersonnes ici ?

— J'ai deux vieux domestiques, trois bonnes et trois valets de ferme.

— Fotre mari, qu'est-ce qu'il fait ? où est-il ?

Elle répondit hardiment :

— Il est soldat, comme vous ; et il se bat.

L'officier répliqua avec insolence :

— Eh pien, il est pattu alors.

Et il rit d'un gros rire barbu. Puis, quand il eut ri, deux ou trois rirent, aussi lourdement, avec des timbres différents, qui donnaient la note des gaietés teutonnes. Les autres se taisaient en examinant avec attention cette Française courageuse.

Alors elle dit, bravant le chef d'un regard intrépide :

— Monsieur, vous n'êtes pas un gentilhomme, pour venir insulter une femme chez elle, comme vous faites.

Un grand silence suivit, assez long, terrible. Le soldat germain demeurait impassible, riant toujours, en maître qui peut tout vouloir à son gré.

— Mais non, dit-il, fous n'êtes pas chez fous ; fous êtes chez nous. Il n'y a plus bersonne chez lui en France.

Et il rit encore, avec la certitude ravie d'affirmer là une vérité incontestable et stupéfiante.

Elle répondit exaspérée :

— La violence n'est pas un droit. C'est un forfait. Vous n'êtes pas plus chez vous qu'un voleur dans la maison dévalisée.

Une colère s'alluma dans les yeux du Prussien.

— Che fas fous proufer que c'est fous qui n'êtes pas chez fous. Car je fous ordonne de quitter cette maison, ou pien je fous en fais chasser.

Au bruit de cette voix méchante, dure et forte, le petit Henri, plus surpris jusque-là qu'effrayé par ces hommes, se mit à pousser des cris perçants.

En entendant pleurer l'enfant, la comtesse perdit la tête et l'idée des brutalités auxquelles cette soldatesque se pouvait livrer, des dangers que son cher petit pouvait courir, lui mit au cœur subitement l'envie folle, irrésistible, de s'en aller, de fuir n'importe où, dans une chaumière du village. On la jetait dehors. Tant mieux !

II [40]

Sa figure rappelait un peu le masque maigre de Voltaire et de Bonaparte. Il avait le nez coupant, courbé, aigu, pointu, la mâchoire forte, aux os saillants sous les oreilles, et le menton effilé ; un œil gris pâle, avec la tache noire de la pupille au milieu, et un tel air d'autorité dans sa parole et dans ses démonstrations professionnelles qu'il inspirait à tout le monde une grande confiance. Il rétablit des gens réputés depuis longtemps inguérissables, des rhumatisants, des ankylosés des champs, les infirmes de l'humidité, par des méthodes d'hygiène, de nourriture et d'exercice, et des poudres qui leur redonnaient faim ; il guérit les plaies anciennes avec les antiseptiques nouveaux, et persécuta le microbe selon les procédés les plus récents. Puis, quand il avait soigné un malade, il semblait laisser derrière lui de la propreté dans la maison. Il prospéra, on l'appelait de très loin, et l'argent vint, car il y tenait, réglant le prix des visites selon les distances et les fortunes.

III [41]

— Vous êtes le premier médecin du département... la fortune, tout.

— Mais j'habite ici, dit-il, j'y ronge, j'y perds ma vie ; tout ce que j'aime et tout ce que je souhaite, je ne l'ai pas. Ah ! Paris, Paris !... Est-ce que je peux travailler pour moi, ici, travailler pour la science ? Ai-je les laboratoires, les hôpitaux, les sujets rares, toutes les maladies inconnues et connues du monde entier sous les yeux ? Puis-je faire des expériences, des rapports,

devenir membre de l'Académie de médecine ? Ici, je n'ai rien, ni avenir, ni distractions, ni plaisir, ni femme à épouser ou à aimer, ni gloire à cueillir, rien, rien que de la gloire d'arrondissement. Je guéris, oui, je guéris du peuple, des bourgeois avares qui payent en argent, parfois en or, et jamais en billets. Je guéris la petite misère du commun des hommes, mais jamais les princes, les ambassadeurs, les ministres, les grands artistes, dont la cure retentissante est répétée jusqu'aux cours étrangères. Je soigne et je guéris, en un mot, au fond d'une province, le rebut de l'humanité.

Le prêtre l'écoutait d'un air un peu crispé, un peu fâché.

Il murmura :

— C'est peut-être plus noble et plus grand, et plus beau.

Mais le médecin rageur reprit :

— Je ne vis pas pour les autres, je vis pour moi, monsieur le curé.

L'abbé sentit tressaillir son âme d'apôtre. Il ajouta :

— Le Christ est mort pour les petits.

Et le médecin grogna :

— Mais je ne suis pas le Christ, nom d'un chien ! Je suis le docteur Paturel, agrégé de la Faculté de médecine de Paris.

L'abbé, calmé, répondit, ayant passé en quelques secondes par un cycle d'idées, touchant presque aux limites de la pensée humaine, car il aperçut toutes les grandeurs et toutes les petitesses de l'idéal. Et il conclut :

— Vous avez peut-être raison. À votre point de vue, vous êtes dans le vrai. Et pour vous, c'est le seul bon.

— Parbleu ! jeta le médecin d'une voix claire, qui sonna dans l'air sec.

Puis le prêtre ajouta :

— Vous êtes pourtant un grand cœur, car vous restez ici pour votre mère.

Le docteur tressaillit ; on avait touché sa plaie, sa peine, sa tendresse intimes.

— Oui, je ne la quitterai jamais.

Leurs yeux tombèrent ensemble sur l'infirme qui les écoutait de toutes ses oreilles et les comprenait très bien.

Et les regards des deux hommes s'étant rencontrés ensuite se dirent des choses mystérieuses sur la destinée et l'avenir de cet enfant, en les comparant aux leurs. C'était lui le misérable.

Mais la pensée du Christ hantait l'abbé. Il reprit la conversation :

— Moi, j'adore le Christ.

Le médecin riposta :

— Monsieur le curé, depuis que ce monde existe tous les dieux conçus par la pensée humaine sont des monstres. Est-ce pas Voltaire qui a dit : « L'Écriture prétend que Dieu a fait l'homme à son image, mais l'homme le lui a bien rendu [42] » ?

Il accumulait les preuves, les injustices, les férocités, les méfaits de la Providence. Il ajouta :

— Moi qui suis médecin de pauvres gens, je les vois, ces méfaits, je les constate tous les jours. Vous aussi, d'ailleurs, qui soignez leurs âmes. Si j'avais à écrire un livre, un recueil de documents là-dessus, je l'intitulerais : « Le Dossier de Dieu » ; et il serait terrible, monsieur le curé.

L'abbé Marvaux soupira :

— Nous ne pouvons rien pénétrer de ces questions et de ces mystères en dehors de nos facultés cérébrales. Moi, je ne crois pas que je comprenne Dieu. Il est trop répandu et trop universel pour nos esprits. Le mot Dieu représente une conception et une explication quelconques, un refuge contre les doutes, un asile contre la peur, une consolation contre la mort, un remède contre l'égoïsme. C'est une formule de la phraséologie religieuse. Dieu, ce n'est pas un Dieu. Nous autres hommes, nous ne pouvons aimer qu'un Dieu tangible et visible. L'autre, l'inconnu, l'inconnaissable, l'immense je ne sais quoi ne nous ayant pas donné un sens pour le

comprendre, par pitié pour nos cœurs nous envoya le
Christ.

Le prêtre, halluciné, se tut ; puis, suivant sa pensée
unique, murmura :

— Qui sait ? le Christ aussi a peut-être été trompé
par Dieu dans sa mission, comme nous le sommes.
Mais il est devenu Dieu lui-même pour la terre, pour
notre terre misérable, pour notre petite terre couverte
de souffrants et de manants. Il est Dieu, notre Dieu,
mon Dieu, et je l'aime de tout mon cœur d'homme et
de toute mon âme de prêtre. Ô maître crucifié sur le
Calvaire, je suis à toi, ton fils et ton serviteur.

Le médecin, surpris, murmura :

— Comme c'est bizarre ce que vous me dites là !

— Oui, reprit le prêtre, le Christ doit être aussi
une victime de Dieu. Il en a reçu une fausse mission,
celle de nous illusionner par une nouvelle religion.
Mais le divin Envoyé l'a accomplie si belle, cette
mission, si magnifique, si dévouée, si douloureuse, si
inimaginablement grande et attendrissante, qu'il a
pris pour nous la place de son Inspirateur. Qu'est-ce
que Dieu, mot vague, avant le Christ ? Nous autres
qui ne savons rien et ne nous attachons à rien que par
nos pauvres organes, pouvons-nous adorer ces lettres
dont nous ne comprenons pas le sens, ce Dieu
ténébreux dont nous ne nous figurons rien, ni l'exis-
tence, ni l'intention, ni le pouvoir, dont nous ne
connaissons qu'un petit essai de création maladroit,
méprisable, la terre, sorte de bagne pour les âmes
tourmentées de savoir, et pour les corps en mauvaise
santé. Non, nous ne pouvons pas aimer ça. Mais le
Christ, chez qui toute pitié, toute grandeur, toute
philosophie, toute connaissance de l'humanité, sont
descendues on ne sait d'où, qui fut plus malheureux
que les plus misérables, qui naquit dans une étable et
mourut cloué sur un tronc d'arbre, en nous laissant à
tous la seule parole de vérité qui soit sage et conso-
lante pour vivre en ce triste endroit, celui-là c'est mon
Dieu, c'est mon Dieu, à moi.

Un soupir à côté de lui le fit taire. André pleurait dans sa voiture d'infirme.

Le prêtre le baisa sur le front. Le jeune homme balbutia :

— Comme j'aime vous entendre parler ! Je vous comprends parfaitement.

Et le prêtre lui répondit :

— Pauvre petit, toi aussi, tu as reçu de l'impitoyable destinée un triste sort. Mais tu auras au moins, je crois, en compensation de toutes les joies physiques, les seules belles choses qui soient permises aux hommes, le rêve, l'intelligence et la pensée.

IV [43]

Éternel meurtrier qui semble ne goûter le plaisir de produire que pour savourer insatiablement sa passion acharnée de tuer de nouveau, de recommencer ses exterminations à mesure qu'il crée des êtres. Éternel faiseur de cadavres et pourvoyeur des cimetières, qui s'amuse ensuite à semer des graines et à éparpiller des germes de vie pour satisfaire sans cesse son besoin insatiable de destruction. Meurtrier affamé de mort embusqué dans l'Espace, pour créer des êtres et les détruire, les mutiler, leur imposer toutes les souffrances, les frapper de toutes les maladies, comme un destructeur infatigable qui continue sans cesse son horrible besogne. Il a inventé le choléra, la peste, le typhus, tous les microbes qui rongent le corps, les carnassiers qui dévorent les faibles animaux. Seules, cependant, les bêtes sont ignorantes de cette férocité, car elles ignorent cette loi de la mort qui les menace autant que nous. Le cheval qui bondit au soleil dans une prairie, la chèvre qui grimpe sur les roches de son allure légère et souple, suivie du bouc qui la poursuit, les pigeons qui roucoulent sur les toits, les colombes le

bec dans le bec sous la verdure des arbres, pareils à des amants qui se disent leur tendresse, et le rossignol qui chante au clair de lune auprès de sa femelle qui couve ne savent pas l'éternel massacre de ce Dieu qui les a créés. Le mouton qui

ANNEXE

LES SOIRÉES DE MÉDAN

COMMENT CE LIVRE A ÉTÉ FAIT

Monsieur le directeur,

Votre journal fut le premier à annoncer les *Soirées de Médan*, et vous me demandez aujourd'hui quelques détails particuliers sur les origines de ce volume. Il vous paraîtrait intéressant de savoir ce que nous avons prétendu faire, si nous avons voulu affirmer une idée d'école et lancer un manifeste.

Je réponds à ces quelques questions.

Nous n'avons pas la prétention d'être une école. Nous sommes simplement quelques amis, qu'une admiration commune a fait se rencontrer chez Zola, et qu'ensuite une affinité de tempéraments, des sentiments très semblables sur toutes choses, une même tendance philosophique, ont liés de plus en plus.

Quant à moi, qui ne suis encore rien comme littérateur, comment pourrais-je avoir la prétention d'appartenir à une école? J'admire indistinctement tout ce qui me paraît supérieur, à tous les siècles et dans tous les genres.

Cependant, il s'est fait évidemment en nous une réaction inconsciente, fatale, contre l'esprit romantique, par cette seule raison que les générations littéraires se suivent et ne se ressemblent pas.

Mais, du reste, ce qui nous choque dans le romantisme, d'où sont sorties d'impérissables œuvres d'art,

c'est uniquement son résultat philosophique. Nous nous plaignons de ce que l'œuvre de Hugo ait détruit en partie l'œuvre de Voltaire et de Diderot. Par la sentimentalité ronflante des romantiques, par leur méconnaissance dogmatique du droit et de la logique, le vieux bon sens, la vieille sagesse de Montaigne et de Rabelais ont presque disparu de notre pays. Ils ont substitué l'idée de pardon à l'idée de justice, semant chez nous une sensiblerie miséricordieuse et sentimentale qui a remplacé la raison.

C'est grâce à eux que les salles de théâtre pleines de messieurs véreux et de filles ne peuvent tolérer sur la scène un simple fripon. C'est la morale romantique des foules qui force souvent les tribunaux à acquitter des particuliers et des drôlesses attendrissants, mais sans excuse.

J'ai pour les grands maîtres de cette école (puisqu'il s'agit d'école) une admiration sans limites, jointe souvent à une révolte de ma raison ; car je trouve que Schopenhauer et Herbert Spencer [1] ont sur la vie beaucoup d'idées plus droites que l'illustre auteur des *Misérables*. — Voilà la seule critique que j'oserais faire, et il ne s'agit pas ici de littérature. — Littérairement, ce qui nous paraît haïssable, ce sont les vieilles orgues de Barbarie larmoyantes, dont Jean-Jacques Rousseau a inventé le mécanisme et dont une suite de romanciers, arrêtée, je l'espère, à M. Feuillet [2], s'est obstinée à tourner la manivelle, répétant invariablement les mêmes airs langoureux et faux.

Quant aux querelles sur les mots : réalisme et idéalisme, je ne les comprends pas.

Une loi philosophique inflexible nous apprend que nous ne pouvons rien imaginer en dehors de ce qui tombe sous nos sens ; et la preuve de cette impuissance, c'est la stupidité des conceptions dites idéales, des paradis inventés par toutes les religions. Nous avons donc ce seul objectif : l'Être et la Vie, qu'il faut savoir comprendre et interpréter en artiste. Si

on n'en donne pas l'expression à la fois exacte et artistiquement supérieure, c'est qu'on n'a pas assez de talent.

Quand un monsieur, qualifié de réaliste, a le souci d'écrire le mieux possible, est sans cesse poursuivi par des préoccupations d'art, c'est, à mon sens, un idéaliste. Quant à celui qui affiche la prétention de faire la vie plus belle que nature, comme si on pouvait l'imaginer autre qu'elle n'est, de mettre du ciel dans ses livres, et qui écrit en « romancier pour les dames », ce n'est, à mon avis du moins, qu'un charlatan ou un imbécile. — J'adore les contes de fées et j'ajoute que ces sortes de conceptions doivent être plus vraisemblables, dans leur domaine particulier, que n'importe quel roman de mœurs de la vie contemporaine.

Voici maintenant quelques notes sur notre volume.

Nous nous trouvions réunis, l'été, chez Zola, dans sa propriété de Médan.

Pendant les longues digestions des longs repas (car nous sommes tous gourmands et gourmets, et Zola mange à lui seul comme trois romanciers ordinaires), nous causions. Il nous racontait ses futurs romans, ses idées littéraires, ses opinions sur toutes choses. Quelquefois il prenait son fusil, qu'il manœuvrait en myope, et tout en parlant, il tirait sur des touffes d'herbes que nous lui affirmions être des oiseaux, s'étonnant considérablement quand il ne retrouvait aucun cadavre.

Certains jours on pêchait à la ligne. Hennique alors se distinguait, au grand désespoir de Zola, qui n'attrapait que des savates[3].

Moi, je restais étendu dans la barque la *Nana,* ou bien je me baignais pendant des heures, tandis que Paul Alexis rôdait avec des idées grivoises, que Huysmans fumait des cigarettes, et que Céard s'embêtait, trouvant stupide la campagne.

Ainsi se passaient les après-midi ; mais, comme les nuits étaient magnifiques, chaudes, pleines d'odeurs

de feuilles, nous allions chaque soir nous promener dans la *grande île* en face.

Je passais tout le monde dans la *Nana*.

Or, par une nuit de pleine lune, nous parlions de Mérimée, dont les dames disaient : « Quel charmant conteur ! » Huysmans prononça à peu près ces paroles : « Un conteur est un monsieur qui, ne sachant pas écrire, débite prétentieusement des balivernes. »

On en vint à parcourir tous les conteurs célèbres et à vanter les raconteurs de vive voix dont le plus merveilleux, à notre connaissance, est le grand Russe Tourgueneff, ce maître presque français ; Paul Alexis prétendait qu'un conte écrit est très difficile à faire. Céard, un sceptique, regardant la lune, murmura : « Voici un beau décor romantique, on devrait l'utiliser... » Huysmans ajouta : « ... en racontant des histoires de sentiment ». Mais Zola trouva que c'était une idée, qu'il fallait se dire des histoires. L'invention nous fit rire, et on convint, pour augmenter la difficulté, que le cadre choisi par le premier serait conservé par les autres, qui y placeraient des aventures différentes.

On alla s'asseoir, et, dans le grand repos des champs assoupis, sous la lumière éclatante de la lune, Zola nous dit cette terrible page de l'histoire sinistre des guerres, qui s'appelle *L'Attaque du Moulin*.

Quand il eut fini, chacun s'écria : « Il faut écrire cela bien vite. » Lui se mit à rire : « C'est fait. »

Ce fut mon tour le lendemain.

Huysmans, le jour suivant, nous amusa beaucoup avec le récit des misères d'un mobile sans enthousiasme.

Céard, nous redisant le siège de Paris, avec des explications nouvelles, déroula une histoire pleine de philosophie, toujours vraisemblable sinon vraie, mais toujours réelle depuis le vieux poème d'Homère. Car, si la femme inspire éternellement des sottises aux hommes, les guerriers qu'elle favorise plus spécialement de son intérêt en souffrent nécessairement plus que d'autres.

Hennique nous démontra encore une fois que les hommes, souvent intelligents et raisonnables, pris isolément, deviennent infailliblement des brutes, quand ils sont en nombre — c'est ce qu'on pourrait appeler : l'ivresse des foules. — Je ne sais rien de plus drôle et de plus horrible en même temps que le siège de cette maison publique et le massacre des pauvres filles.

Mais Paul Alexis nous fit attendre quatre jours, ne trouvant pas de sujet. Il voulait nous raconter des histoires de Prussiens souillant des cadavres. Notre exaspération le fit taire, et il finit par imaginer l'amusante anecdote d'une grande dame allant ramasser son mari mort sur un champ de bataille et se laissant « attendrir » par un pauvre soldat blessé. — Et ce soldat était un prêtre !!!

Zola trouva ces récits curieux et nous proposa d'en faire un livre. — Il va paraître.

Voilà, Monsieur le directeur, quelques notes vite griffonnées, mais contenant, je pense, tous les détails qui peuvent vous intéresser.

Veuillez agréer, avec mes remerciements pour votre bienveillance, l'assurance de mes sentiments les plus dévoués.

GUY DE MAUPASSANT.

LA GUERRE

Donc on parle de guerre avec la Chine[1]. Pourquoi ?
on ne sait pas. Les ministres en ce moment hésitent, se
demandant s'ils vont faire tuer du monde là-bas. Faire
tuer du monde leur est très égal, le prétexte seul les
inquiète. La Chine, nation orientale et raisonnable,
cherche à éviter ces massacres mathématiques. La
France, nation occidentale et barbare, pousse à la
guerre, la cherche, la désire.

Quand j'entends prononcer ce mot : la guerre, il me
vient un effarement comme si on me parlait de
sorcellerie, d'inquisition, d'une chose lointaine, finie,
abominable, monstrueuse, contre nature.

Quand on parle d'anthropophages, nous sourions
avec orgueil en proclamant notre supériorité sur ces
sauvages. Quels sont les sauvages, les vrais sauvages ?
Ceux qui se battent pour manger les vaincus ou ceux
qui se battent pour tuer, rien que pour tuer ? Une ville
chinoise nous fait envie : nous allons pour la prendre
massacrer cinquante mille Chinois et faire égorger dix
mille Français. Cette ville ne nous servira à rien. Il n'y
a là qu'une question d'honneur national. Donc l'hon-
neur national (singulier honneur !) qui nous pousse à
prendre une cité qui ne nous appartient pas, l'honneur
national qui se trouve satisfait par le vol, par le vol
d'une ville, le sera davantage encore par la mort de
cinquante mille Chinois et de dix mille Français.

Et ceux qui vont périr là-bas sont des jeunes hommes qui pourraient travailler, produire, être utiles. Leurs pères sont vieux et pauvres. Leurs mères, qui pendant vingt ans les ont aimés, adorés comme adorent les mères, apprendront dans six mois que le fils, l'enfant, le grand enfant élevé avec tant de peine, avec tant d'argent, avec tant d'amour, est tombé dans un bois de roseaux, la poitrine crevée par les balles. Pourquoi a-t-on tué son garçon, son beau garçon, son seul espoir, son orgueil, sa vie ? Elle ne sait pas. Oui, pourquoi ? Parce qu'il existe au fond de l'Asie une ville qui s'appelle Bac-Ninh[2] ; et parce qu'un ministre qui ne la connaît pas s'est amusé à la prendre aux Chinois.

La guerre !... se battre !... tuer !... massacrer des hommes !... Et nous avons aujourd'hui, à notre époque, avec notre civilisation, avec l'étendue de science et le degré de philosophie où est parvenu le génie humain, des écoles où l'on apprend à tuer, à tuer de très loin, avec perfection, beaucoup de monde en même temps, à tuer de pauvres diables d'hommes innocents, chargés de famille, et sans casier judiciaire. M. Jules Grévy[3] fait grâce avec obstination aux assassins les plus abominables, aux découpeurs de femmes en morceaux, aux parricides, aux étrangleurs d'enfants. Et voici que M. Jules Ferry[4], pour un caprice diplomatique dont s'étonne la nation, dont s'étonnent les députés, va condamner à mort, d'un cœur léger, quelques milliers de braves garçons.

Et le plus stupéfiant c'est que le peuple entier ne se lève pas contre les gouvernements. Quelle différence y a-t-il donc entre les monarchies et les républiques ? Le plus stupéfiant, c'est que la société tout entière ne se révolte pas à ce seul mot de guerre.

Ah ! nous vivrons encore pendant des siècles sous le poids des vieilles et odieuses coutumes, des criminels préjugés, des idées féroces de nos barbares aïeux.

N'aurait-on pas honni tout autre que Victor Hugo qui eût jeté ce grand cri de délivrance et de vérité[5] ?

Aujourd'hui, la force s'appelle la violence et com-

mence à être jugée ; la guerre est mise en accusation.
La civilisation, sur la plainte du genre humain, instruit
le procès et dresse le grand dossier criminel des
conquérants et des capitaines. Les peuples en viennent
à comprendre que l'agrandissement d'un forfait n'en
saurait être la diminution ; que si tuer est un crime,
tuer beaucoup n'en peut pas être la circonstance
atténuante ; que si voler est une honte, envahir ne
saurait être une gloire.

Ah ! proclamons ces vérités absolues, déshonorons la
guerre !

*
* *

Un artiste habile en cette partie, un massacreur de
génie, M. de Moltke[6], a répondu, voici deux ans, aux
délégués de la paix, les étranges paroles que voici :
« La guerre est sainte, d'institution divine ; c'est une
des lois sacrées du monde ; elle entretient chez les
hommes tous les grands, les nobles sentiments, l'hon-
neur, le désintéressement, la vertu, le courage, et les
empêche en un mot de tomber dans le plus hideux
matérialisme ! »

Ainsi, se réunir en troupeaux de quatre cent mille
hommes, marcher jour et nuit sans repos, ne penser à
rien, ne rien étudier, ne rien apprendre, ne rien lire,
n'être utile à personne, pourrir de saleté, coucher dans
la fange, vivre comme les brutes dans un hébétement
continu, piller les villes, brûler les villages, ruiner les
peuples, puis rencontrer une autre agglomération de
viande humaine, se ruer dessus, faire des lacs de sang,
des plaines de chair pilée mêlée à la terre boueuse et
rougie, des monceaux de cadavres, avoir les bras ou les
jambes emportés, la cervelle écrabouillée sans profit
pour personne, et crever au coin d'un champ tandis
que vos vieux parents, votre femme et vos enfants
meurent de faim ; voilà ce qu'on appelle ne pas tomber
dans le plus hideux matérialisme !

Les hommes de guerre sont les fléaux du monde.

Nous luttons contre la nature, contre l'ignorance, contre les obstacles de toute sorte, pour rendre moins dure notre misérable vie. Des hommes, des bienfaiteurs, des savants usent leur existence à travailler, à chercher ce qui peut aider, ce qui peut secourir, ce qui peut soulager leurs frères. Ils vont, acharnés à leur besogne utile, entassant les découvertes, agrandissant l'esprit humain, élargissant la science, donnant chaque jour à l'intelligence une somme de savoir nouveau, donnant chaque jour à leur patrie du bien-être, de l'aisance, de la force.

La guerre arrive. En six mois, les généraux ont détruit vingt ans d'efforts, de patience, de travail et de génie.

Voilà ce qu'on appelle ne pas tomber dans le plus hideux matérialisme.

Nous l'avons vue, la guerre. Nous avons vu les hommes redevenus des brutes, affolés, tuer par plaisir, par terreur, par bravade, par ostentation. Alors que le droit n'existe plus, que la loi est morte, que toute notion du juste disparaît, nous avons vu fusiller des innocents trouvés sur une route et devenus suspects parce qu'ils avaient peur. Nous avons vu tuer des chiens enchaînés devant la porte de leurs maîtres pour essayer des revolvers neufs, nous avons vu mitrailler par plaisir des vaches couchées dans un champ, sans aucune raison, pour tirer des coups de fusils, histoire de rire.

Voilà ce qu'on appelle ne pas tomber dans le plus hideux matérialisme.

Entrer dans un pays, égorger l'homme qui défend sa maison parce qu'il est vêtu d'une blouse et n'a pas de képi sur la tête, brûler les habitations de misérables gens qui n'ont plus de pain, casser des meubles, en voler d'autres, boire le vin trouvé dans les caves, violer les femmes trouvées dans les rues, brûler des millions de francs en poudre, et laisser derrière soi la misère et le choléra.

Voilà ce qu'on appelle ne pas tomber dans le plus hideux matérialisme.

Qu'ont-ils donc fait pour prouver même un peu d'intelligence, les hommes de guerre ? Rien. Qu'ont-ils inventé ? Des canons et des fusils. Voilà tout.

L'inventeur de la brouette, Pascal, n'a-t-il pas plus fait pour l'homme par cette simple et pratique idée d'ajuster une roue à deux bâtons que l'inventeur des fortifications modernes, Vauban ?

Que nous reste-t-il de la Grèce ? Des livres, des marbres. Est-elle grande parce qu'elle a vaincu ou parce qu'elle a produit ?

Est-ce l'invasion des Perses qui l'a empêchée de tomber dans le plus hideux matérialisme ?

Sont-ce les invasions des barbares qui ont sauvé Rome et l'ont régénérée ?

Est-ce que Napoléon Ier a continué le grand mouvement intellectuel commencé à la fin du dernier siècle par les philosophes révolutionnaires ?

*
* *

Eh bien oui, puisque les gouvernements prennent ainsi le droit de mort sur les peuples, il n'y a rien d'étonnant à ce que les peuples prennent parfois le droit de mort sur les gouvernements.

Ils se défendent. Ils ont raison. Personne n'a le droit absolu de gouverner les autres. On ne le peut faire que pour le bien de ceux qu'on dirige. Quiconque gouverne a autant le devoir d'éviter la guerre qu'un capitaine de navire a celui d'éviter le naufrage.

Quand un capitaine a perdu son bâtiment, on le juge et on le condamne, s'il est reconnu coupable de négligence ou même d'incapacité.

Pourquoi ne jugerait-on pas les gouvernants après chaque guerre déclarée ? Pourquoi ne les condamnerait-on pas s'ils étaient convaincus de fautes ou d'insuffisance ?

Du jour où les peuples comprendront cela, du jour où ils feront justice eux-mêmes des gouvernements meurtriers, du jour où ils refuseront de se laisser tuer

sans raison, du jour où ils se serviront, s'il le faut, de
leurs armes contre ceux qui les leur ont données pour
massacrer, la guerre sera morte. Et ce jour viendra.

*\
**

J'ai lu un livre superbe et terrible de l'écrivain
belge Camille Lemonnier, et intitulé *Les Charniers*[7].
Le lendemain de Sedan, ce romancier partit avec un
ami et visita à pied cette patrie de la tuerie, la région
des derniers champs de bataille. Il marcha dans les
fanges humaines, glissa sur les cervelles répandues,
vagabonda dans les pourritures et les infections pen-
dant des jours entiers et des lieues entières. Il ramassa
dans la boue et le sang « ces petits carrés de papier
chiffonnés et salis, lettres d'amis, lettres de mères,
lettres de fiancées, lettres de grands-parents ».

Voici, entre mille, une des choses qu'il vit. Je ne
peux citer que par courts fragments ce morceau que je
voudrais donner en entier :

« L'église de Givonne était pleine de blessés. Sur le
seuil, mêlée à la boue, de la paille piétinée faisait un
amas qui fermentait.

« Au moment où nous allions entrer, des infirmiers,
le tablier gris maculé de placards rouges, balayaient
par la porte d'entrée une sorte de mare fétide comme
celle où clapote le sabot des bouchers dans les abat-
toirs.

« ... L'hôpital râlait... Des blessés étaient attachés à
leur grabat par des cordes. S'ils bougeaient, des
hommes les tenaient aux épaules pour les empêcher
de se mouvoir. Et quelquefois une tête blême se
dressait à demi au-dessus de la paille et regardait avec
des yeux de supplicié l'opération du voisin.

« On entendait des malheureux crier en se tordant,
quand le chirurgien approchait, et ils cherchaient à[8]
se mettre debout pour se sauver.

« Sous la scie, ils criaient encore, d'une voix sans
nom, creuse et rauque, comme des écorchés : « Non,

je ne veux pas, non, laissez-moi... » Ce fut le tour d'un
zouave qui avait les deux jambes emportées.

— Faites excuse, la compagnie, dit-il, on m'a ôté les
culottes.

« Il avait gardé sa veste, et ses jambes étaient
emmaillotées, vers le bas, dans des lambeaux où
suintait le sang.

« Le médecin se mit à enlever ces lambeaux, mais ils
collaient l'un à l'autre, et le dernier adhérait à la chair
vive. On versa de l'eau chaude sur le grossier bandage,
et, à mesure qu'on versait l'eau, le chirurgien détachait
les loques.

— Qui t'a amidonné comme ça, mon vieux ?
demanda le chirurgien.

— C'est le camarade Fifolet, major. — Ouf, ça me
tire jusque dans les cheveux. — Il avait eu le...
emporté et moi les jambes. Et je lui dis :

. .

« La scie, étroite et longue, laissait des gouttelettes,
à chacune de ses dents.

« Il y eut un mouvement dans le groupe. On
déposait à terre un tronçon.

— Encore une seconde, mon brave, dit le chirur-
gien.

« Je passais ma tête dans le créneau des épaules et je
regardai le zouave.

— Allez vite, major, disait-il ; je sens que je vais
battre la breloque.

« Il mordait sa moustache, blanc comme un mort et
les yeux hors la tête. Il tenait lui-même à deux mains sa
jambe et hurlait par moment d'une voix grelottante un
« hou ! » qui vous faisait sentir la scie dans votre
propre dos.

— C'est fini, mon vieux loup ! dit le chirurgien en
abattant le second moignon.

— Bonsoir ! dit le zouave.

« Et il s'évanouit ».

8

Et je me rappelle, moi, le récit de la dernière campagne de Chine, fait par un brave matelot qui en riait encore de plaisir.

Il me raconta les prisonniers empalés le long des routes pour amuser le soldat ; les grimaces si drôles des suppliciés ; les massacres commandés par des officiers supérieurs, pour terroriser la contrée, les viols dans ces demeures d'Orient, devant les enfants éperdus, et les vols à pleines mains, les pantalons noués aux chevilles pour emporter les objets, le pillage régulier, fonctionnant comme un service public, dévastant depuis les petites cases du tout petit bourgeois jusqu'au somptueux palais d'Été [9].

Si nous avons la guerre avec l'empire du Milieu, le prix des vieux meubles de laque et des riches porcelaines chinoises va baisser beaucoup, messieurs les amateurs.

LE MARIAGE DU LIEUTENANT LARÉ

NOUVELLE

Dès le début de la campagne, le lieutenant Laré prit aux Prussiens deux canons. Son général lui dit : « Merci, lieutenant », et lui donna la croix d'honneur.

Comme il était aussi prudent que brave, subtil, inventif, plein de ruses et de ressources, on lui confia une centaine d'hommes, et il organisa un service d'éclaireurs qui, dans les retraites, sauva plusieurs fois l'armée.

Mais, comme une mer débordée, l'invasion entrait par toute la frontière. C'étaient de grands flots d'hommes qui arrivaient les uns après les autres, jetant autour d'eux une écume de maraudeurs. La brigade du général Carrel[1], séparée de sa division, reculait sans cesse, se battant chaque jour, mais se maintenait presque intacte, grâce à la vigilance et à la célérité du lieutenant Laré, qui semblait être partout en même temps, déjouait toutes les ruses de l'ennemi, trompait ses prévisions, égarait ses uhlans[2], tuait ses avant-gardes.

Un matin, le général le fit appeler.

— Lieutenant, dit-il, voici une dépêche du général de Lacère qui est perdu si nous n'arrivons pas à son secours demain au lever du soleil. Il est à Blainville[3], à huit lieues d'ici. Vous partirez à la nuit tombante avec trois cents hommes que vous échelonnerez tout le long du chemin. Je vous suivrai deux heures après. Étudiez

la route avec soin ; j'ai peur de rencontrer une division ennemie.

Il gelait fortement depuis huit jours. À deux heures, la neige commença de tomber ; le soir, la terre en était couverte, et d'épais tourbillons blancs voilaient les objets les plus proches.

À six heures le détachement se mit en route.

Deux hommes marchaient en éclaireurs, seuls, à trois cents mètres en avant. Puis venait un peloton de dix hommes que le lieutenant commandait lui-même. Le reste s'avançait ensuite sur deux longues colonnes. À trois cents mètres sur les flancs de la petite troupe, à droite et à gauche, quelques soldats allaient deux par deux.

La neige, qui tombait toujours, les poudrait de blanc dans l'ombre ; elle ne fondait pas sur leurs vêtements, de sorte que, la nuit étant obscure, ils tachaient à peine la pâleur uniforme de la campagne.

On faisait halte de temps en temps. Alors on n'entendait plus que cet innommable froissement de la neige qui tombe, plutôt sensation que bruit, murmure léger sinistre et vague. Un ordre se communiquait à voix basse, et, quand la troupe se remettait en route, elle laissait derrière elle une espèce de fantôme blanc debout dans la neige. Il s'effaçait peu à peu et finissait par disparaître. C'étaient les échelons vivants qui devaient guider l'armée.

Les éclaireurs ralentirent leur marche. Quelque chose se dressait devant eux.

— Prenez à droite, dit le lieutenant, c'est le bois de Ronfé ; le château se trouve plus à gauche.

Bientôt le mot : « Halte ! » circula. Le détachement s'arrêta et attendit le lieutenant qui, accompagné de dix hommes seulement, poussait une reconnaissance jusqu'au château.

Ils avançaient, rampant sous les arbres. Soudain tous demeurèrent immobiles. Un calme effrayant plana sur eux. Puis tout près, une petite voix claire, musicale et jeune traversa le silence du bois. Elle disait :

— Père, nous allons nous perdre dans la neige. Nous n'arriverons jamais à Blainville.

Une voix plus forte répondit :

— Ne crains rien, fillette, je connais le pays comme ma poche.

Le lieutenant dit quelques mots, et quatre hommes s'éloignèrent sans bruit, pareils à des ombres.

Soudain un cri de femme, aigu, monta dans la nuit. Deux prisonniers furent amenés : un vieillard et une enfant. Le lieutenant les interrogea toujours à voix basse :

— Votre nom !

— Pierre Bernard.

— Votre profession ?

— Sommelier du comte de Ronfé.

— C'est votre fille ?

— Oui.

— Que fait-elle ?

— Elle est lingère au château.

— Où allez-vous ?

— Nous nous sauvons.

— Pourquoi ?

— Douze uhlans ont passé ce soir. Ils ont fusillé trois gardes et pendu le jardinier ; moi, j'ai eu peur pour la petite.

— Où allez-vous ?

— À Blainville.

— Pourquoi ?

— Parce qu'il y a là une armée française.

— Vous connaissez le chemin ?

— Parfaitement.

— Très bien ; suivez-nous.

On rejoignit la colonne, et la marche à travers champs recommença. Silencieux, le vieillard se tenait aux côtés du lieutenant. Sa fille marchait près de lui. Tout à coup elle s'arrêta.

— Père, dit-elle, je suis si fatiguée que je n'irai pas plus loin.

Et elle s'assit. Elle tremblait de froid et paraissait

prête à mourir. Son père voulut la porter. Il était trop vieux et trop faible.

— Mon lieutenant, dit-il en sanglotant, nous gênerions votre marche. La France avant tout. Laissez-nous.

L'officier avait donné un ordre. Quelques hommes étaient partis. Ils revinrent portant des branches coupées. Alors, en une minute, une litière fut faite. Le détachement tout entier les avait rejoints.

— Il y a là une femme qui meurt de froid, dit le lieutenant; qui veut donner son manteau pour la couvrir?

Deux cents manteaux furent détachés.

— Qui veut la porter maintenant?

Tous les bras s'offrirent. La jeune fille fut enveloppée dans ces chaudes capotes de soldat, couchée doucement sur la litière, puis quatre épaules robustes l'enlevèrent; et, comme une reine d'Orient portée par ses esclaves, elle fut placée au milieu du détachement, qui reprit sa marche plus fort, plus courageux, plus allègre, réchauffé par la présence d'une femme, cette souveraine inspiratrice qui a fait accomplir tant de prodiges au vieux sang français.

Au bout d'une heure on s'arrêta de nouveau et tout le monde se coucha dans la neige. Là-bas, au milieu de la plaine, une grande ombre noire courait. C'était comme un monstre fantastique qui s'allongeait ainsi qu'un serpent, puis, soudain, se ramassait en boule, prenait des élans vertigineux, s'arrêtait, repartait sans cesse. Des ordres murmurés circulaient parmi les hommes et, de temps à autre, un petit bruit sec et métallique claquait. La forme errante se rapprocha brusquement, et l'on vit venir au grand trot, l'un derrière l'autre, douze uhlans perdus dans la nuit. Une lueur terrible leur montra soudain deux cents hommes couchés devant eux. Une détonation rapide se perdit dans le silence de la neige, et tous les douze, avec leurs douze chevaux, tombèrent.

On attendit longtemps. Puis on se remit en

marche. Le vieillard qu'on avait trouvé servait de guide.

Enfin une voix très lointaine cria : Qui vive !

Une autre plus proche répondit un mot d'ordre.

On attendit encore ; des pourparlers s'engageaient. La neige avait cessé de tomber. Un vent froid balayait les nuages, et derrière eux, plus haut, d'innombrables étoiles scintillaient. Elles pâlirent et le ciel devint rose à l'Orient.

Un officier d'état-major vint recevoir le détachement. Mais comme il demandait qui l'on portait sur cette litière, elle s'agita ; deux petites mains écartèrent les grosses capotes bleues, et, rose comme l'aurore, avec des yeux plus clairs que n'étaient les étoiles disparues, et un sourire illuminant comme le soleil qui se levait, une mignonne figure répondit :

— C'est moi, monsieur.

Les soldats, fous de joie, battirent des mains et portèrent la jeune fille en triomphe jusqu'au milieu du camp, qui prenait les armes. Bientôt après le général Carrel arrivait. À neuf heures les Prussiens attaquaient. Ils battaient en retraite à midi.

Le soir, comme le lieutenant Laré, rompu de fatigue, s'endormait sur une botte de paille, on vint le chercher de la part du général. Il le trouva sous sa tente, causant avec le vieillard qu'il avait rencontré dans la nuit. Aussitôt qu'il fut entré, le général le prit par la main et s'adressant à l'inconnu :

— Mon cher comte, dit-il, voici le jeune homme dont vous me parliez tout à l'heure ; un de mes meilleurs officiers.

Il sourit, baissa la voix et reprit :

— Le meilleur.

Puis, se tournant vers le lieutenant abasourdi, il présenta « le comte de Ronfé-Quédissac ».

Le vieillard lui prit les deux mains :

— Mon cher lieutenant, dit-il, vous avez sauvé

la vie de ma fille, je n'ai qu'un moyen de vous remercier... vous viendrez dans quelques mois me dire... si elle vous plaît...

Un an après, jour pour jour, dans l'église Saint-Thomas-d'Aquin [4], le capitaine Laré épousait Mlle Louise-Hortense-Geneviève de Ronfé-Quédissac.

Elle apportait six cent mille francs de dot et était, disait-on, la plus jolie mariée qu'on eût encore vue cette année-là.

SOUVENIR

... Depuis la veille, on n'avait rien mangé. Tout le jour, nous restâmes cachés dans une grange, serrés les uns contre les autres pour avoir moins froid, les officiers mêlés aux soldats, et tous abrutis de fatigue.

Quelques sentinelles, couchées dans la neige, surveillaient les environs de la ferme abandonnée qui nous servait de refuge pour nous garder de toute surprise. On les changeait d'heure en heure, afin de ne les point laisser s'engourdir.

Ceux de nous qui pouvaient dormir dormaient ; les autres restaient immobiles, assis par terre, disant à leur voisin quelques mots de temps en temps.

Depuis trois mois, comme une mer débordée, l'invasion entrait partout. C'étaient de grands flots d'hommes qui arrivaient les uns après les autres, jetant autour d'eux une écume de maraudeurs.

Quant à nous, réduits à deux cents francs-tireurs, de huit cents que nous étions un mois auparavant, nous battions en retraite, entourés d'ennemis, cernés, perdus. Il nous fallait, avant le lendemain, gagner Blainville[1] où nous espérions encore trouver le général C... Si nous ne parvenions dans la nuit à faire les douze lieues qui nous séparaient de la ville ; ou bien si la division française était éloignée, plus d'espoir !

On ne pouvait marcher le jour, la campagne étant pleine de Prussiens.

À cinq heures il faisait nuit, cette nuit blafarde des neiges. Les muets flocons blancs tombaient, tombaient, ensevelissaient tout dans ce grand drap gelé, qui s'épaississait toujours sous l'innombrable foule et l'incessante accumulation des vaporeux morceaux de cette ouate de cristal.

À six heures le détachement se remit en route.

Quatre hommes marchaient en éclaireurs, seuls, à trois cents mètres en avant. Puis, venait un peloton de dix hommes que commandait un lieutenant, puis le reste de la troupe, en bloc, pêle-mêle, au hasard des fatigues et de la longueur des pas. À quatre cents mètres sur nos flancs, quelques soldats allaient deux par deux.

La blanche poussière descendant des nuages nous vêtait entièrement, ne fondait plus sur les képis ni sur les capotes, faisait de nous des fantômes, comme les spectres de soldats morts.

Parfois on se reposait quelques minutes. Alors on n'entendait plus que ce glissement vague de la neige qui tombe, cette rumeur presque insaisissable que fait l'emmêlement des flocons. Quelques hommes se secouaient, d'autres ne bougeaient point. Puis un ordre circulait à voix basse. Les fusils remontaient sur les épaules, et, d'une allure exténuée, on se remettait en marche.

Soudain, les éclaireurs se replièrent. Quelque chose les inquiétait. Le mot « halte ! » circula. C'était un grand bois, devant nous. Six hommes partirent pour le reconnaître. On attendit dans un silence morne.

Et tout à coup un cri aigu, un cri de femme, cette déchirante et vibrante note qu'elles jettent dans leurs épouvantes, traversa la nuit épaissie par la neige.

Au bout de quelques minutes, on amenait deux prisonniers, un vieillard et une jeune fille.

Le capitaine les interrogea, toujours à voix basse.

— Votre nom ?

— Pierre Bernard.

— Votre profession ?

— Sommelier du comte de Roufé[2].
— C'est votre fille ?
— Oui.
— Que fait-elle ?
— Elle est lingère au château.
— Comment rôdez-vous comme ça, la nuit, nom de Dieu ?
— Nous nous sauvons.
— Pourquoi ?
— Douze uhlans ont passé ce soir. Ils ont fusillé trois gardes et pendu le jardinier. Moi, j'ai eu peur pour la petite.
— Où allez-vous ?
— À Blainville.
— Pourquoi ?
— Parce qu'il y a là, dit-on, une armée française.
— Vous connaissez le chemin ?
— Parfaitement.
— Cela suffit, restez à mon côté.

Et la marche à travers champs recommença. Le vieillard silencieux suivait le capitaine. Sa fille se traînait près de lui. Tout à coup elle s'arrêta.

— Père, dit-elle, je suis si fatiguée que je n'irai pas plus loin.

Et elle tomba. Elle tremblait de froid, et paraissait prête à mourir. Son père voulut la porter. Il ne put même pas la soulever.

Le capitaine tapait du pied, jurait, furieux et apitoyé. « Nom de Dieu, je ne peux pourtant pas vous laisser crever là ! »

Mais quelques hommes s'étaient éloignés ; ils revinrent avec des branches coupées. Alors, en une minute, une litière fut faite.

Le capitaine s'attendrit : « Nom de Dieu ! c'est gentil, ça. Allons, les enfants, qui est-ce qui prête[3] sa capote maintenant ? C'est pour une femme, nom de Dieu ! »

Vingt capotes furent détachées d'un coup et jetées sur la litière. En une seconde la jeune fille, enveloppée

dans ces chauds vêtements de soldat, se trouva soulevée par six bras robustes qui l'emportèrent.

On repartit, comme si on eût bu un coup de vin, plus gaillardement, plus joyeusement. Des plaisanteries couraient même, et cette gaieté s'éveillait que la présence d'une femme redonne toujours au sang français.

Les soldats maintenant marchaient au pas, fredonnaient des sonneries, réchauffés soudain. Et un vieux franc-tireur, qui suivait la litière, attendant son tour pour remplacer le premier camarade qui flancherait, ouvrit son cœur à son voisin. « Je n' suis pus jeune, moi, et bien, cré coquin, l' sexe, y a tout d' même que ça pour vous flanquer du cœur au ventre. »

Jusqu'à trois heures du matin on avança presque sans repos ; mais, brusquement, pareil à un souffle, le commandement : « Halte ! » fut de nouveau chuchoté. Puis, presque par instinct, tout le monde s'aplatit par terre.

Là-bas, au milieu de la plaine, quelque chose remuait. Cela semblait courir, et comme la neige ne tombait plus, on distinguait vaguement, très loin encore, une apparence de monstre qui s'allongeait ainsi qu'un serpent, puis, soudain, paraissait se rapetisser, se ramasser en boule, s'étendre de nouveau en prenant des élans rapides et s'arrêtait encore, et repartait sans cesse.

Des ordres murmurés couraient parmi les hommes étendus ; et, de temps en temps, un petit bruit sec et métallique claquait.

Brusquement la forme errante se rapprocha, et l'on vit venir au grand trot, l'un derrière l'autre, douze uhlans perdus dans la nuit.

Ils étaient si près maintenant qu'on entendait le souffle des chevaux, et le son de ferraille des armes, et le craquement du cuir des selles.

Alors, la voix forte du capitaine hurla : « Feu, nom de Dieu ! »

Et cinquante coups de fusil crevèrent le silence glacé

des champs ; quatre ou cinq détonations attardées partirent encore, puis une autre toute seule, la dernière ; et quand l'aveuglement de la poudre enflammée fut dissipé, on vit que les douze hommes, avec neuf chevaux, étaient tombés. Trois bêtes s'enfuyaient d'un galop forcené, et l'une traînait derrière elle, pendu par le pied à l'étrier, et bondissant, le cadavre de son cavalier.

Le capitaine joyeux cria : « Douze de moins, nom de Dieu ! » Un soldat, dans le tas, répondit : « V'là des veuves ! » Un autre ajouta : « Faut pas grand temps tout d' même pour faire le saut. »

Alors, du fond de la litière, sous l'entassement des capotes, une petite voix endormie sortit : « Qu'est-ce qu'il y a, père ? pourquoi tire-t-on des coups de fusil ? » Le vieillard répondit : « Ce n'est rien ; dors, petite ! » On repartit.

On marcha encore près de quatre heures.

Le ciel pâlissait ; la neige devenait claire, lumineuse, luisante ; un vent froid balayait les nuages ; et une pâle roseur, comme un faible lavage d'aquarelle, s'étendait à l'orient.

Une voix lointaine soudain cria : « Qui vive ? » Une autre voix répondit. Tout le détachement fit halte. Et le capitaine partit lui-même en avant.

On attendit longtemps. Puis on recommença d'avancer. Bientôt on aperçut une masure et devant, un poste français, l'arme au bras. Un commandant à cheval nous regardait défiler. Tout à coup il demanda : « Qu'est-ce que vous portez sur ce brancard ? » Alors les capotes remuèrent ; on en vit sortir d'abord deux petites mains qui les écartaient, puis une tête ébouriffée, toute ennuagée de cheveux, mais qui souriait et répondit : « C'est moi, monsieur, j'ai bien dormi, allez. Je n'ai pas froid. » Un grand rire s'éleva parmi les hommes, un rire de vive satisfaction ; et un enthousiaste, pour exprimer sa joie, ayant voci-

féré : « Vive la République ! » toute la troupe, comme prise de folie, beugla frénétiquement : « Vive la République ! »

. .

Douze ans se sont écoulés.

L'autre jour au théâtre, la fine tête d'une jeune femme blonde éveilla en moi un confus souvenir, un souvenir obsédant, mais indéterminable. Je fus bientôt tellement troublé par le désir de savoir le nom de cette femme que je le demandai à tout le monde.

Quelqu'un me dit : « C'est la vicomtesse de L..., la fille du comte de Roufé. »

Et tous les détails de cette nuit de guerre se sont levés en ma mémoire, si nets que je les ai immédiatement racontés, afin qu'il les écrivît pour le public, à mon voisin de fauteuil et ami, qui signe

MAUFRIGNEUSE

NOTRE TEXTE

A l'exception de *L'Angélus,* tous les textes de ce volume ont paru du vivant de Maupassant. Étant donné la détérioration constante des textes de cet écrivain, commencée dès les rééditions et les reprises parues de son vivant — nous avons exposé ce problème dans l'introduction du *Horla* (GF 409) —, nous donnons, sauf indication contraire, la dernière publication en recueil et, pour les récits non recueillis par l'auteur, la première publication dans la presse périodique. En relevant les variantes, nous n'avons tenu compte que des préoriginaux.

NOTES ET VARIANTES

SIGLES

BOULE DE SUIF

La nouvelle parut dans *Les Soirées de Médan* (Paris, Charpentier, 1880 ; notre texte), recueil collectif qui eut en 1890 une deuxième édition, pleine de fautes d'impression, d'omissions de mots, de phrases entières quelquefois, rendant illogique le texte de *Boule de suif*. Reprise : *Contes et nouvelles*, Paris, Charpentier, 1885.

Dans le tome 1 de l'édition Conard des *Œuvres complètes* figure un relevé de variantes, résultant du collationnement de l'original et d'un manuscrit, inconnu de nos jours, confié à l'éditeur par M. et Mme Jean Ossola. (Cette dernière, fille de Hervé de Maupassant, a hérité les papiers de son oncle.) Dans son livre *En regardant passer la vie* (Paris, Ollendorff, 1903, p. 44-45), Hermine Lecomte du Noüy fait mention d'un manuscrit en sa possession, également inconnu de nos jours. Nous reproduisons ci-dessous les variantes de l'édition Conard.

1. Début décembre, l'armée du Nord se replie vers Rouen devant les Prussiens. L'idée de soutenir un siège ayant été abandonnée, la ville sera investie par les vainqueurs le 6 décembre 1870 et sera occupée jusqu'au 21 juillet 1871.

2. *Ms* : allure traînée, éparpillée, sans

3. *Ms* : tranquilles, gênés d'un sabre ou d'un fusil

4. C'étaient les soldats de la garde nationale mobile, armée auxiliaire créée en 1868 et composée de jeunes gens qui ont échappé au service régulier, qu'on appelait familièrement « moblots ».

5. Jusqu'au début de la Première Guerre mondiale, l'infanterie française portait des culottes rouges.

6. *Ms* : division hachée dans

7. *Ms* : fantassins mélangés ; et,

8. Soldat de l'infanterie de ligne.

9. Compagnies fondées en 1792 — leurs noms « héroïques » rappellent leur origine révolutionnaire — et organisées à nouveau à la fin du second Empire, les francs-tireurs n'appartenaient pas à

l'armée régulière, bien qu'ils fussent mis au service de l'autorité militaire. Leurs manœuvres imprévisibles les rendaient particulièrement redoutables pour l'ennemi.

10. Créée le 13 juillet 1789, la garde nationale sédentaire incorporait les citoyens de vingt à soixante ans pouvant payer leur équipement. Le 11 août 1870, elle s'ouvrit à tout citoyen et fut chargée de la défense des villes.

11. *Ms :* remuait sous un fourré, était

12. *Ms :* disparu. Dans quelle fosse d'aisances avez-vous plongé, ô fusils à tabatière. Les derniers

Dans sa lettre du 1er février 1880, Flaubert conseille à Maupassant de supprimer dans son texte la « chose » suivante qui ferait « crier les imbéciles » : « dans quelles frises, etc. ce jeune homme jette de la fange à nos armes ». Cette phrase est reproduite à l'identique dans l'édition Conard de la *Correspondance* de Flaubert et dans celle du Club de l'Honnête Homme, mais l'hypothèse d'une lecture fautive n'est pas à exclure : le mot « frises » n'ayant pas de sens dans le contexte, on suggère d'y substituer « fosses », ce qui permettrait de supposer que la proposition de Flaubert concernait la phrase de Maupassant citée ci-dessus.

L'appellation « fusil à tabatière » désignait, dans le langage familier, un fusil se chargeant par la culasse, dont le mécanisme s'ouvrait de la même façon qu'une tabatière.

13. Tous les noms de lieu désignent des agglomérations réelles ; la description des mouvements des troupes aussi est conforme à la réalité.

14. *Ms :* pied, escorté de deux

15. *Ms :* étaient fermées, la rue

16. *Ms :* mortes et inhabitées, tandis que

17. *Ms :* par le « monstrueux droit de la guerre ».

18. *Ms :* chambres closes, avaient

19. *Ms :* La ville même avait repris son aspect ordinaire. Les rues semblaient vivantes comme au temps des Français ; rien en apparence n'était changé que l'uniforme des soldats. Du reste,

20. *Ms :* Les Prussiens exigeaient

21. *Ms :* ramenaient chaque jour du

22. *Ms :* fleuve étaient pleine *[sic]* de ces vengeances

23. *Ms :* gloire. C'était le dévouement des pauvres à leurs misérables foyers qui travaillaient chaque nuit à l'ombre. / Car

24. *L'original donne* assujétissant *; nous corrigeons.*

25. *Ms :* envahisseurs, tout en faisant peser sur la ville le joug de leur discipline,

26. L'armée française occupa la « poche » du Havre jusqu'à la fin de la guerre.

27. La rue Grand-Pont, dans l'axe de l'actuel pont Boieldieu, était bordée de commerces de luxe.

28. *Ms :* commerce, à laquelle il donnait son activité

29. Le modèle du personnage de Carré-Lamadon est Pouyer-Quartier (1820-1891), riche fabricant de cotonnades, président de la

Chambre de commerce de Rouen. Tout en gardant de bonnes relations avec les milieux politiques du second Empire, il avait su prendre ses distances, ce qui lui permit de devenir ministre des Finances dans le gouvernement de Thiers et d'être choisi comme un des négociateurs du traité de Francfort. Aux yeux de Flaubert, qui le surnommait « l'Hercule de Martainville » et « l'Alcide du Ruissel » (lettre à Maupassant, entre le 5 et le 10 novembre 1877), il était le type parfait du bourgeois du XIXᵉ siècle.

30. Louis Forestier note (*Pl*, t. 1, p. 1503), pour souligner l'importance d'une telle fortune, qu'un employé de ministère gagnait à l'époque de 1800 à 2 400 francs par an.

31. *Ms* : l'autre, toute chétive,

32. Le modèle de Cornudet est « le communiste, communard et commun » Charles Cord'homme (lettre de Flaubert à sa nièce Caroline du 30 avril 1871), second époux de Louise de Maupassant, veuve d'Alfred Le Poittevin, tante de Guy.

33. Les commentateurs sont d'accord pour considérer comme modèle de Boule de suif Adrienne-Annonciade Legay, née en 1842 à Életot, près de Fécamp. Venue à Rouen vers l'âge de dix-sept ans, elle devient l'amie d'un officier de cavalerie, puis d'un riche commerçant rouennais. Pendant la guerre, comme l'amant se trouve mobilisé au Havre, elle prend souvent la diligence pour aller le voir. Tombée dans la misère, elle se tuera en 1892. Maupassant aurait fait sa connaissance et soupé avec elle quelques années après la publication de *Boule de suif*.

Mais si le modèle du personnage semble être bien Adrienne Legay, l'incident qui forme le noyau de la nouvelle est arrivé à une autre femme. Richard Bolster (*Revue d'Histoire littéraire de la France*, 1984/6, p. 901-908) a retrouvé la source de l'anecdote dans un article publié le 5 janvier 1871 dans *Le Journal du Havre*. En voici le texte :

UNE NOUVELLE ATROCITÉ DES PRUSSIENS

Havre, le 5 janvier 1871

Mes chers amis,

Sous le coup de l'indignation la plus vive, je viens vous raconter une infamie nouvelle des Prussiens, dont j'ai été témoin pendant mon voyage.

Vous savez, sans doute, que les Prussiens ont permis l'établissement d'un service de diligences entre Rouen et Dieppe. J'ai usé de ce mode de locomotion afin de me réfugier au Havre. Sauf quelques légers désagréments, tout alla bien jusqu'à Tôtes. Là, le conducteur reçut du poste prussien l'ordre de s'arrêter. L'Officier qui commandait ce détachement nous demanda brutalement nos papiers.

Parmi nos compagnons de voyage se trouvait une jeune et charmante femme, que les façons de l'officier prussien paraissaient fortement impressionner. À peine le blond germain eut-il jeté les yeux sur le passeport de la voyageuse, qu'une méchanceté diabolique se refléta sur ses traits. Il venait d'apprendre que notre compagne était artiste dramatique.

Dès lors, il n'accorda plus qu'une médiocre attention aux autres passeports, et dit à l'actrice :

Madame, vos papiers ne sont pas en règle : il faut me suivre. En vain l'actrice essaya des explications. Le Prussien ne voulut rien entendre, et cria au conducteur : « Vous ne repartirez que dans quatre heures ».

Plus morte que vive, l'actrice fut bien obligée de se soumettre à la force, et de suivre son insolent conducteur dans l'auberge voisine, sévèrement gardée par un poste nombreux.

Forcés d'interrompre notre voyage, nous attendîmes patiemment, pendant quatre mortelles heures, en nous garantissant du froid le mieux possible.

Cinq heures, six heures se passent : l'officier ne reparaît pas. Notre inquiétude devient telle, que nous prenons la résolution d'aller demander des explications au poste prussien qui, pour toute réponse, nous présenta la pointe de ses baïonnettes.

Bref, ce n'est que le lendemain matin, à neuf heures, que notre compagne de voyage nous fut rendue. Ses traits étaient défaits, elle pleurait à chaudes larmes, et c'est au milieu de sanglots qu'elle put s'écrier : « Mon Dieu ! Je suis perdue ». On comprendra que nous n'ayons pas voulu augmenter cette douleur en lui demandant des explications, trop faciles, d'ailleurs, à deviner.

L'officier, d'un air de triomphe bestial, ordonna au conducteur de partir, du même ton dont il aurait commandé la charge en douze temps. Enfin, nous pûmes arriver à Dieppe où nous avons laissé la pauvre jeune femme dans un état à faire pitié. Si violent était son désespoir, que nous craignions vraiment pour sa raison !

Cette jeune actrice appartenait au théâtre de Rouen, et même, si je ne me trompe, elle a dû faire partie, il n'y a pas bien longtemps, de la troupe du Havre, où elle s'était toujours fait remarquer par la régularité de sa vie.

VOTRE AMI.

34. *Ms :* tendue, un gros bedon qui

Cette correction semble répondre à une suggestion de Flaubert : « Elle est charmante, votre fille ! Si vous pouviez atténuer son ventre au commencement, vous me feriez plaisir. » (Lettre du 1er février 1880.)

35. Nom donné à Rouen à un pain très léger.

36. Nom vieilli de l'alouette grosse, bonne à manger.

37. *L'original donne* Pont-Lévêque ; *nous corrigeons.*

38. On raconte que le jour du défilé des envahisseurs, Adrienne Legay mit, comme d'autres habitants de Rouen, des drapeaux noirs à sa fenêtre. Pour punir ces personnes, les autorités prussiennes les obligèrent aussitôt à loger un grand nombre de soldats, et c'est ainsi que la femme galante reçut l'ordre d'héberger douze Prussiens ; plutôt que de les accueillir, elle a quitté son domicile... en laissant la clé sous le paillasson. (Cf. Gabriel Reuillard : « Sur les traces de Boule-de-Suif *[sic]* », *Le Monde illustré*, 26 avril 1930.)

39. Surnom de Napoléon III qui, en 1846, pour s'évader de la prison du fort de Ham, emprunta les vêtements d'un maçon nommé Badinguet.

40. Griotte, à partir de laquelle on fabrique le guignolet.

41. Onze et deux font treize, et non quatorze.

42. Flaubert avait choisi Tôtes comme premier lieu d'établissement de Charles Bovary. L'Hôtel du Cygne, modèle de l'Hôtel du Commerce de Maupassant, y existe encore.

43. *Ms :* voix dure d'un

44. *Ms :* blond si menu qu'on

45. *Ms :* sœurs en buvaient. Les autres

46. *Ms :* qui avait pris elle-même la nuance

47. *Ms :* jamais ça ! » / Cornudet

48. Tonneau dont la capacité varie entre 114 et 140 litres.

49. *Ms :* Boule de suif, dont le ventre et les tetons se mêlaient sous C'est Flaubert qui conseille à Maupassant, dans sa lettre du 1er février 1880, d'enlever le mot « tetons » qui risquerait de « faire crier les imbéciles ». (On respecte la graphie *tetons* encore en usage à l'époque.)

50. *Ms :* Boule de suif paraissait défendre

51. *Ms :* Elle semblait indignée

52. Mouchoir en madras — étoffe des Indes, en soie et coton — qui, noué sur la tête, servait de coiffure.

53. Eugène-Louis-Napoléon, fils de Napoléon III, avait quatorze ans en 1870. Il mourut en 1879, l'année où Maupassant écrivit *Boule de suif.*

54. Jeu de cartes où il faut réunir, sans les dépasser, trente et un points avec trois cartes.

55. Jeu de cartes appelé ainsi parce que les joueurs peuvent, avec l'accord des partenaires, écarter les cartes qui ne leur conviennent pas afin de les remplacer par d'autres.

56. Jaunes d'œufs battus avec de l'eau chaude sucrée.

57. Les exemples sont peu conformes à la situation. Héroïne biblique, pour sauver la ville de Béthulie assiégée par les Assyriens, Judith séduisit Holopherne, le général ennemi, et lui coupa la tête dans son sommeil. Lucrèce, dame romain (?-~ 509) violée par Sextus, fils du roi Tarquin le Superbe, se donna la mort ; l'événement fut à l'origine du soulèvement qui renversa la royauté et établit la république à Rome. Cléopâtre VII (~ 69-~ 30), reine d'Égypte, devint la maîtresse de César qui la rétablit au trône d'où elle avait été chassée, puis d'Antoine qui l'épousa et qui agrandit son royaume ; vaincus par Rome qui craignait leur puissance, Antoine et Cléopâtre se donnèrent la mort. Hannibal s'empara de Capoue en ~ 215, et y tint des quartiers d'hiver dont l'agrément — « les délices de Capoue » — risquait de compromettre la combativité de ses troupes.

58. *L'original donne* cela s'était raconté ; *nous corrigeons, suivant la leçon de l'édition de 1890.*

59. *Ms :* était détourné, habile

60. Jeu de cartes à plusieurs jeux de trente-deux cartes.

61. *La Marseillaise* ne devient hymne national qu'en 1879.

MADEMOISELLE FIFI

Publiée dans *Gil Blas* du 23 mars 1882, sous la signature de Maufrigneuse (Maupassant, qui signe de son nom ses écrits publiés dans *Le Gaulois*, utilise dans *Gil Blas* ce pseudonyme emprunté à un personnage de Balzac), la nouvelle est recueillie la même année dans un volume qui porte son nom (*Mlle Fifi*, Bruxelles, Kistemaeckers, 1882) et dont une nouvelle édition, augmentée de onze textes, paraîtra l'année suivante (*Mlle Fifi. Nouveaux contes*, Paris, Havard, 1883 ; notre texte), puis sera republiée chez Ollendorff en 1893.

Reprises : *Contes et Nouvelles*, Paris, Charpentier, 1885 ; *La Semaine populaire*, 6 mai 1888 ; *Contes choisis*, Paris, Société des Bibliophiles contemporains, 1892.

1. Dans l'original comme dans toutes les éditions à l'exception de *GB*, le titre s'écrit *M^{lle} Fifi* ; nous rétablissons la graphie usuelle.

2. *GB :* le major-commandant prussien,

3. *GB donne partout* Falsberg
Tous les noms sont inventés par Maupassant. On notera qu'il se contente de leur donner une consonance germanique sans se soucier de leur conformité sémantique à la langue allemande.

4. *GB :* depuis deux mois

5. *1893 :* mois qu'il occupait le

6. *GB donne partout* château de Barville.
Uville comme Barville sont des noms fictifs. Louis Forestier (*Pl*, t. I, p. 1413) rapproche le premier d'Urville, nom qu'on rencontre dans la Manche et dans le Calvados, et le second, de Cany-Barville, situé entre Fécamp et Dieppe.

7. *GB :* regarda quelque temps

8. L'Andelle, rivière de 54 km, prend sa source à Forges-les-Eaux et se jette dans la Seine.

9. *GB donne partout* Kellveinghstein.

10. *GB :* barbe formant nappe sur sa poitrine, d'un regard bleu, d'une joue fendue par un coup

11. Guerre entre l'Autriche et la Prusse qui se termina par la bataille de Sadowa (3 juillet 1866) où s'est révélée la première fois l'efficacité de l'armement prussien.

12. *GB :* ras un poil

13. *GB :* quand il se trouvait sous certains reflets, son menton frotté de

14. *GB, 1882 :* sans qu'il sût au

15. *GB :* il but d'un

16. *GB :* café, en

17. *GB, 1882 :* le baron-capitaine, viveur

18. *GB :* depuis deux mois

19. *GB :* marquis Rego d'Anglesse, que ses camarades appelaient Mlle Fifi, un

GB donne partout Rego d'Anglesse. *1882* ainsi que l'original orthographient Wilhem au lieu de Wilhelm. On rencontre la même faute dans *Deux amis.*

20. *1882* : mademoiselle Fifi

21. *1882* : mademoiselle Fifi

22. *GB* : arme à feu *[trois paragraphes plus haut].* / Les glaces de la salle à manger seigneuriale étaient étoilées de balles et les hautes tapisseries des murs lacérées de coups de sabre, œuvres de Mlle Fifi en ses heures de désœuvrement. Deux portraits de famille fumaient des pipes en porcelaine, tandis qu'en son cadre antique, une noble dame à toile serrée, montrait d'un air arrogant une étrange paire de moustaches, faite

23. *L'original donne* devenu solide comme *; nous corrigeons suivant la leçon de GB et de 1882.*

24. *GB* : bouteilles de liqueurs et de cognac passaient

25. *1882* : mademoiselle Fifi

26. *GB* : absorbaient *[milieu de l'avant-dernier paragraphe]* à petits traits, vidaient leur verre, et presque aussitôt le remplissaient avec un geste de lassitude résignée. Un brouillard

27. *GB* : baron se rapprocha : « Je

28. *GB* : tout, commandant, j'enverrai à

29. *GB* : des Dames, je

30. *GB* : épaules : « Vous

31. *GB* : quatre chevaux *[douze paragraphes plus haut].* / *Signe de séparation.* / Tous les visages s'étaient animés, et la conversation s'éveilla. Le baron sortit pour s'occuper de la table ; et Mlle Fifi, tirant un revolver, creva, sans quitter sa place, les deux yeux de la dame à moustaches. Puis, tandis que ses compagnons continuaient à fumer en parlant avec calme, il versa de la poudre dans une mignonne théière de Chine restée sur une étagère, introduisit un long morceau d'amadou qu'il alluma, porta cette mine dans la pièce voisine, le grand salon, que l'ancien maître légitime, le comte Fernand d'Amoys de Barville, avait empli d'objets d'art, de tableaux et de statuettes, puis il revint tranquillement, attendant l'explosion. / C'était sa manière de détruire ; et, chaque jour, après son déjeuner, il faisait sauter sa potiche, faïence rouennaise ou porcelaine de Sèvres, au milieu des collections précieuses, battant des mains avec délire quand la machine infernale avait brisé quelque pièce rare. / Après le coup, il alla voir, rapporta des morceaux, qu'il examinait avec intérêt, s'étonnant aux dentelures bizarres des éclats, mais une telle trombe de fumée de poudre arriva par la porte ouverte, se mêlant à celle du tabac, qu'il devint absolument impossible de respirer. Le lieutenant Fritz ouvrit les fenêtres, et tous, instinctivement, s'en approchèrent. / L'air humide s'engouffra dans la salle et ils regardaient les grands arbres accablés sous l'eau, la campagne vide, et là-bas, le clocher

32. Défendue par le colonel Denfert-Rochereau, la ville de Belfort a résisté cent trois jours (de novembre 1870 à février 1871) aux Prussiens, ce qui lui a valu de rester française lorsque l'Alsace a été

cédée à l'Allemagne au traité de Francfort. Strasbourg a résisté près
de deux mois, du 9 août au 28 septembre.

33. *GB :* n'avait *[début du paragraphe précédent]* point sonné, le
curé s'obstinant à protester ainsi contre l'invasion ; et tout le monde à
dix lieues aux environs vantait la fermeté du prêtre qui affirmait ce
deuil public par le mutisme de son clocher. L'abbé nourrissait, il est
vrai, des soldats ; deux fois même il avait accepté de boire un verre de
bière avec le comte de Falsberg, mais il ne fallait pas lui demander un
seul tintement de sa cloche ; il se serait plutôt laisser fusiller, et le
village entier, enthousiasmé par cette résistance, était prêt à le
soutenir jusqu'au bout, à tout braver, considérant le silence de
l'église comme la sauvegarde de l'honneur national. Il semblait aux
paysans qu'ils avaient ainsi résisté mieux que Belfort et Strasbourg,
que le nom du hameau en deviendrait immortel, et, hormis

34. *GB :* ensemble de cette manie, et

35. *1882 :* mademoiselle Fifi

36. *GB :* volontiers ce patriotisme muet *[quatre paragraphes plus
haut].* / Vers deux heures ils se séparèrent pour s'occuper du service,
et quand ils

37. *GB :* dix, le

38. *GB :* roulement ; tous
 1882 : roulement : tous

39. *GB :* depuis deux mois

40. *GB :* de vaisselles riches et d'argenterie trouvée dans un mur,
lui donnait l'aspect

41. *1882 :* appréciant, les tâtant, les embrassant

42. *GB :* Le capitaine radieux *[huit paragraphes plus haut]* plaça
les femmes en ligne, par rang de taille, les adjugeant, pour éviter
toute discussion, suivant le grade de chacun, en commençant par la
plus grande qui revenait au commandant. / Toutes étaient jolies et
grasses, sans physionomie d'ailleurs, faites pareilles par les habitudes
semblables et la vie commune des maisons publiques. / Elles
s'appelaient Amanda, Pamela, Blondine, Éva, et Rachel, une brune
toute jeune, à l'œil noir comme une tache d'encre, une juive dont le
nez retroussé confirmait la règle qui donne des becs courbes à toute
sa race. / Étant la plus petite, elle fut cédée au marquis Rego, qui
commença par lui souffler dans la bouche un jet de tabac, sous
prétexte de l'embrasser. Elle le regarda fixement, et ne dit rien. / Le
commandant lui-même sembla enchanté. Il prit à sa droite Amanda,
Pamela à sa gauche, et, s'asseyant : / — Vous

43. *GB :* monde, servant assidûment leurs voisines ; le

44. *L'original donne* Kelveinghstein ; *nous corrigeons.*

45. *GB :* rayonnait, les pinçait toutes, semblait

46. *GB :* cheveux ardents. Il

47. *GB :* salive *[fin du paragraphe précédent].* Bientôt elles s'allu-
mèrent, embrassant leurs voisins, redevenant elles, ouvrant la porte
aux habitudes. Et elles riaient d'un rire furieux

48. *GB :* l'ennemi. / Les hommes aussi, grisés par cette chair de
femme, s'affolaient, hurlaient, brisaient la vaisselle,

49. *GB* : Le commandant seul conservait de la tenue. / Mlle Fifi, plus pâle que d'habitude, avait

50. *GB* : son cou, tantôt il la pinçait avec fureur comme saisi

51. *GB* : ravage. Il appuyait parfois ses lèvres sur la bouche fraîche de la juive, la baisant à perdre haleine ; mais soudain, dans une étreinte, il

52. *GB, 1882* : jeune fille et

53. Épouse de Guillaume Ier, proclamé empereur d'Allemagne le 18 janvier 1871 à Versailles.

54. *GB* : dit-il. / Au dessert, le commandant but « aux Dames », et une

55. *GB* : soudards *[dix paragraphes plus haut]*, mêlés de plaisanteries crues, rendues plus brutales par l'ignorance de la langue. / Le capitaine, levant son verre, annonça : « À nos victoires sur les cœurs ! » Mais le lieutenant Otto se dressa, envahi brusquement de patriotisme alcoolique : « À nos victoires sur la France ! » Les cinq femmes, tout à coup, cessèrent de rire. Alors Rachel, frissonnante : « Tu sais, j'en connais, des Français, devant qui tu ne dirais pas ça. » Alors le marquis Rego se retourna, fixant sur elle ses yeux clairs comme il les fixait sur les tableaux dont il crevait la toile à coups de revolver : « Ah ! ah ! je n'en ai jamais vu, moi. Sitôt que nous paraissons, ils f...ichent le camp. » La fille, exaspérée, lui cria dans la figure : « Tu mens, salop ! » Mais, sans se fâcher, il la considérait en riant : « Ah ! oui, parlons-en, la belle ; serions-nous ici s'ils étaient braves ? » Et, se levant à son tour, il tendit son verre jusqu'au milieu de la table : « À nous la France, à nous les plaines, les maisons et les bois de France ! » / Tout à fait ivres, les cinq hommes saisirent leurs verres en vociférant et les vidèrent d'un seul trait. Et les filles ne protestaient plus réduites

Pour la graphie du mot *salop*, cf. la note 7 du *Lit 29*.

56. *GB* : le marquis

57. *GB* : emplie de nouveau :

58. *GB* : elle lui jeta d'une

59. *GB* : « Ça, ça ce n'est

60. *GB* : est bien ponne, bien ponne. Qu'est-ce alors que tu fais là, bétite ? » / Étonnée, elle se tut d'abord, puis, comprenant tout à coup : « Moi ? moi ? Je

61. *GB* : une p..... ; c'est

62. *GB* : main, affolé de

63. *GB* : qu'il commençait fut

64. *1882* : mademoiselle Fifi

65. *L'original donne* en fonctions, restaient *; nous corrigeons.*

66. *GB* : regard effroyable *[seize paragraphes plus haut]*, / On s'élançait vers elle ; elle courut vers la fenêtre, l'ouvrit et sauta dans le parc, sous la pluie. / En deux minutes, mademoiselle Fifi fut morte. Alors commença dans le parc une chasse furieuse. Cinquante hommes, fouettés de menaces, furent lancés dans la nuit. Ils allaient sous l'eau torrentielle, et parfois un coup de fusil éclatait quelque part. Au bout de trois heures, quatre soldats avaient été tués par

leurs camarades. Mais on ne retrouva point Rachel. Les autres
femmes furent gardées en otages. / On la chercha le lendemain, et
toute la semaine aussi, mais on n'en put jamais découvrir aucune
trace. / Les habitants furent terrorisés ; on fouilla les maisons, on
battit tous les bois en vain. / Alors le commandant, pour se venger,
ordonna au prêtre de sonner sa cloche comme autrefois, comptant
sur un refus, pour sévir sans contrainte. / Et, le lendemain, la cloche
sonna ; elle tinta désormais tous les jours, car il ne fallait pas qu'on
montât au clocher. Une femme était cachée dedans, que le curé
nourrissait en cachette. *[Fin.]*

DEUX AMIS

Parue dans *Gil Blas* du 5 février 1883, sous la signature de
Maufrigneuse, la nouvelle est recueillie aussitôt dans la 2ᵉ édition de
Mademoiselle Fifi (*Mlle Fifi. Nouveaux Contes*, Paris, Havard, 1883 ;
notre texte), volume qui sera republié chez Ollendorff en 1893.

Reprises : le supplément du *Gaulois*, 24 mars 1883 ; *La Vie
populaire*, 8 avril 1883 ; *Contes et Nouvelles*, Paris, Charpentier,
1885 ; *Contes choisis*, Paris, La Librairie illustrée, 1886 ; *Annales
politiques et littéraires*, 18 mars 1888, sous la rubrique « Pages
oubliées » ; *L'Écho de la semaine*, 11 novembre 1888 ; *L'Intransigeant
illustré*, 5 novembre 1891 ; le supplément de l'*Écho de Paris*, 13 mars
1892 ; *Le Voleur*, 31 mars 1892 ; *La Vie de famille*, 3 avril 1892.

Dans *Annales politiques et littéraires*, le texte est précédé de ces
lignes : « La mort de l'empereur Guillaume évoque le souvenir de la
guerre. Nous empruntons à Maupassant l'admirable épisode qu'on
va lire. »

1. Louis Forestier note (*Pl.*, t. I, p. 1512) que la première phrase
est un alexandrin, et la rapproche de ce vers de Hugo, connu par tous
à l'époque : « Nous mangeons du cheval, du rat, de l'ours, de l'âne »
(*Lettre à une femme*, dans *L'Année terrible*, 1872).

2. M. Morissot porte l'uniforme de la garde nationale.

3. *GB* : arrivé dans ce

4. Nom populaire de l'absinthe.

5. *GB* : Une lande de

6. *GB et l'original donnent* dont est ; *coquille corrigée dans 1893.*

7. *GB :* dans ce ciel

8. *GB :* femmes, en des cœurs de mères

9. *GB :* briller un tas

10. Aussi bien *GB* que l'original orthographient Wilhem au lieu
de Wilhelm ; on rencontre la même faute dans *Mademoiselle Fifi.*

11. *GB :* Et ce Prussien

LE PÈRE MILON

Parue dans *Le Gaulois* du 22 mai 1883 (notre texte), la nouvelle ne sera recueillie que dans le volume posthume qui porte son nom (*Le Père Milon, Contes inédits*, Paris, Ollendorff, 1899).
Reprise : *L'Écho de la semaine*, 7 octobre 1887.

1. Après Sedan, le général Faidherbe (1818-1889) commande l'armée du Nord qui, bien que constituée en grande partie de troupes inexpérimentées, remporte la victoire sur les Prussiens à Pont-Noyelles (3 décembre 1870) et à Bapaume (4 janvier 1871), mais sera vaincue le 19 janvier à Saint-Quentin.
2. *L'original donne* que leur ; *nous corrigeons.*
3. *L'original donne* épis ; *nous corrigeons.*

LA MOUSTACHE

Paru dans *Gil Blas* du 31 juillet 1883, sous la signature de Maufrigneuse, ce texte a été recueilli dans la deuxième édition de *Toine* (Paris, C. Marpon et E. Flammarion, s. d. [1886] ; notre texte).

1. Le lieu est imaginaire, la date, en revanche, est celle de la publication du texte : comme *Gil Blas* sortait la veille du jour dont il portait la date, le numéro du 31 juillet parut, en fait, le 30.
2. Sous le second Empire, les pièces de salon étaient fort à la mode. Maupassant lui-même en compose (*Une répétition* paraît dans *Saynètes et monologues* chez Tresse, en 1879) et organise des représentations dans la villa des Verguies, à Étretat.
3. *GB :* sans moustaches n'est
4. *GB :* moustache, oh ! la
5. Maupassant, qui a fait la connaissance chez Flaubert de « l'orateur préféré des dames élégantes », a beaucoup d'estime pour le Père Henri Didon (1840-1900) à qui il rend visite en 1880 au monastère corse où ses supérieurs ont obligé le prédicateur célèbre à se retirer. (Cf. « Le Monastère de Corbara », *Le Gaulois*, 5 octobre 1880.)
6. Jules Méline (1838-1925), ministre de l'Agriculture depuis quelques mois à l'époque où paraît le texte de Maupassant, le restera jusqu'en 1885.
7. Les références aux *Scènes de la vie de Bohème* (1847-1848) de Henry Murger sont courantes à l'époque. Les personnages féminins principaux s'appellent Mimi et Musotte.
8. *GB :* présent. / *Signe de séparation.* / A
9. *L'original donne* mon ami barbu ; *nous corrigeons suivant la leçon*

de GB, en rappelant que dans les textes de Maupassant la barbe est une des caractéristiques constantes des Prussiens.

10. *L'original donne* reconnu *; nous corrigeons.*

11. *GB :* conforme : / Maufrigneuse.

UN DUEL

Paru dans *Le Gaulois* du 14 août 1883 (notre texte), ce texte n'a été recueilli qu'après la mort de Maupassant, dans *Le Colporteur* (Paris, Ollendorff, 1900).

Reprises : *Annales politiques et littéraires*, 6 septembre 1885, sous la rubrique « Pages oubliées » ; le supplément de *La Lanterne*, 22 juillet 1888.

1. La guerre franco-prussienne prend fin par le traité de Francfort, le 10 mai 1871 ; mais les luttes s'arrêtent à partir du 28 février, date de la signature des préliminaires de la paix.

2. Cf. la note 10 de *Boule de suif*.

3. Pharsbourg n'existe pas. Le nom est calqué, selon Louis Forestier (*Pl*, t. I, p. 1579), sur celui de Phalsbourg, chef-lieu de canton de la Moselle, qui opposa une énergique résistance aux Prussiens. Mais l'hypothèse d'une coquille n'est pas à exclure : rappelons l'hésitation entre les graphies Falsberg et Farlsberg dans les différents états de *Mademoiselle Fifi*.

4. Pour la guerre entre l'Autriche et la Prusse, cf. la note 11 de *Mademoiselle Fifi*.

5. Cf. la note 4 de *Boule de suif*.

6. Prononciation déformée par l'accent germanique du mot « ville ».

7. En principe, Maupassant méprise le duel, le considérant comme un rite social hypocrite : « Si l'on se bat, c'est qu'on a été insulté, et quand on est insulté, c'est, la moitié du temps, parce qu'on l'a mérité. Un homme irréprochable ne va pas souvent sur le pré, comme on dit », écrit-il dans « Le Duel » (*Gil Blas*, 8 décembre 1881). Qui plus est, il loue, dans la même chronique, la sagesse du « peuple anglais [...], debout dans la vie », qui refuse le duel : « [...] le gentilhomme anglais ne se bat pas. Je veux dire qu'il ne se bat pas en duel et qu'il tient ce genre d'exercice en grand mépris, jugeant la vie humaine respectable, utile au pays. »

UN COUP D'ÉTAT

Le récit parut en 1884, dans le recueil *Clair de lune* (Paris, Monnier, deux éditions, in-4° et in-8°). Notre texte est celui de l'édition de 1888 (Paris, Ollendorff).

Repris dans *Le Voleur*, les 17 et 24 octobre 1889.

1. La Troisième République a été proclamée le 4 septembre, deux jours après la défaite de Sedan.

2. *L'original donne* faisant fonctions de généraux ; *nous corrigeons.*

3. *M 4°, M 8° :* rouges ; des petits

4. *M 4°, M 8° :* à systèmes affolait

Les fusils à système sont des fusils se chargeant par la culasse dont une partie mobile permet de mettre en place immédiatement la cartouche, sans avoir à l'introduire par la bouche.

5. Louis Forestier (*Pl*, t. I, p. 1592) rapproche ce nom fictif de celui de Canneville-les-deux-Eglises, localité située entre Rouen et Barentin.

6. *M 4°, M 8° :* se trouvant face

7. *M 4°, M 8° :* les deux bras

8. *L'original donne* l'empereur ; *nous corrigeons.*

9. *M 4°, M 8° :* en vêtements de

10. *L'original donne* l'empereur ; *nous corrigeons.*

11. *M 4°, M 8° :* son Lefaucheux sur

Un lefaucheux est un fusil à système.

12. *M 4°, M 8° :* maître-maçon

13. L'élection des maires est instaurée par la Troisième République ; auparavant, ils étaient nommés par le gouvernement.

14. *L'original donne* l'empereur ; *nous corrigeons.*

15. *M 4°, M 8° :* docteur commanda d'une

LA MÈRE SAUVAGE

Paru dans *Le Gaulois* du 3 mars 1884, le récit est recueilli dans *Miss Harriet* (Paris, Havard, 1884 ; notre texte).

Reprises : *Annales politiques et littéraires*, 4 mai 1884, *La Vie populaire*, 17 juillet 1884 ; *La Librairie illustrée*, 1886 ; *Contes choisis*, Paris, sous le titre *Miss Harriet* ; le supplément de *La Lanterne*, 5 septembre 1889 ; le supplément du *Petit Parisien*, 6 octobre 1889.

1. *Pas de dédicace dans G.*

Georges Pouchet (1833-1894), fils du naturaliste rouennais Félix Pouchet, était professeur d'anatomie comparée au Muséum. Ami de Flaubert et ayant de nombreuses relations dans les milieux littéraires, il s'intéresse au jeune Maupassant qui lui consacre une chronique en 1881 (« Au Muséum d'histoire naturelle », *Le Gaulois*, 23 mars).

2. *Pas de divisions numérotées dans G.*

3. Lieu imaginaire.

4. *G :* poussaient, ainsi que des chevelures, sur

5. *G :* sobriquet ? / J'appelai Serval.

6. *G :* aventure. / *Signe de séparation.* / Lorsque

7. *G :* vus. / *Signe de séparation.* / Un

8. *G* : gîte. / *Signe de séparation.* / Or

9. Le terme « piéton » désigne le facteur de campagne qui fait ses tournées à pied.

10. *G* : enfant à elle, comme

11. *G* : rendu l'autre, avec

12. *G* : sonores et divers des

13. *G* : effroyable. Un

14. *G* : sang. / *Signe de séparation.* / Mon

L'HORRIBLE

Paru dans *Le Gaulois* du 18 mai 1884 (notre texte), le récit ne sera recueilli que dans le volume posthume *Le Colporteur* (Paris, Ollendorff, 1900).

1. *L'original donne* se réformer *; nous corrigeons.*

2. Cf. la note 4 de *Boule de suif.*

3. Le lieutenant-colonel Paul Flatters (1832-1881) a été chargé de deux missions (1880 et 1881) en vue de la construction du transsaharien, et a été, dans les circonstances relatées par Maupassant, tué par les Touaregs. (Cf. Victor-Bertrand Derrécagaix : *Exploration du Sahara. Les deux missions du lieutenant-colonel Flatters,* Paris, édition de la Société de Géographie, 1882.)

4. Oasis du Sahara algérien, Ouargla est le chef-lieu du département des Oasis.

5. Créés en Algérie en 1844 par le maréchal Bugeaud et organisés définitivement en 1867, les bureaux arabes servaient d'intermédiaires entre le commandement français et les chefs indigènes.

6. La phrase apparaît ainsi aussi bien dans l'original que dans *Le Colporteur.*

LES IDÉES DU COLONEL

Publié dans *Le Gaulois* du 9 juin 1884, le récit a été recueilli dans *Yvette* (Paris, Havard, 1885 ; notre texte).

Reprises : le supplément de *La Lanterne,* le 7 décembre 1884, puis, à nouveau, le 13 avril 1890 ; *Annales politiques et littéraires,* 14 décembre 1884 ; le supplément du *Petit Parisien,* 27 avril 1890.

L'anecdote a été utilisée par Maupassant dans une de ses premières nouvelles, *Le Mariage du lieutenant Laré* (*La Mosaïque,* 25 mai 1878) et dans *Souvenir* (*Gil Blas,* 16 février 1882). Nous reproduisons ces deux textes dans l'*Annexe* de notre recueil.

1. *G* : jambes roides comme
2. *G* : le piou-piou jusqu'aux
Onomatopée enfantine désignant les poussins à l'origine, « piou-piou » signifie jeune fantassin à l'époque de Maupassant.
3. Edme-Patrice-Maurice, comte de Mac-Mahon (1808-1898), qui avait reçu le bâton de maréchal à la suite de la victoire de Magenta (1859), fut placé à la tête de l'armée du Rhin au début de la guerre franco-prussienne. Battu à Wissembourg (4 août 1870) et à Froeschwiller (5-6 août), il fut encerclé à Sedan, blessé et fait prisonnier.
4. Le général Louis-Jules Trochu (1815-1896), gouverneur de Paris depuis le 17 août 1870, présida le gouvernement de la Défense nationale, constitué le 4 septembre, après la chute de Napoléon III, et fut chargé de la défense de Paris.
5. Nom de lieu imaginaire.
6. *G* : plaçai derrière les plus solides, avec
7. *G* : baïonnette dans
8. *G* : que fait le
9. *G* : étaient soûls. Le
10. *G* : mes hommes, un
11. *G* : bois ; quelques
12. *G* : Je donnais des
13. *G* : et j'entendais derrière
14. *G* : à l'Orient. / Une
15. *L'original donne* vociférant : — « Vive la France ! » / Et, je ; *nous corrigeons en adoptant la leçon du Gaulois.*
16. *G* : tambours ou des
17. Pour *La Marseillaise* cf. la note 61 de *Boule de suif.*
18. *G* : colonel. / *Signe de séparation.* / Il

LE LIT 29

Publié dans *Gil Blas* du 8 juillet 1884 sous la signature de Maufrigneuse, le récit est recueilli dans *Toine* (Paris, Havard, 1885, daté de 1886 ; notre texte est celui de la 2ᵉ édition, parue en 1886).

A l'origine de l'intrigue se trouve une anecdote racontée à Maupassant par Céard dont André Vial publie cette note inédite dans *Maupassant et l'art du roman* (Paris, Nizet, 1954, p. 314) :

> C'est à bien longue distance qu'il se souvenait des récits qu'on lui faisait. Ainsi une nouvelle, *Le Lit nº 29*, histoire d'une femme syphilitique, mourant à l'hôpital après avoir patriotiquement contaminé des Prussiens, vient d'une aventure réelle que je lui avais contée en 1876, avant *Boule-de-Suif.* C'était l'épisode de la fusillade d'une basse prostituée qui, condamnée à mort dans le département de la Haute-Marne, pour ses distributions de vérole à l'armée ennemie et ses infractions à des arrêtés l'expulsant de la ville où elle exerçait son métier et, par vengeance,

communiquait son virus, mourait en criant au peloton d'exécution : " Je m'en fous ! Je vous ai fait plus de mal que l'artillerie. " Plus de dix ans après, il reprenait cette anecdote et la déformait singulièrement en même temps qu'il la compliquait d'un viol bien inutile. C'était par représailles de ce viol par les Allemands que, maintenant, la femme pourrissait les officiers d'une garnison : effet assurément moins beau et moins grand que celui de la pierreuse donnant la corruption et la mort par amour pour la Patrie. Chez Maupassant, l'héroïne des trottoirs est devenue une courtisane de marque, refusant de se livrer aux vainqueurs, même contre argent, et est prise de force, après les avoir insultés. Sans doute Maupassant craignit de recommencer une espèce de Rachel, de Boule-de-Suif et autres pensionnaires de *La Maison Tellier* ou du bouge du *Port* et donna de la dignité à la courtisane en la haussant dans la galanterie, précaution qui détruit tout le grandiose d'un épisode réel.

1. La renommée du général Charles Bourbaki (1816-1897) date de la guerre de Crimée (1854-1855) où il s'illustra par sa hardiesse. Nommé commandant de la garde impériale au début de la guerre franco-prussienne, puis organisateur de l'armée du Nord, il remporte la victoire de Villersexel (8-9 janvier 1871), mais, battu à Héricourt (15-17 janvier) et réfugié en Suisse avec ses soldats qui y seront désarmés, il tentera de se tuer par crainte d'une accusation de trahison.

2. *L'original donne* l'école polytechnique ; *nous corrigeons.*

3. *GB :* manège féminin : / — Ce

4. *GB donne partout* Templier-Papou.

5. *GB :* commissionnaire, vieux homme

6. *GB :* tout le repas, il

7. Attesté depuis 1834, *salop* (de *salope*) s'emploie au sens de *salaud.*

8. *GB :* Elle murmura : / « Je

9. *L'original donne* pour faire moquer ; *nous corrigeons, reprenant ainsi la leçon de GB.*

10. *GB :* de la ville.

11. *GB :* deviez les arrêter ; mais ils vous ont passé sur le corps. C'est ta faute, à toi, si je suis ici, moi, parce que c'est toi qui devais les arrêter, entends-tu.

LES PRISONNIERS

Publié dans *Gil Blas* du 30 décembre 1884, le récit a été recueilli dans *Toine* (Paris, Havard, 1885, daté de 1886 ; notre texte est celui de la 2ᵉ édition, parue en 1886).

Reprises : *Le Bon Journal*, 15 et 22 novembre 1885 ; *Annales politiques et littéraires*, 21 février 1886 ; *La Vie populaire*, 6 mai 1886 ; le supplément de *La Lanterne*, 8 août 1889 ; le supplément du *Petit Parisien*, 25 août 1889 ; *Histoire d'une fille de ferme*, choix de contes, Paris, Ernest Flammarion, coll. « Auteurs célèbres », n° 111, 1890.

1. *GB* : crainte ; fait
2. Ce fut en 1617, sous Louis XIII, et non sous Henri IV, que Rethel a soutenu le siège du duc de Guise qui prit la ville ; sous la Fronde, les Espagnols s'en emparèrent en 1650, mais Turenne la reprit en 1653. Pendant la guerre franco-prussienne, Rethel n'a pas été touché par les combats que l'armée de l'Est menait dans la région.
3. Nom fictif.
4. *GB* : — V'là qu'en marche (*Coquille.*)
5. *L'original donne* le gros verrous ; *nous corrigeons, suivant la leçon de GB qu'adopte aussi Louis Forestier en rappelant l'expression* les lourdes verrous de la porte *qui figure au début du récit (Pl. t. II, p. 1458).*
6. *GB* : dans ce bouillon.
7. *GB* : et ce murmure
8. *GB* : bruit lourd, puis
9. *GB* : se remit à
10. *GB* : l'ombre pâle des neiges et
11. *GB* : attendit. / *Pas de signe de séparation.* / Les
12. *GB* : il le somma, cet
13. *GB* : épouvantable. / *Pas de signe de séparation.* / Personne
14. *GB* : un rire nouveau s'éleva.
15. *GB* : maison et vite. / En un
16. *GB* : glissa tout le
17. *GB* : à mosieur l'officié français
18. Cette graphie, employée dans *GB* aussi, qui n'indique pas l'accent allemand de la prononciation, est inutile. Compte tenu de la correction, reproduite dans la note précédente, du même type d'inadvertance, on suppose que Maupassant a oublié de corriger ce mot.
19. *GB* : l'autre portant Maloison

LES ROIS

Publié dans *Le Gaulois* du 23 janvier 1887, le récit est recueilli dans *Le Horla* (Paris, Ollendorff, 1887 ; notre texte).

Repris dans *La Vie populaire* du 20 octobre 1887, sous la rubrique « Histoire de la semaine ».

1. Nom de lieu fictif.
2. *G* : semaines, où il ne
3. *L'original donne* jour de Rois ; *nous* corrigeons.
4. *G* : hommes au monde. (*Coquille.*)
5. Remarque ironique, bien entendu, puisque Maupassant méprise l'esprit académique de la *Revue des Deux Mondes.*
6. *G* : paysanne, tortue, ridée
7. *G* : Marchas, et, montrant

8. *G* : serviette autour du cou
9. *G* : tout, Framoise a blessé
C'est peut-être cette leçon qui est la bonne : aucun des officiers
n'est désigné par son prénom dans le récit.

L'ANGÉLUS

L'Angélus est la dernière œuvre entreprise par Maupassant. Début
1891, la rédaction est déjà en cours, et l'écrivain compte la publier
sous peu, mais la maladie, de plus en plus envahissante, l'empêchera
de terminer son roman.

Le texte a été publié la première fois dans *La Revue de Paris* du
1er avril 1895, puis dans le tome 29 de l'édition Conard (notre texte)
où cinq pages du manuscrit sont reproduites en fac-similé (nous
tenons compte des variantes). Notre fragment IV manque dans *La
Revue de Paris* où on relève, en outre, quelques corrections de style
introduites, de toute évidence, par les éditeurs. Dans l'édition
Conard, il est fait mention d'un manuscrit de 34 feuilles auxquelles
s'ajoutent quelques feuilles éparses. Introuvable à présent, ce
manuscrit aurait figuré, selon Louis Forestier, au catalogue 299 de la
librairie Blaizot en 1949, puis, en 1951, dans la collection Artine
Artinian. (Cf. Maupassant : *Romans*, Paris, Gallimard, « Bibliothè-
que de la Pléiade », 1987, p. 1683.) Hermine Lecomte du Noüy note
que « Maupassant [lui] avait raconté le plan de ce roman de façon
très détaillée ; même il [lui] fit lire des chapitres qu'on ne retrouva
pas. » (*En regardant passer la vie*, Paris, Ollendorff, 1903, p. 50.)

L'édition Conard reproduit, dans une note introductive (p. 212-
213), le récit suivant d'Auguste Dorchain :

> En août 1891, j'étais à Champel-les-Bains, près de Genève, pour
> demander aux eaux glacées de l'Arve et à l'air vivifiant des hauteurs, la
> guérison d'une fatigue nerveuse, quand un jour on m'annonça la visite de
> Guy de Maupassant, que le docteur Cazalis — le poète Jean Lahor —
> amenait à l'établissement thermal.
> Maupassant avait sous le bras une serviette d'avocat, pleine de papiers.
> Il l'ouvrit, me montra les feuilles :
> — Voici les cinquante premières pages de *L'Angélus*. Depuis un an, je
> n'ai pu en écrire une seule autre. Si, dans trois mois, le livre n'est pas
> achevé, je me tue.
> Telles furent ses premières paroles.
> Dirai-je tout ce qu'il ajouta, tout ce que, dans une volubilité de langage
> et avec une fixité de regard également effrayantes, il me conta pendant les
> trois jours qu'on put le retenir à Champel ? Non, certes ! le souvenir m'en
> est trop cruel et ce n'est point celui qu'il doit laisser à personne. J'aime
> mieux me rappeler seulement une soirée admirable, où, pendant deux

heures, je pus le croire guéri, sauvé, redevenu égal à lui-même. Nous l'avions, ma femme et moi, invité à dîner dans notre petit chalet, annexe de l'Hôtel des Bains : il apporta son manuscrit dont il ne se séparait qu'avec peine, ayant décidé que sa sentence était là, et il nous dit :

— Je vais vous raconter *L'Angélus.*

Il le conta avec une lucidité, une logique, une éloquence, une émotion extraordinaires. C'était l'histoire d'une femme, à la veille d'être mère, et que son mari, soldat, a laissée seule dans le château de famille pendant l'Année terrible. Un soir d'hiver, le soir de Noël, les Prussiens envahissent la maison ; sur une résistance ou une plainte, ils relèguent la malheureuse dans une étable, après l'avoir maltraitée et même blessée ; et, sur la paille, tandis qu'au loin sonnent les cloches de l'église, elle met au monde un fils, comme autrefois la Vierge Marie. Mais quel fils ! un fils blessé, estropié à jamais par le coup qu'a reçu sa mère, un fils aux jambes brisées et qui jamais ne marchera, et qui jamais ne sera un homme pareil aux autres hommes. Les années passent sur lui sans le guérir, mais en affinant son âme à l'amour infiniment tendre de sa mère, comme pour qu'il puisse souffrir davantage. Est-ce que, vraiment, Jésus est venu au monde pour y apporter de la joie ?... Un jour, quand il est devenu un jeune homme, une jeune fille passe et l'infirme l'adore de son grand et tendre cœur, mais sans qu'il puisse le lui dire et sans qu'elle puisse l'aimer. C'est son frère aîné, son frère valide et beau qu'elle aime, et tous deux donnent au misérable le torturant spectacle de leur bonheur.

— Va, mon chéri, lui disait la mère en le berçant comme un petit enfant, je t'emmènerai dans de beaux pays, je te lirai de beaux livres, tu oublieras, tu seras heureux aussi, je le veux, je le veux...

Et le pauvre enfant secouait la tête. Et l'on s'en allait ; et partout, et toujours, il devait voir passer devant ses yeux, jusqu'au jour où il les fermerait à la lumière, ce fantôme charmant dont il n'approcherait jamais, jamais... une jeune fille.

Et Maupassant pleurait en finissant son récit, qui dura deux heures ; et nous aussi nous pleurâmes, voyant tout ce qui restait encore de génie, de tendresse et de pitié dans cette âme, qui jamais plus n'achèverait de s'exprimer pour se répandre sur les autres âmes.

1. Le chiffre I figure sur la première page du manuscrit reproduite dans l'édition Conard. Par la suite, c'est nous qui introduisons le numérotage des fragments.

Selon une indication de l'édition Conard, ce premier fragment se compose de 34 feuillets paginés de 1 à 34. Le 34e ne comprend que 15 lignes.

2. *Ms* : sonna [sept *biffé*] [six *ajouté*] heures

3. *Ms* : leva [vers la cheminée de son grand *biffé*] [vers le cadran d'un beau cartel *ajouté*] [pend *ajouté puis biffé*] [accroché *ajouté*] [à la muraille *ajouté puis biffé*] [sur le mur *ajouté*] ; puis

4. *Ms* : Un [grand *biffé*] [beau *ajouté et biffé*] feu de [ch *ajouté et biffé*] [buches *ajouté*] flambant

5. *Ms* : aussi [un gran *biffé*] une

6. *Ms* : éclairant [des tapisseries à personnages *ajouté*] des cadres

7. *Ms* : rideaux [d'un rouge noir *biffé*] [d'un rouge foncé *ajouté*] [les drapaient *ajouté et biffé*] qui voilaient [et drapaient *ajouté*] les fenêtres. [et les portes, *biffé*] Malgré tou[s *biffé*] [tes *ajouté*] ces [foyers *biffé*] [lumières *ajouté*] la [gra *biffé*] vaste

8. *Ms* : l'air, [et *biffé*] et le souffle [glacé *biffé*] du vent [qui courait sur la neige du sol *biffé*] [glacé par le tapis de neige étendu sur la terre qui *ajouté*] faisait [gémir *biffé*] [craquer *ajouté*] les arbres [et *biffé*] du parc.

9. *Ms* : leva. [et *biffé*] [d *corrigé par surcharge en* D]e sa

10. *Ms* : peu [lourde *biffé*] [traînante *ajouté*] de

11. *Ms* : enceinte [de six mois *biffé*], elle

12. *Ms* : flamme. [L'émanation de chaleur des *biffé*] [Les *ajouté*] buches embrasées [la couvrit d'une caresse brûlante tandis *biffé*] lui

13. *Ms* : face [les *biffé*] l'émanation

14. *Ms* : brûlante [et même *ajouté*] un

15. *Ms* : sentait [en *biffé*] [en même temps *ajouté*] son dos [et *biffé*] ses

16. *Ms* : tressaillir [du *biffé*] [encore sous le *ajouté*] frisson .

17. Village à une douzaine de km de Rouen en aval sur la Seine, très apprécié pour son beau site par les Rouennais.

18. *L'édition Conard donne* Briant ; *nous corrigeons.*
Le général Guillaume Briand (1815-1894), commandant de la division de Rouen, surprit et mit en déroute les Prussiens le 29 novembre à Étrépagny, mais, ayant reçu l'ordre de marcher sur Paris, il se mit en retraite. Un contrordre le fit revenir sur Rouen qu'il devait défendre, mais il était trop tard et il dut se replier sur Le Havre. (Cf. la « poche » de résistance du Havre dans *Boule de suif*.) Les Prussiens entrent dans Rouen le 6 décembre 1870.

19. *Ms* : cette [règle *ajouté*] toujours [respectée *biffé*] [observée par eux *ajouté*] je

20. Village près de Rouen, voisin de Croisset.

21. *Ms* : sauvages. [Il répondit, *biffé*] [c *corrigé en* C]omprenant en

22. *Ms* : était [im de *biffé*] impossible

23. *Ms* : cette [terrible *ajouté*] menace

24. *Ms* : répondit : / [— Eh bien écoute *biffé*] tu as raison. [tout de même. *ajouté*] Ce

25. *Ms* : Je [m'en *biffé*] retournerai

26. En 1859, les victoires franco-sardes chassèrent les Autrichiens de la Lombardie (victoires de Magenta, le 4 juin, et de Solférino, le 24 juin), permettant la réunion de l'Italie centrale au Piémont (mars 1860).

27. Dans *Boule de suif*, Maupassant écrit : « [...] une masse noire descendit de la côte Sainte-Catherine, tandis que deux autres flots envahisseurs apparaissaient par les routes de Darnetal et de Bois-Guillaume. Les avant-gardes des trois corps, juste au même moment, se joignirent sur la place de l'Hôtel-de-Ville [...]. » (P. 44-45.)

28. Village situé entre Rouen et Pont-Audemer.

29. L'armée de Faidherbe, c'est l'armée du Nord qui s'apprête à cette époque à prendre Amiens.

30. Village situé en bordure de la forêt de Roumare. Le château est imaginaire, mais les noms de lieu contenant le mot Bec sont fréquents dans la région.

31. *Ms* : son [idé *biffé*] idéal [tendre *biffé*] de

32. *Ms* : cet [impossible *biffé*] insaisissable rêve, [et *biffé*] adressa

33. *Ms* : croyante [ayant été *ajouté*] élevée

34. *Ms* : née [aux *biffé*] [à *ajouté*] l'époque

35. *Ms* : disparaître [les *en surcharge sur* la] [foi de *biffé*] [croyances pieuses dans *ajouté*] beaucoup

36. *Ms* : père [ancien soldat de la République puis de l'Empire, *biffé*] / [Sa fille *ajouté*] Germaine

37. *Ms* : ensuite [aucune do *biffé*] de

38. *Ms* : Paris [pour y *biffé*] [ou elle *ajouté*] complet [a *corrigé en surcharge sur* ait] son

39. L'armée de Chanzy est l'armée de la Loire.

40. Feuillet isolé, sur lequel, en dehors du passage reproduit, se trouve cette liste de noms : « Morvaux, Cormusel, De la Charlerie, Charlery, docteur Parizot, abbé de Praxeville, Antoine de Praxas, Brémontal, Courmarin, Hiral, Marmelin, Boutemare, la famille et les demoiselles de Cerisaie, abbé Marvaux, docteur Paturel, passeur Pichard, cocher Philippe. »

41. Feuillets isolés, numérotés de 1 à 5. Un de ces feuillets est reproduit en fac-similé dans l'édition Conard, mais les ratures les plus importantes y sont illisibles.

42. « Si Dieu nous a faits à son image, nous le lui avons bien rendu. » (Voltaire, *Le Sottisier*, « Faits détachés ».)

43. Feuillet isolé, reproduit en fac-similé dans l'édition Conard, mais la plupart des ratures y sont illisibles.

LES SOIRÉES DE MÉDAN

Article paru dans *Le Gaulois* du 17 avril 1880.

Le récit de la genèse des *Soirées de Médan* est de pure invention : Maupassant crée une légende pour servir la promotion du livre (cf. notre introduction).

1. Schopenhauer et Spencer resteront les références philosophiques principales de Maupassant qui tire de leurs œuvres des arguments pour son agnosticisme pessimiste, fondé sur le principe de l'impossibilité de connaître ce qui échappe aux sens.

2. Les récits moralisateurs — « idéalistes », selon le vocabulaire de Maupassant — d'Octave Feuillet (1821-1890), en particulier *Le Roman d'un jeune homme pauvre* (1858) et *Julie de Trécœur* (1872), chers à l'impératrice Eugénie, connurent de grands succès à l'époque.

3. *G donne* savetiers ; *nous corrigeons*.

LA GUERRE

Chronique parue dans *Gil Blas*, le 11 décembre 1883, sous la
signature de Maufrigneuse. Maupassant y réutilise la plus grande
partie du texte d'une autre chronique, intitulée également « La
Guerre », et qui a été publiée dans *Le Gaulois* du 10 avril 1881. Il en
utilisera de nouveau de nombreux passages dans *Sur l'eau* (Paris,
Marpon et Flammarion, 1888) et dans sa préface à *La Guerre* de
Vsevolod Garchine (Paris, Havard, 1889).

1. Il s'agit de la guerre du Tonkin (1882-1885) menée pour la
colonisation de l'Indochine, qui a provoqué un conflit entre la
France et la Chine, terminé en 1885 par le traité de Tien-Tsin.
2. Ville du bas Tonkin.
3. Jules Grévy (1807-1891), président de la République de 1879 à
1887, menait une politique hostile au nationalisme revanchard et à
l'expansion coloniale.
4. Jules Ferry (1832-1893), en dehors de son importante activité
dans le domaine de l'organisation de l'enseignement et de l'adminis-
tration locale, donna un essor considérable à la politique coloniale de
la France. Président du Conseil pendant la guerre du Tonkin, il a dû
donner sa démission à la suite de l'échec militaire de Lang-son (mars
1885).
5. Allusion à *L'Année terrible* (1872).
6. Le feldmaréchal Helmuth von Moltke (1800-1891) fut l'exécu-
teur de la réforme militaire conçu par Bismarck, fondement de
l'efficacité extraordinaire de l'armée prussienne. Stratège important,
il conduisit les opérations de la guerre de 1870.
7. *Les Charniers (Sedan)*, préface de Léon Cladel, Paris, A.
Lemerre, 1881. Le livre parut d'abord sous le titre *Sedan* en 1871
(Bruxelles, Librairie C. Muquardt) et en 1875 (Bruxelles, « La
Bibliothèque élégante »).
8. *GB donne* et il cherchait à *; nous corrigeons.*
9. *GB donne* palais d'été *; nous corrigeons.*
Ce fut l'expédition militaire sous les ordres du général Cousin-
Montauban qui s'acheva par le sac du palais d'Été (1860).

LE MARIAGE DU LIEUTENANT LARÉ

Parue dans *La Mosaïque* du 25 mai 1878 (notre texte), sous la
signature de Guy de Valmont (nom d'un personnage des *Liaisons
dangereuses*, Valmont est aussi le nom d'une localité du pays de
Caux), cette nouvelle ne sera pas recueillie par Maupassant qui en
reprendra l'anecdote dans *Souvenir* et dans *Les Idées du colonel*. Elle

sera publiée la première fois en volume dans le tome I (1908) de l'édition Conard des *Œuvres complètes*.

 1. Tous les noms sont fictifs.
 2. *La Mosaïque donne partout* hulan ; *nous corrigeons.*
 3. Peut-être Blainville-sur-Orne, commune du Calvados.
 4. Saint-Thomas-d'Aquin était l'église du faubourg Saint-Germain, lieu de célébration des mariages aristocratiques.

SOUVENIR

 Publiée dans *Gil Blas* du 16 février 1882 (notre texte), sous la signature de Maufrigneuse, cette nouvelle n'a pas été recueillie par Maupassant qui y reprend l'anecdote du *Mariage du lieutenant Laré*. Elle paraîtra la première fois en volume dans l'édition des *Contes et nouvelles* par Albert-Marie Schmidt (Paris, Albin Michel, 1964-67).

 1. Cf. la note 3 du *Mariage du lieutenant Laré*.
 2. Compte tenu de la graphie *Ronfé* dans *Le Mariage du lieutenant Laré*, on peut supposer que la graphie *Roufé* dans *Souvenir* est une coquille.
 3. *L'original donne* qui est-ce prête ; *nous corrigeons.*

BIBLIOGRAPHIE

ÉDITIONS

Les œuvres auxquelles nous avons eu recours pour établir les textes de ce volume, sont indiquées dans les notes.

Œuvres complètes

Œuvres complètes illustrées de Guy de Maupassant. Paris, Ollendorff, 1899-1904 et 1912. 29 vol. Cette édition a été reprise par Albin Michel.

Œuvres complètes de Guy de Maupassant, avec une étude de Pol Neveux. Paris, Conard, 1907-1910. 29 vol.

Œuvres complètes illustrées de Guy de Maupassant, préface, notices et notes de René Dumesnil. Paris, Librairie de France, 1934-1938. 15 vol.

MAUPASSANT : *Œuvres complètes*, texte établi et présenté par Gilbert Sigaux. Lausanne, Rencontre, 1961-1962. 16 vol.

MAUPASSANT : *Œuvres complètes*, avant-propos, avertissement et préfaces par Pascal Pia, chronologie et bibliographie par Gilbert Sigaux. Évreux, Le Cercle du bibliophile, 1969-1971. 17 vol. À cette édition s'ajoutent 3 vol. de *Correspondance*, établie par Jacques Suffel, 1973.

Contes et Nouvelles

MAUPASSANT : *Contes et Nouvelles*, textes présentés, corrigés, classés et augmentés de pages inédites par Albert-

Marie Schmidt, avec la collaboration de Gérard Delaisement. Paris, Albin Michel, 1964-1967. 2 vol.
MAUPASSANT : *Contes et Nouvelles*, préface d'Armand Lanoux, introduction, chronologie, texte établi et annoté par Louis Forestier. Paris, Gallimard, « Bibliothèque de La Pléiade », 1974-1979. 2 vol.

ÉDITIONS DES *SOIRÉES DE MÉDAN*

ZOLA, MAUPASSANT, HUYSMANS, CÉARD, HENNIQUE, ALEXIS : *Les Soirées de Médan*. Paris, Charpentier, 1880 ; 2e éd. 1890.
ZOLA, MAUPASSANT, HUYSMANS, CÉARD, HENNIQUE, ALEXIS : *Les Soirées de Médan*. Édition du Cinquantenaire, avec une préface de Léon HENNIQUE. Paris, Fasquelle, 1930.
ZOLA, MAUPASSANT, HUYSMANS, CÉARD, HENNIQUE, ALEXIS : *Les Soirées de Médan*, édition de Colette BECKER. S. l., Le livre à venir, 1981.

BIBLIOGRAPHIES DE MAUPASSANT

TALVART et PLACE : *Bibliographie des auteurs modernes de langue française*. Paris, la Chronique des Lettres françaises, t. XIII, 1956, p. 247-325.
DELAISEMENT Gérard : *Maupassant journaliste et chroniqueur, suivi d'une bibliographie générale de l'œuvre de Maupassant*. Paris, Albin Michel, 1956.
ANON. : *Index to the Short Stories of Guy de Maupassant*. Boston, G. K. Hall, 1960.
ARTINIAN Artine : *Maupassant Criticism in France, 1880-1940, with an Inquiry into his Present Fame and a Bibliography*. New York, Russel and Russel, 1941 ; 2e éd. 1969.
MONTENS Frans : *Bibliographie van geschriften over Guy de Maupassant*. Leyde, Bange Duivel, 1976.
FORESTIER Louis : « Bibliographie » dans Maupassant : *Contes et Nouvelles*, t. II, p. 1725-1745.

ÉTUDES GÉNÉRALES,
BIOGRAPHIQUES ET CRITIQUES,
SUR MAUPASSANT

ARTINIAN Artine : *Pour et contre Maupassant, enquête interna-
tionale. 147 témoignages inédits*. Paris, Nizet, 1955.
BESNARD-COURSODON Micheline : *Étude thématique et struc-
turale de l'œuvre de Maupassant : le piège*. Paris, Nizet,
1973.
BONNEFIS Philippe : *Comme Maupassant*. Presses Universi-
taires de Lille, 1981.
CASTELLA Charles : *Structures romanesques et vision sociale
chez Maupassant*. Lausanne, L'Âge d'homme, 1972.
COGNY Pierre : *Maupassant l'homme sans Dieu*. Bruxelles, La
Renaissance du Livre, 1958.
DUMESNIL René : *Guy de Maupassant*. Paris, Armand Colin,
1933 ; Paris, Tallandier, 1947.
FRATANGELO Antonio et Mario : *Guy de Maupassant scrittore
moderno*. Florence, Olschki, 1976.
GREIMAS Algridas Julien : *Maupassant. La sémiotique du
texte : exercices pratiques*. Paris, Seuil, 1976.
JAMES Henry : *Sur Maupassant*, Bruxelles, Complexes, 1987.
LANOUX Armand : *Maupassant le Bel-Ami*. Paris, Fayard,
1967.
LEMOINE Fernand : *Guy de Maupassant*. Paris, Éditions
Universitaires, 1957.
MAYNIAL Édouard : *La Vie et l'Œuvre de Guy de Maupassant*.
Paris, Mercure de France, 1906.
MORAND Paul : *La Vie de Guy de Maupassant*. Paris,
Flammarion, 1941 ; réédition 1958.
PARIS Jean : « Maupassant et le contre-récit » dans *Le Point
aveugle. Univers parallèles II. Poésie, Roman*. Paris, Seuil,
1975.
SCHMIDT Albert-Marie : *Maupassant par lui-même*. Paris,
Seuil, 1962.
STEEGMÜLLER Francis : *Maupassant*. Londres, Collins,
1950.
TASSART François : *Souvenirs sur Guy de Maupassant par
François, son valet de chambre*. Paris, Plon-Nourrit, 1911.
Nouveaux souvenirs intimes sur Guy de Maupassant (iné-
dits), texte établi, annoté et présenté par Pierre Cogny.
Paris, Nizet, 1962.

Thoraval Jean : *L'Art de Maupassant d'après ses variantes.* Paris, Imprimerie Nationale, 1950.
Togeby Knud : *L'Œuvre de Maupassant.* Copenhague, Danish Science Press ; Paris, Presses Universitaires de France, 1954.
Troyat Henri : *Maupassant.* Paris, Flammarion, 1989.
Vial André : *Guy de Maupassant et l'art du roman.* Paris, Nizet, 1954.
Faits et significations. Paris, Nizet, 1973.
Willi Kurt : *Déterminisme et liberté chez Guy de Maupassant.* Zurich, Juris, 1972.
Colloque de Cerisy : *Le Naturalisme.* Paris, Union Générale d'Édition, « 10/18 », 1978.
Colloque de Cerisy : *Maupassant miroir de la Nouvelle.* Saint-Denis, Presses universitaires de Vincennes, 1988.
Europe, numéro spécial *Guy de Maupassant,* juin 1969.
Lendemains, numéro spécial *Maupassant,* XIII, 52, 1989.

ÉTUDES SUR LA GUERRE DE 1870 DANS LA LITTÉRATURE

Digeon Claude : *La Crise allemande de la pensée française, 1870-1914.* Paris, PUF, 1959.
Koschwitz Eduard : *Die französische Novellistik und Romansliteratur über den Krieg von 1870-1871.* Berlin, W. Gronom, 1893.
Les Écrivains français devant la guerre de 1870 et la Commune. Colloque du 7 novembre 1970 de la Société d'Histoire littéraire de la France. Paris, Armand Colin, 1972.

ÉTUDES SUR LES SOIRÉES DE MÉDAN

Deffoux Léon, Zavie Émile : *Le Groupe de Médan,* Paris, Payot, 1920.
Dumesnil René : *La Publication des Soirées de Médan.* Paris, Malfère, « Les grands événements littéraires », 1933.
Pagès Alain : « Le mythe de Médan », *Cahiers naturalistes,* 1981.
Marges, numéro spécial, *Les Soirées de Médan,* n° 9, 1930.

ÉTUDES SUR LES NOUVELLES DE CE RECUEIL

BALMAS Enea : « In margine i racconti di guerra di Maupassant », *Culture française*, XIII, n° 6, 1966.

BANCQUART Marie-Claire : Introduction à *Boule de suif et autres contes normands* de Maupassant, Paris, Garnier, 1971.

BANCQUART Marie-Claire : « Maupassant, la guerre, la politique », *Magazine littéraire*, 1986 janvier.

BEGIN Marc : « La Tension narrative dans " Boule de suif " », *Études littéraires*, 1983/1.

BEM Jeanne : « Le " travail " du texte dans *Boule de suif* », *Texte. Revue de Critique et de Théorie littéraire*, n° 10, 1990.

BOCHMAN Klaus : « Zur erzählerischen Funktion und semantischen Struktur sozialer Kategorien in Maupassants " Boule de suif " », *Wissenschaftliche Zeitschrift der Martin-Luther-Universität*, 1970/3-4.

BOLSTER Richard : « " Boule de suif ". Une source documentaire ? », *Revue de l'Histoire littéraire de la France*, 1984/6.

BOUREAU Alain : « Maupassant et le cannibalisme social », *Stanford French Review*, 1978/3.

BUISINE Alain : « Prose tombale », *Revue des Sciences humaines*, 1975/4.

BUISINE Alain : « Paris-Lyon-Maupassant », dans *Maupassant Miroir de la Nouvelle*, id.

CHAPLIN Peggy : *Maupassant, Boule de suif*. University of Glasgow French and German Publications, « Glasgow introductory Guides to French Literature » 6, 1988.

DEER Irving : « Maupassant's " La Mère Sauvage " », *The Explicator*, 1963/1.

DENOMME Robert T. : « Maupassant's Use of Unanimism in " Boule de suif " », Revue de l'Université d'Ottawa, n° 37, 1967.

DONALDSON-EVANS Mary : « The Decline and Fall of Elisabeth Rousset. Text and Context in Maupassant's " Boule de suif " », *Australian Journal of French Studies*, 1981/1.

DONALDSON-EVANS Mary : « Doctoring History. Maupassant's " Un coup d'État " », *Nineteenth Century French Studies*, 1987-1988 (XVI).

DVORAK Marta : *L'Image de la femme dans « Boule de suif » et*

« *La Maison Tellier* » *de Maupassant*. Thèse de l'Université de Rennes, 1977.

DUBUC A. : « Sur " Boule de suif " et les Rouennais », *Les Amis de Flaubert*, n° 48, 1976.

FONYI Antonia : « La Nouvelle de Maupassant : le matériau de la psychose et l'armature du genre », dans *Maupassant Miroir de la Nouvelle, id.*

KARS Henk : « L'Esclave dominante. La description des personnages dans " Boule de suif " de Maupassant », *Rapports*, 1986/2.

KILKER James Anthony : « Maupassant : Patriot and Pacifist », *Canadian Modern Language Review*, 1961/5.

KILLICK Rachel : « Fiction and Journalism in Maupassant. A Footnote to " Boule de suif " », *French Studies Bulletin*, Winter 1986-1987.

KILLICK Rachel : « Mock Heroics ? Narrative Strategy in Maupassant's War Story », *Modern Language Review*, 1987/2.

KOWZAN Tadeusz : « Fortune théâtrale de " Boule de suif " », dans *Flaubert et Maupassant écrivains normands*, éd. Joseph-Marc Bailbé et Jean Pierrot. Paris, PUF, 1981.

LECARME-TABONE Éliane : « Énigme et prostitution », dans *Maupassant Miroir de la Nouvelle, id.*

LEDESERT R. P. L. : « Maupassant peintre de l'occupation allemande », *Modern Languages*, t. XXIII, n° 1, 1941.

LEWIS David W. : « L'uniforme ne fait pas le soldat. Deux conteurs satiriques de la guerre de 1870 », dans *Irony and Satire in French Literature*. University of South Carolina Press, French Literary Series, n° 14, 1987.

LONG A. C. : *Le Rôle de la guerre de 1870 dans seize contes de Maupassant et* « *Les Soirées de Médan* ». Thèse de l'Université d'Exeter, 1977.

MARCOING Francis : « Mutisme de Maupassant », dans *Maupassant Miroir de la Nouvelle, id.*

NONDIER Guy : « Deux écrivains témoins de la guerre en Normandie (Paul Toutain, dit Jean Revel ; Guy de Maupassant) », dans *La Guerre de 1870-1871 en haute Normandie*, éd. Georges Merlier. Rouen, Centre National de Documentation Pédagogique, 1972.

REUILLARD Gabriel : « Sur les traces de Boule de suif », *Le Monde illustré*, 23 avril 1930.

SCHOBER Rita : « Warum Maupassants " Fettklösschen " ein Welterfolg wurde oder : Zur literarischen Qualität der

Abende von Médan », dans *Vom Sinn und Unsinn der Literaturwissenschaft. Essays.* Halle, Leipzig, Mitteldeutscher Verlag, 1988.

ZAPPEL Kristiane : « Vainqueurs et vaincus. La structure argumentative de " Mlle Fifi " », *Orbis Literarum*, 1988/1.

1.
2.

CHRONOLOGIE

(Cette chronologie a été établie
par Pierre Cogny.)

1850 (5 août) : Naissance d'Henry, René, Albert, *Guy* de Maupassant. Le lieu de la naissance pose encore des problèmes. On penche aujourd'hui pour Fécamp (rue Sous-le-Bois, où habitait la famille de sa mère), mais certains biographes tiennent toujours pour le château de Miromesnil (Seine-Maritime). Son père, Gustave de Maupassant, né en 1821, avait épousé Laure Le Poittevin, née également en 1821, le 9 novembre 1846.

1851 : Baptême de Guy à Tourville-sur-Arques.

1854 : Installation de la famille au château de Grainville-Ymauville, canton de Goderville, arrondissement du Havre.

1856 : Naissance d'Hervé de Maupassant, frère de Guy.

1858-1863 : Séparation de Gustave et Laure de Maupassant. Laure vit avec ses deux fils à Étretat, dans sa villa Les Verguies. D'amiable, la séparation des époux devient officielle au début de 1863.

1863-1867 : Guy est élève au séminaire d'Yvetot (classes de 6e-2e) où il s'ennuie prodigieusement. Il se plaint à ses correspondants d'une atmosphère religieuse étouffante.
Au cours de ses vacances à Étretat, il porte secours au poète anglais Swinburne qui, pour le remercier, l'invite chez un de ses compatriotes. Guy remarque, au mur, une main d'écorché qui reviendra plusieurs fois dans son œuvre (*La Main d'écorché, L'Anglais d'Étretat, La Main*).

1868 : Guy achève sa rhétorique au lycée de Rouen. Il a pour correspondant le poète Louis Bouilhet, poète alors apprécié et grand ami de Flaubert.

1869 (18 juillet) : Mort de Louis Bouilhet.

(27 juillet) : Guy est reçu à son baccalauréat à la faculté de Caen. Octobre-novembre : installation à Paris, où il s'inscrit à la Faculté de Droit.

1870 : Guerre franco-prussienne. Mobilisé, Maupassant se montre excellent soldat. Profondément patriote, il est effondré par la succession de nos défaites et, malgré tout, jusqu'au désastre de Sedan (septembre), il espérera une victoire finale. Libéré des obligations militaires en 1871, il retourne à la vie civile, ayant engrangé des souvenirs qui feront la trame de quelques-uns de ses meilleurs contes. La guerre devait être pour lui une obsession véritable et une source d'inspiration féconde.

1872 (7 janvier) : Maupassant fait une demande pour entrer au ministère de la Marine et des Colonies.

(16 janvier) : On lui répond par la négative.

(20 février) : Il adresse une seconde requête.

(20 mars) : Le contre-amiral Krantz, chef d'état-major, informe son protecteur, l'amiral Saisset, que le candidat pourra entrer, à titre provisoire et gratuit, dans l'administration centrale.

(17 octobre) : Maupassant entre à la Direction des Colonies en qualité de surnuméraire non rétribué.

Il commence alors ses parties de canotage sur la Seine avec ses camarades (cf. *Mouche*). De nombreuses nouvelles ont été inspirées par ces sorties joyeuses auxquelles sa correspondance, jusqu'en 1880, fait de fréquentes allusions.

1873 (1^{er} février) : Guy commence à être appointé (125 F par mois et une gratification annuelle de 150 F). Il gagne surtout l'occasion de nouvelles observations sur le petit monde des employés de bureau, que l'on retrouve dans maint récit, comme les *Dimanches d'un bourgeois de Paris*, dont la publication commence dans *Le Gaulois* du 31 mai 1880.

1874 : Maupassant est un fidèle des dimanches de Flaubert, rue Murillo. C'est l'occasion de rencontres avec Goncourt, Tourguéniev, Daudet, Zola, Heredia, Huysmans, Alexis, Céard. Chez Zola, il fait la connaissance de Cézanne, Duranty, Taine, Renan, Maxime Du Camp.

1875 : Guy loue une chambre à Bezons, à l'auberge Poulin, que l'on retrouve dans *Une partie de campagne*. Il commence un drame historique en vers, *La Trahison de la*

comtesse de Rhune, publié en 1927 par Pierre Borel dans *Le Destin tragique de Guy de Maupassant*.
(19 avril) : Représentation devant un cercle fermé d'une pièce bouffonne et égrillarde, *A la feuille de rose, maison turque*.
En février, avait paru, dans l'*Almanach lorrain de Pont-à-Mousson*, sous la signature de Joseph Prunier, *La Main d'écorché*.

1876 : Le Vaudeville refuse une pièce qu'il venait d'achever, *Une répétition*, ce qui explique ses propos à Robert Pinchon :
« Quant à moi, je ne m'occupe pas de théâtre en ce moment. Décidément, les directeurs ne valent pas la peine qu'on travaille pour eux! Ils trouvent, il est vrai, nos pièces charmantes, mais ils ne les jouent pas, et pour moi, j'aimerais mieux qu'ils les trouvassent mauvaises, et qu'ils les fissent représenter. »
(20 mars) : Publication, sous le pseudonyme de Guy de Valmont, d'un poème, *Au bord de l'eau*, dans *La République des Lettres* de Catulle Mendès.

1877 : Les premiers signes de la syphilis (alopécie) apparaissent. « J'ai la grande vérole, celle dont est mort François Ier », écrit-il à Robert Pinchon le 2 mars.
(16 avril) : Dîner au restaurant Trapp, à l'angle du passage du Havre et de la rue Saint-Lazare, qui réunit, autour de Flaubert, Edmond de Goncourt et Émile Zola, leurs jeunes disciples Alexis, Céard, Hennique, Huysmans et Mirbeau. Ce dîner est considéré comme le repas de baptême du Naturalisme.
(31 mai) : Deuxième représentation d'*À la feuille de rose*, dans l'atelier de Becker, 26, rue de Fleurus.
(Août) : Ayant obtenu un congé médical de deux mois, saison aux eaux de Louèche, dans le Valais.
(Décembre) : Maupassant commence à penser à un roman, qui sera *Une vie*.

1878 : Il continue à travailler à son roman.
Malgré les recommandations, son drame *La Comtesse de Rhune* est refusé au Français.
(Décembre) : Après de multiples démarches dont les correspondances se font l'écho, Flaubert obtient d'Agénor Bardoux qu'il s'attache Maupassant au ministère de l'Instruction publique.

Sa santé continue à lui donner d'assez sérieuses inquiétudes.

1879 : Attaché au premier bureau du cabinet et du secrétariat à l'Instruction publique. Malgré de bons rapports avec son chef de bureau, Xavier Charmes, il ne se sent pas plus à l'aise à l'Instruction publique qu'à la Marine.
(19 février) : Première de *L'Histoire du vieux temps* chez Ballande.
(Septembre) : Voyage en Bretagne et à Jersey.
(Octobre) : Publication dans *La République des Lettres* d'un article, *Gustave Flaubert*.
(1ᵉʳ novembre) : Publication dans *La Revue Moderne et Naturaliste* du poème *Une fille*, donné en 1876, sous le titre *Au bord de l'eau*, à *La République des Lettres* : Mme Adam, directrice de *La Nouvelle Revue*, refuse *Vénus rustique*, malgré la recommandation de Flaubert.

1880 (11 janvier) : Le juge d'Étampes le cite à comparaître. Le poème *Une fille* lui a valu d'être « prévenu d'outrage à la morale publique et religieuse et aux bonnes mœurs ». Flaubert intervient et le conseille.
(14 février) : Convocation devant le juge d'instruction d'Étampes.
(26 février) : Le procureur général invite le procureur de la République à requérir un non-lieu.
(28 mars) : Il aide Flaubert, à Croisset, à recevoir Edmont de Goncourt, Émile Zola et Gustave Charpentier. Son état de santé l'oblige à se faire mettre en disponibilité (troubles oculaires et cardiaques, alopécie, etc.).
(8 mai) : Mort de Flaubert.
(Novembre-décembre) : Travaille à *La Maison Tellier*. Année très importante pour Maupassant qui voit publier ses deux premières œuvres en volume, *Boule de suif*, le 16 avril, dans le recueil *Les Soirées de Médan* (en collaboration avec Zola, Huysmans, Céard, Hennique et Alexis) et, le 25 avril, *Des vers*.

1881 : Maupassant continue à souffrir de névralgies.
(Mai) : Publication de *La Maison Tellier*, chez Havard.
(Juillet) : Voyage en Algérie, en qualité d'envoyé spécial du *Gaulois*. C'est là qu'il rencontre Jules Lemaitre qui n'éprouve pour lui que peu d'attrait.
(Novembre) : Reprend son travail pour *Une vie*.

Publie des poèmes érotiques dans *Le Nouveau Parnasse Satyrique* (Bruxelles).

1882 (janvier) : Se blesse d'un coup de revolver à la main.
(5 mai) : Sortie de *Mademoiselle Fifi* (Kistemaeckers, Bruxelles).
(Juillet) : Voyage en Bretagne. Il suit l'itinéraire de Flaubert et Du Camp dans *Par les champs et par les grèves*. Maupassant est rayé des cadres du ministère de l'Instruction publique.

1883 : Reçoit les soins du Dr Landolt, qui écrivait, le 20 octobre 1903, à Albert Lumbroso :
« Ce mal, en apparence insignifiant (dilatation d'une pupille), me fit prévoir cependant à cause des troubles fonctionnels qui l'accompagnaient, la fin lamentable qui attendait fatalement (dix ans plus tard) le jeune et autrefois si vigoureux et vaillant écrivain. »
(Mars) : Publication chez Quantin (« Les Célébrités contemporaines ») d'une étude sur Émile Zola.
(Avril) : Publication d'*Une vie* (Havard), donné en feuilleton au *Gil Blas* à partir de la fin de février.
(Juin) : Publication des *Contes de la Bécasse* (Rouveyre et Blond).
(Juillet-août) : Cure à Châtelguyon.

1884 (2 février) : L'*Étude sur Gustave Flaubert* sert de préface aux *Lettres de G. Flaubert à G. Sand* (Charpentier).
Au soleil (Havard) paraît au début de l'année et il parle du volume à son éditeur le 1ᵉʳ ou le 2 janvier (il a ajouté 30 lignes à *Bou-Amama*), en demande des nouvelles fin janvier, s'étonne en mars qu'il n'y ait pas eu d'articles...
(Mai) : *Miss Harriet* (Havard) (achevé d'imprimer le 22 avril).
(Juillet) : *Les Sœurs Rondoli* (Ollendorff).
(Août) : *Yvette* commence à paraître dans *Le Figaro*.
(Octobre-novembre) : Recueil *Yvette* (Havard).
Cette année-là, il emménage 10, rue Montchanin, au rez-de-chaussée d'un hôtel particulier que son cousin Louis Le Poittevin avait fait construire. C'est le « signe » de la promotion sociale. Ses habitations antérieures (rue Moncey, une chambre chez son père, 1869-1876, 17, rue Clauzel, 1876-1880, 83, rue Dulong, fin 1880-1884) étaient beaucoup plus modestes.

1885 (mars) : *Contes du jour et de la nuit* (Marpon et Flammarion).
(Avril) : Voyage en Italie avec le peintre Henri Gervex, Henri Amic, auteur de souvenirs sur Maupassant, et le peintre Louis Legrand.
(Mai) : Voyage en Sicile. Le cimetière des capucins à Palerme le marque assez profondément.
(6 avril-30 mai) : *Bel-Ami* paraît en feuilleton dans le *Gil Blas*. Le roman sort en volume chez Havard en mai.
(Mi-juillet-mi-août) : Séjour à Châtelguyon, où il prépare *Mont-Oriol* :
« Je viens de faire d'*admirables* excursions en Auvergne, c'est vraiment un pays superbe et d'une impression bien particulière, que je vais essayer dans le roman que je commence. » (17 août, à Henri Amic.)
(Décembre) : Publication de *Monsieur Parent* (Ollendorff).
Préface pour une réédition de *Manon Lescaut* (Laurette).
Contes et Nouvelles (premier recueil de morceaux choisis, chez Charpentier).

1886 : Parution de *Toine* (Marpon et Flammarion. Achevé d'imprimer à la fin de 1885). Maupassant passe le début de l'année à Antibes, d'où il écrit, le 21 janvier à un certain Thiébault-Sisson : « Quant à *Yvette* (*pièce inachevée*), le plan de la pièce est fait depuis un an, et ce n'est que la multiplicité de mes besognes qui m'a empêché jusqu'ici de l'écrire. »
(10 mai) : Publication de *La Petite Roque* (Havard).
(Juillet) : Séjour à Châtelguyon.
(Entre le 1er et le 15 août) : il est l'hôte du baron Ferdinand de Rothschild au château de Waderden. Visite Oxford, qui était à la mode, mais, à Londres, se contente du musée Tussaud et du théâtre Savoy. Blanche Roosevelt rapporte qu'il ne retira guère de plaisir de ce voyage (*Woman's World*, 1888-1889).
(23 décembre) : Début de la publication de *Mont-Oriol* dans le *Gil Blas*.

1887 (janvier) : Publication de *Mont-Oriol* (Havard).
(17 mai) : Publication du *Horla* (Ollendorff).
(Juin-juillet) : Séjour à Étretat dans sa villa, « La Guillette », où il retourne en septembre pour terminer *Pierre et Jean* et écrire l'*Étude sur le roman* qui lui servira de préface.
(8-9 juillet) : Voyage en ballon.

(Octobre) : Voyage en Afrique du Nord, qui se prolonge jusqu'à la fin de l'année.

Léopold Lacour écrit à Lumbroso :

« L'année où je fis la connaissance de Maupassant est celle où le " souffle redoutable des sciences occultes " le toucha, car le *Horla* est de 1887 ; mais, cette nouvelle mise à part, il était encore, à cette époque, le Maupassant de la *Vénus rustique* et de *Bel-Ami*. »

Sa santé, néanmoins, décline et il lui faut sans cesse rechercher les ailleurs.

1888 (janvier) : Procès avec *Le Figaro* qui a tronqué l'*Étude sur le roman*, publiée dans ses colonnes le 7. Maupassant commence à se croire toujours lésé et à engager plusieurs procédures contre ses éditeurs.

(9 janvier) : Parution de *Pierre et Jean* (Ollendorff).

(28 mars) : Achevé d'imprimer du *Rosier de Mme Husson,* illustré par May (Quantin). Il s'agit du conte isolé, et non du recueil.

(Juin) : Publication de *Sur l'eau* (Marpon et Flammarion). Les maux de tête se multiplient de manière inquiétante et il va, en septembre-octobre, à Aix-les-Bains.

(10 octobre) : Publication du recueil *Le Rosier de Mme Husson* (Quantin).

(Novembre-décembre) : Voyage en Afrique du Nord.

1889 (23 février) : Publication de *La Main gauche* (Ollendorff).

(Mai) : Publication de *Fort comme la mort* (Ollendorff).

(Août) : Hervé de Maupassant est conduit par son frère à l'asile psychiatrique de Lyon-Bron.

(Août-octobre) : Croisière sur le *Bel-Ami*.

(13 novembre) : Mort d'Hervé de Maupassant.

1890 (6-24 janvier) : Publication de *La Vie errante* dans *L'Écho de Paris.*

(14-23 février) : Publication du *Champ d'oliviers* dans *Le Figaro.*

(Mars) : Publication de *La Vie errante* (Ollendorff).

(Avril) : Publication de *L'Inutile Beauté* (Havard).

Emménagement 24, rue Boccador.

(15 mai) : Début de la publication de *Notre cœur* dans *La Revue des Deux Mondes.*

(Juin) : Publication de *Notre cœur* (Ollendorff).

La santé de Maupassant se dégrade de jour en jour. Il

multiplie les consultations aux médecins les plus qualifiés et les essais de traitements. Tout échoue et son entourage l'estime perdu.

1891 (Janvier-mars) : Les consultations médicales se poursuivent, toujours aussi vaines. Il essaie d'écrire une nouvelle, ou plutôt un roman, *L'Angélus* qu'il ne parviendra pas à terminer et dont *La Revue de Paris* publiera les fragments à titre posthume, en 1895.
(Juin) : Il part pour Divonne prendre les eaux. Quelques jours plus tard, il projette d'aller à Champel :
« J'allais me sauver je ne sais où, vers le soleil, très hésitant, quand je reçus une lettre de Taine me conseillant fort l'établissement rival de Divonne, Champel, à dix minutes de Genève. Il y fut guéri l'an dernier en 40 jours d'une maladie toute pareille à la mienne — impossibilité de lire, d'écrire, de tout travail de la mémoire. Il se crut perdu. Il fut guéri en 40 jours. Mais il revint cette année juste à temps. Le poète Dorchain y est en ce moment avec les mêmes accidents que moi. Il a retrouvé le sommeil, rien que ça. Parbleu, c'est tout, ça ! » (Lettre à sa mère, 27 juin). De son côté, Dorchain, dans *Quelques Normands, Annales politiques et littéraires* du 3 juin 1900, rapporte que le Dr Cazalis (*alias* Jean Lahor) lui aurait confié : « Hélas ! son mal n'est pas le vôtre, vous ne tarderez pas à le voir. »
(Novembre-décembre) : Il engage des procès à tort et à travers contre ses éditeurs pour des faits contestables ou futiles. Ses lettres attestent la dégradation de ses facultés intellectuelles et il perd le contrôle de soi.
(Noël) : Il réveillonne avec Marie Kann, inspiratrice de *Notre cœur* et sa sœur, Mme Albert Cahen aux îles Sainte-Marguerite. Il était alors au chalet de l'Isère, à Cannes, où il avait, quelques jours auparavant, rédigé son testament. Publication de *Musotte* (Ollendorff), qui avait été représentée le 4 mars au Gymnase.

1892 : Maupassant dîne chez sa mère pour le nouvel an. Il est particulièrement nerveux. Rentré à Cannes, dans la nuit du 1er au 2 janvier, il tente de se couper la gorge.
(8 janvier) : Entre à la clinique du Dr Blanche où, malgré les soins de ses médecins, les docteurs Blanche et Meuriot, il sombre chaque jour davantage dans un gâtisme coupé d'instants de lucidité. Le traitement de la paralysie générale était alors inconnu.

1893 (6 mars) : Représentation de *La Paix du ménage* à la
Comédie-Française et publication de la pièce (Ollendorff).
(6 juillet) : Mort de Guy de Maupassant.
(9 juillet) : Inhumation au cimetière du Montparnasse,
26ᵉ section.
N.B. : Une chronologie de Maupassant n'est jamais, en
l'état actuel des connaissances, assurée d'être exempte d'er-
reurs. Des inexactitudes, qui figuraient dans les ouvrages
anciens d'Édouard Maynial (1906) ou de René Dumesnil
(1947) qui les reprenait parfois, ont été répétées fréquem-
ment. Ainsi, pour les œuvres, les dates d'achevé d'imprimer
et de publication ont pu être confondues. Dans son *Maupas-
sant le Bel Ami* (1967), Armand Lanoux a fait déjà d'heu-
reuses rectifications. La publication de la *Correspondance* par
Jacques Suffel, en 1973, a permis de préciser des datations,
mais un grand nombre de lettres n'étaient pas datées.
S'ajoute à cette confusion la multiplicité des rééditions et des
éditions partielles. Il semble que la chronologie la plus fiable
aujourd'hui soit celle de Louis Forestier dans l'édition des
Contes et Nouvelles (La Pléiade, 1979).